Sex Machine Blake und Honey

Marie Force

Übersetzt von Anna Peters

ÜBER DAS BUCH

Nach einem tragischen Verlust hat Blake Dempsey beschlossen, nie wieder zu lieben. Für Frauen gibt es daher klare Regeln: Es ist nur für eine Nacht, und es gibt keine Gefühle, sondern nur Sex. Darin ist er allerdings richtig gut.

Holly Carmichael kennt die Regeln, aber sie will ohnehin nur das Eine von ihm – sie will endlich wissen, was die ganze Aufregung um Sex eigentlich soll. Blake ist gerne bereit, der verführerischen Holly bei ihrem »Problem« zu helfen, allerdings nur, wenn sie weiß, worauf sie sich einlässt.

Doch schon in der ersten erotischen Nacht gerät alles außer Kontrolle, und Gefühle, mit denen keiner der beiden gerechnet hatte, führen zu chaotischen Verstrickungen. Aber ist Blakes Herz genug geheilt, um es Holly anzuvertrauen?

Ein sexy Liebesroman für Erwachsene. Wem es schnell mal zu heiß hergeht, sollte von diesem Buch lieber die Finger lassen!

KAPITEL 1

Honey

»Ich will, dass du mich fickst.« Ich bin stolz auf die Tatsache, dass ich nicht ein einziges Mal blinzle, während ich dem Mann in die knallblauen Augen starre, an den ich mich gerade so schamlos rangeworfen habe. Und das auch noch in der Öffentlichkeit.

Blake Dempsey verschluckt sich an seinem Bier und hustet, dass ihm die Tränen in die Augen treten bei dieser unseligen Begegnung von Lunge und Gerstensaft.

Zum ersten Mal, seit ich in diese schummrige, schmierige Bar marschiert bin, gerät meine Entschlossenheit ins Wanken, und mich überkommen Zweifel, ob das hier wirklich eine so gute Idee ist. Aber wenn ich den Stier nicht bei den Hörnern packe, erfahre ich womöglich nie, warum alle anderen so einen Riesenwirbel um Sex machen. Meine beste Freundin Lauren hat mir versichert, dass unser alter Freund Blake Dempsey die perfekte Lösung für mein »Problem« ist. Und sie spricht aus Erfahrung.

Unsicher klopfe ich ihm auf den Rücken, in der Hoffnung, dass er wieder zu Atem kommt und wir diese Unterhaltung weiterführen können. Machen wir uns nichts vor – tot nützt er mir nichts.

Je länger er keuchend das Bier aus seinen Atemwegen zu befördern versucht, desto mehr Leute bemerken uns, und das ist genau das Gegenteil von dem, was ich wollte. Mein Plan war, in diese Kneipe zu kommen, in der Blake jeden Abend exakt um halb sieben sein Feierabendbier trinkt, bevor er sich – allein – auf den Heimweg macht, meinen Satz aufzusagen und mit ihm gemeinsam wieder rauszumarschieren.

Ich hatte nicht damit gerechnet, dass er sich an seinem Bier verschlucken und jeder Kerl in dem Laden mich anglotzen könnte, während ich darauf warte, dass Blake wieder zu Atem kommt und mir eine Antwort gibt.

Was, wenn er Nein sagt? Zu Honey Carmichael sagt eigentlich kein Mann Nein, was Teil des Problems ist. Mir eilt der Ruf voraus, sie würden mich umschwärmen wie die Bienen … nun ja, den Honig eben. Aber ich war noch nie in Versuchung geführt, einen von ihnen zu behalten, was der Grund für mein Image als Herzensbrecherin ist, auch wenn das nie meine Absicht war. Denn ich will durchaus etwas Dauerhaftes. Irgendwann. Aber solange ich dafür nicht den Richtigen gefunden habe, lasse ich nichts unversucht.

Meine liebe, süße Gran hat immer gesagt, es sei nicht meine Schuld, dass ich mit dichtem honigblonden Haar, seelenvollen braunen Augen und Brüsten gesegnet bin, die mir schon seit der Highschool mehr Aufmerksamkeit beschert haben, als ich je wollte. Ganz zu schweigen von den langen Beinen, die auf unerklärliche Weise das ganze Jahr über eine sexy Bräune behalten, und einem Hintern, den ein Ex-Freund mal als Kunstwerk bezeichnet hat. Ich kann nicht leugnen, dass Männer mir schon immer reichlich Beachtung geschenkt haben.

Das Einzige, was ich nie hatte, ist ein anständiger Orgasmus mit einem Mann, weshalb ich mit meinen fast dreißig Jahren immer noch solo bin. Lieber bleibe ich allein, als mich mit einem zufriedenzugeben, der es für mich nicht bringt. Aber die Neugier auf das, was mir da angeblich entgeht, hat mich heute auf diese Mission geführt – die langsam den Eindruck macht, als sei sie zum Scheitern verurteilt.

Endlich hört Blake lange genug mit dem Husten auf, um mit immer noch tränenden Augen zu mir aufzuschauen. »Würdest du das noch mal wiederholen?«

»Du hast mich schon richtig verstanden.« Stur halte ich seinem Blick stand und gebe mir größte Mühe, meine Nervosität nicht durch unruhiges Gezappel preiszugeben.

Seine stahlblauen Augen scheinen komplett durch mich hindurchzusehen, als würde er nach der Wahrheit hinter meiner unverblümten Bitte suchen. Ungeachtet des Stahls in seinem Blick bemerke ich auch eine Traurigkeit darin, bei der ich ihn am liebsten in den Arm nehmen und ihm sagen würde, dass alles gut wird, selbst wenn ich unmöglich wissen kann, ob das stimmt. Das ist der zweite Grund, der mich veranlasst hat, mich an ihn zu wenden – der Wunsch, ich könnte es für ihn irgendwie besser machen. Als er sich mit der Hand durch das kurze dunkelblonde Haar fährt, sehe ich Muskeln über Muskeln unter seinem engen T-Shirt spielen, das er zur Arbeit getragen hat.

Mir läuft das Wasser im Mund zusammen bei der Vorstellung, all diese Muskeln um mich geschlungen zu spüren. Unwillkürlich lecke ich mir über die Lippen, während meine Nippel sich aufrichten und meine Pussy sich erwartungsvoll zusammenzieht. Informationen aus einer vertrauenswürdigen Quelle namens Lauren zufolge hat Blake den größten Schwanz in der Stadt und weiß auch damit umzugehen. Bei dem Gedanken wird das Pochen zwischen meinen Schenkeln intensiver. Wenn in verzweifelten Zeiten verzweifelte Maßnahmen angebracht sind, dann bin ich stark dafür, auch den Besten für den Job anzuheuern. Und das gerade sind definitiv verzweifelte Zeiten.

»Was verschafft mir die Ehre?« Die Intensität seines Blicks straft den sexy texanischen Akzent und die lässige Haltung, mit der er auf seinem Barhocker sitzt, Lügen. Wenn man ihn so ansieht, staubig und verschwitzt nach einem Tag harter körperlicher Arbeit, könnte man meinen, er sei bloß ein gewöhnlicher Bauarbeiter.

Damit läge man grundfalsch.

Blake leitet das erfolgreichste Bau- und Renovierungsunternehmen in der Region, und nach seinem verdreckten Äußeren zu urteilen, arbeitet er genauso hart wie die vielen Männer, die bei ihm angestellt sind. An ihm unterstreicht der Dreck nur noch seine Anziehungskraft.

»Hast du's endlich geschafft? Ist außer mir niemand mehr übrig, den du ficken kannst?«

Ich kann nicht abstreiten, dass ich wahrscheinlich ein paar One-Night-Stands zu viel hatte auf meiner Jagd nach diesem schwer greifbaren »Etwas«, das andere Frauen zu solchen poetischen Ergüssen über den Akt veranlasst. Für mich ist Sex nichts Besonderes. Zwei Körper, die zusammenkommen, um ein bisschen Energie aufzuwenden. Na und? Ich habe nie verstanden, warum alle so ein Brimborium darum machen, was ich vor Kurzem Lauren gegenüber kundgetan habe. Nachdem sie mich genug ausgelacht hatte, kam von ihr: »Wenn du wissen willst, worum wir anderen alle so ein ›Brimborium‹ machen, dann musst du Blake Dempsey vögeln.«

Lauren sollte es wissen. Sie war vor ein paar Jahren kurz mit ihm zusammen und hat ihn zu einer absoluten *Maschine* im Bett erklärt. Jetzt hat sie mir versichert, mit Blake in die Kiste zu steigen würde zu Orgasmen ohne Ende und nie geahnten Genüssen führen. »Eine Nacht mit ihm«, waren Laurens Worte, »und deine Unwissenheit hat ein Ende.«

»Und das würde dir nichts ausmachen?«, habe ich meine Freundin gefragt.

Lauren hat nur mit den Schultern gezuckt. »Das zwischen uns war nur Sex. Zu mehr ist er nicht imstande, das wissen wir alle. Sich in ihn zu verlieben wäre einfach nur dumm, von daher hab ich mitgenommen, was ich kriegen konnte, und als es vorbei war, war es eben vorbei. Außerdem ist das ewig her. Nur zu, hol ihn dir – ihn und ›The Cock‹.«

Auch wenn ich Blake schon mein ganzes Leben kenne und ihn nie auch nur im Entferntesten als potenziellen Partner betrachtet habe – hauptsächlich, weil meine beste Freundin vor Ewigkeiten mal mit ihm im Bett war –, will ich doch verzweifelt genug herausfinden, was mir entgeht, dass ich in eine Bar marschiere und einen Satz ausspreche, bei dem meine liebe, süße Gran zweifellos im Grabe rotiert.

Ich darf nicht darüber nachdenken, was Gran dazu zu sagen hätte, wie ich mich hier schamlos einem Mann an den Hals werfe. Seit dieser Unterhaltung mit Lauren vor einer Woche kann ich ohnehin an kaum etwas anderes denken als die Worte »Maschine« und »Orgasmen ohne Ende«. Die besten Orgasmen, die ich je hatte, sind die, die ich mir selbst verschafft habe, von daher bin ich dringend angewiesen auf Blake und seinen legendären Schwanz.

»Bekomme ich irgendwann auch mal eine Antwort?«

Abrupt tauche ich aus meinem Erinnerungsnebel auf, und mir wird klar, dass ich ihn einfach nur angestarrt habe, während er wartet, dass ich was sage. »Wie war noch gleich die Frage?«

»Ist sonst keiner mehr übrig, den du ficken kannst? Bin ich der Letzte, der übrig ist?«

Bei seinem verächtlichen Tonfall zucke ich beinahe zusammen. Ich bin nicht besonders stolz auf die vielen Männer, die ich auf der Suche nach dem Grund für das Brimborium ausprobiert habe. »Was interessiert dich das?«

»Tut es nicht.« Es ist weithin bekannt, dass Blake Dempsey nichts außer seiner Familie, seiner Firma, seinen Mitarbeitern und einigen ausgewählten Freunden interessiert, zu denen ich gehöre – oder bis vor ungefähr fünf Minuten gehört habe. Achselzuckend trinkt er sein Bier aus und stellt die Flasche mit einem Zehn-Dollar-Schein auf die Theke. »Ist deine Angelegenheit, nicht meine.«

Als er sich zu seinen vollen eins siebenundachtzig erhebt und auf mich herunterschaut, verschlucke ich mich beinahe an meiner Zunge. Meine Nippel drücken gegen die Enge meines BHs und Tanktops, als würden sie sich nach ihm recken. Mit angehaltenem Atem warte ich ab, was er gleich tun wird.

Er bringt seinen Mund ganz dicht an mein Ohr. »Wir gehen zu mir. Fahr mir nach.« Sein Tonfall ist rau und sexy und autoritär.

Mich überläuft ein Schauer. Mein Blick wandert von breiten Schultern über schmale Hüften und noch tiefer, wo die sich abzeichnenden Konturen dieses legendären Schwanzes mich erneut dazu bringen, mir die Lippen zu lecken. Weicher, ausgewaschener Denim schmiegt sich an genau den richtigen Stellen an seinen Körper, und nur mit Mühe kann ich mich davon abhalten, die Hand auszustrecken und den Knopf zu öffnen, um die Sache ins Rollen zu bringen.

Mir wird ganz heiß, als ich mir vorstelle, wie sein dicker Schaft aus seiner Hose hervorspringt, bereit für meinen Mund, meine Pussy und wo auch immer er ihn noch reinschieben will. *Moment. Was?* Nein, doch nicht *das*, nicht mit ihm. Auf gar keinen Fall.

»Honey?«

Wieder muss ich meine sexuell aufgeladene Umneblung abschütteln und zwinge mich, seinem Blick zu begegnen. Wenn ich allein beim Gedanken an Sex mit ihm dermaßen erregt werde, kann ich mir nicht vorstellen, wie das erst wird, wenn wir es tatsächlich tun.

»Kommst du?«

Auch wenn Lauren mir versichert hat, er würde nicht ablehnen, bin ich doch unsicher genug, um überrascht zu sein, dass er mein Angebot angenommen hat. *O mein Gott,* ich werde wirklich und wahrhaftig Sex mit Blake Dempsey haben. Ich lege ihm die Hand auf die harte Brust und hauche: »O ja, ich komme, und du bald auch, Großer.« Mit der großspurigen Antwort – genau, was er von mir erwartet – überspiele ich gekonnt das Beben in meinem Inneren.

Ein Zucken in seinen ausgeprägten Kiefermuskeln ist das einzige Anzeichen von Emotionen in seiner ansonsten ausdruckslosen Miene, als er mich bei der Hand nimmt und in Richtung Tür zieht.

Ohne mich um die neugierigen Blicke der anderen Gäste zu kümmern, haste ich hinter ihm her und habe Mühe, mit seinen ausgreifenden Schritten mitzuhalten.

»Wo steht dein Wagen?«, fragt er, als wir ins schwächer werdende Licht draußen treten.

In sengenden Wellen steigt die Hitze des langen Sommertages vom Teer der Straße empor, doch ich erzittere unter dem beinahe raubtierhaften Blick, mit dem er mich betrachtet. »Da drüben.« Ich zeige auf meinen silbernen Kleinwagen mit der Folienbeklebung auf den Türen, die mein Fotostudio bewirbt.

»Ich warte auf dich.« Er lässt meine Hand los und stapft zu seinem großen schwarzen Pick-up, der sein eigenes Firmenlogo auf der Seite trägt. Ich starre ihm hinterher und bin fasziniert davon, wie die Jeans sich an seinen muskulösen Hintern schmiegt. Ich kann's kaum erwarten, zu überprüfen, ob dieser Hintern nackt genauso gut aussieht. Wem versuche ich hier eigentlich etwas vorzumachen? Nackt wird er noch besser aussehen.

Ich befehle meinen wackligen Beinen, sich in Bewegung zu setzen. Endlich kommt die Botschaft an, und ich spurte zu meinem Auto – und bringe es fertig, die Schlüssel auf die Erde fallen zu lassen. Als ich mich danach bücke, trifft mich sengend heiß die Erkenntnis, dass ich beobachtet werde. Im Aufrichten wage ich einen Blick hinüber zu seinem Pick-up und ertappe ihn dabei, wie er mich intensiv betrachtet, komplett auf meinen Po fixiert.

Das innere Beben beginnt erneut, und als ich eingestiegen bin, fummle ich wieder ungeschickt mit dem Schlüssel herum, bevor ich es schaffe, den Wagen zu starten. Wenn das so weitergeht, bin ich in der Irrenanstalt, bevor ich überhaupt von Blake gekriegt habe, was ich will.

Sein Pick-up zieht eine Staubfahne hinter sich her, als er vom Parkplatz auf den Highway 90 fährt und die Innenstadt von Marfa, Texas, hinter sich lässt. Wie ein Feuerball glüht die Sonne am Himmel, als ich ihm in sicherem Abstand folge. Das Letzte, was ich jetzt gebrauchen kann, ist ein Auffahrunfall, bloß weil ich so eine nervöse Idiotin bin.

Dabei ist es nicht so, als hätte ich nicht schon öfter Typen angemacht. Das habe ich durchaus, ein- oder zweimal. Aber obwohl wir einen gemeinsamen Freundeskreis haben und uns seit Ewigkeiten kennen, ist Blake so unnahbar und außer Konkurrenz, dass ich all meinen Mut zusammenkratzen musste, um in diese Bar zu marschieren und meinen Spruch aufzusagen. Endlos haben Lauren und ich daran gefeilt, bis ich es genau richtig hinbekommen habe. Mit zittrigen Fingern und feuchten Handflächen greife ich nach meinem Handy.

»Was hat er gesagt?«, fragt Lauren, als sie gleich beim ersten Klingeln abnimmt.

»Ich fahre hinter ihm her zu ihm.«

»Nach *Hause?*«

»Ja.«

»Das ist ja der Hammer! Er nimmt nie Frauen mit nach Hause.« Lauren quietscht aufgeregt. »Ich bin so was von eifersüchtig!«

Alarmiert verreiße ich fast das Lenkrad, bevor ich wieder in die Spur finde. »Du hast gesagt, es macht dir nichts aus!« Ich darf Lauren nicht verlieren, sie ist die einzige Form von Familie, die ich noch habe. »Ich blase das Ganze sofort ab, wenn du nicht willst, dass ich mitgehe.«

»Ich bin doch nicht *seinetwegen* eifersüchtig. Ich bin bloß neidisch, dass du The Cock genießen darfst.«

Ich schlucke schwer. »So anders als alle anderen kann der doch nicht sein.«

Durchs Telefon kommt ein schmutziges Kichern. »Oh, Honey … Du hast keine Ahnung, was dir da bevorsteht. Wenn du morgen o-beinig läufst, denk dran, ich hab's dir prophezeit.«

Mir rollt eine Schweißperle das Rückgrat hinunter. Für einen Moment klemme ich mir das Handy zwischen Ohr und Schulter und drehe die Klimaanlage auf. Ich folge dem schwarzen Pick-up, als er nach links auf die Antelope Hills Road abbiegt. »Du hast schon immer zu Übertreibungen geneigt, Lo.«

Lauren prustet vor Lachen. »Wirst es ja bald sehen, in diesem Fall übertreibe ich *nicht*. Ruf mich gleich morgen früh an. Ich will alle Einzelheiten. Am besten machst du dir Notizen.«

»Halt die Klappe.«

»Honey …«

Der ungewohnt ernste Ton lässt mich sofort wachsam werden. »Was?«

»Seit dem Tod deiner Gran suchst du unablässig nach einem Ort, den du wieder als Zuhause bezeichnen kannst. Doch das wird nicht bei ihm sein, okay? Ganz egal, was passiert, vergiss das nie, hörst du?«

»Hab's verstanden.«

Blakes Geschichte ist in der Stadt bekannt. Er gibt sich die Schuld an einem Autounfall in unserem Abschlussjahr an der Highschool, bei dem seine Freundin Jordan Pullman ums Leben gekommen ist. Auch Lauren und ich waren mit ihr befreundet. Jordans Tod hat unseren gesamten Jahrgang erschüttert, aber niemanden mehr als Blake. Selbst nachdem die Polizei ermittelt hatte, dass der Unfall allein das Verschulden des anderen Fahrers war, hat Blake nicht aufgehört, sich Vorwürfe zu machen. Seit damals lässt er niemanden mehr an sich ran – vor allem keine Frauen – und steckt all seine Energie in seine Firma. Hier und da schleppt er mal eine ab, aber nie für länger als eine Nacht.

Meine Geschichte ist genauso stadtbekannt. Als wenige Tage altes Baby wurde ich vor der Kirchentür ausgesetzt, und Nora Carmichael, die ihr ganzes Leben lang nie geheiratet hatte, hat mich großgezogen wie ihre eigene Tochter. Weil Nora schon Anfang sechzig war, als ich zu ihr kam, habe ich sie immer »Gran« genannt. Vor zehn Jahren, als ich gerade einmal zwanzig war, ist sie gestorben und hat mich mutterseelenallein auf der Welt zurückgelassen. Alles in allem habe ich mich ganz gut geschlagen, aber leicht war es nicht.

»Und du rufst mich morgen an?«, hakt Lauren nach.

»Mache ich.«

»Denk dran: nur Sex.«

»Angekommen.«

»Welchen hast du genommen? ›Ich will, dass du mich fickst‹?«, will Lauren wissen. Im Vorfeld haben wir über eine Menge Aufhänger diskutiert und uns schließlich für den direktesten Ansatz entschieden.

»Ja, genau.«

»Den muss ich mal bei Garrett probieren.«

Seit Jahren verzehrt sich die arme Lauren nach Garrett McKinley, der in Blakes Firma die Bücher führt – genau wie für die meisten anderen Unternehmen der Stadt, meins eingeschlossen. »Was hält dich davon ab?«

»Äh, nur die winzig kleine Tatsache, dass er mich für ein hirnloses Flittchen hält.«

»Du bist weder hirnlos noch ein Flittchen. Sieh dir doch mal an, zu was für einem Riesenerfolg du deinen Blumenladen gemacht hast. Wie kann er dich denn da bitte für hirnlos halten?«

»Vielleicht, weil ich mich so benehme, sobald er auch nur im selben Ortsteil ist?«

»Ich finde immer noch, du solltest ihn dafür anheuern, deine Bücher zu führen. Dann kriegt er ja mit, was für ein Superhirn du bist.«

»Auf gar keinen Fall. Die Befriedigung gebe ich ihm nicht.«

Einen Block weiter sehe ich Blake in eine Auffahrt biegen. Das Tor einer Doppelgarage öffnet sich, Blake fährt hinein. »Ich muss Schluss machen. Wir sind da.«

»Nur Sex«, erinnert Lauren mich ein letztes Mal.

»Ich hab dich auch schon die ersten zehn Mal verstanden. Bis dann, Lo.« Ich lege auf und wiederhole Laurens Dauerschleife: »Nur Sex.« In den Armen des distanziertesten Mannes, den ich kenne, werde ich alles, aber bestimmt nicht meine neue Heimat finden. Entschlossen, mir diese eine Nacht mit ihm und The Cock zu nehmen – bei dem Gedanken muss ich nervös kichern –, folge ich Blakes Handzeichen und parke meinen Wagen in der leeren Garagenhälfte.

Bis ich ausgestiegen bin und ihm in die angrenzende Waschküche gefolgt bin, hat er sich schon die Arbeitsstiefel abgestreift und sich bis auf enge Boxershorts, die seinen Knackarsch zur Geltung bringen, ausgezogen.

Ich starre auf die Muskeln an seinem Rücken, die sich bis hinunter zu diesem exzellenten Hintern ziehen – und frage mich, ob er gleich hier zur Sache kommen will. Mit einem Räuspern mache ich mich bemerkbar.

Ohne besondere Eile stopft er seine Klamotten in die Waschmaschine, füllt Waschpulver ein und stellt sie an. Dann, als wäre ich überhaupt nicht da, geht er in die Küche.

Ich weiß nicht so recht, ob ich mitkommen soll, tue es aber trotzdem.

Er reicht mir einen Faltzettel. »Bestell für mich das Übliche, und such dir aus, was immer du willst.«

Irgendwie gelingt es mir, den Blick vom leckersten Stück Männerbrust loszureißen, das ich je gesehen habe, und ich schaue auf den Faltzettel hinunter. Ich erkenne das Logo der Pizza Foundation. »Die liefern nicht.«

»Für mich schon. Ich zahle dafür.«

»Ich hab keinen Hunger.«

Er wirft mir einen bedeutungsvollen Blick zu. »Ich hab den ganzen Tag gearbeitet, und wenn ich jetzt auch noch die Nacht durchmachen soll, dann brauche ich Treibstoff – und du auch.«

Mir steigt unerwartete Hitze in die Wangen, als mir aufgeht, was er damit andeutet. *Die ganze Nacht. Whoa.*

»Mach du die Bestellung, ich dusch rasch. Im Kühlschrank ist was zu trinken, bedien dich.«

Noch lange nachdem er den Raum verlassen hat, stehe ich reglos da – in einer schickeren Küche, als ich erwartet hätte. Was zum Teufel mache ich hier? Bin ich allen Ernstes in Blake Dempseys Stammkneipe gegangen und hab ihm gesagt, er soll mich ficken? »Jetzt hast du auch noch das letzte bisschen Verstand verloren, Honey Carmichael.«

Ich könnte Schadensbegrenzung betreiben und einfach abhauen, solange er unter der Dusche steht. Sicher, die paar Gelegenheiten im Jahr, zu denen wir uns im Supermarkt oder bei gemeinsamen Freunden über den Weg laufen, wären von jetzt an leicht peinlich, aber damit könnte ich leben, wenn es mir hilft, wenigstens ansatzweise das Gesicht zu wahren.

Mit einem *Pling* geht auf meinem Handy eine neue Nachricht ein und reißt mich aus meiner vorübergehenden Lähmung. Ich wühle in meiner Handtasche und finde das Smartphone. Lauren: *Was auch passiert, zieh ja nicht den Schwanz ein. Du würdest es auf ewig bereuen, das kannst du mir glauben!*

Wie immer ist Laurens Timing perfekt. Also atme ich tief ein und wieder aus, rufe beim Pizzaservice an und nehme mir dann ein Bier aus dem Kühlschrank. Wenn es je einen passenden Zeitpunkt dafür gegeben hat, sich Mut anzutrinken, dann ist es dieser.

KAPITEL 2

Blake

Kommt eine Frau in eine Bar und verpasst einem Kerl den Schock seines Lebens … Nicht in einer Million Jahre hätte ich damit gerechnet, dass dieser Tag so ausgeht – dass Honey Carmichael sich in der Bar vor mir aufbaut und von mir verlangt, sie zu ficken.

Zügig fahre ich mir mit dem Rasierer übers Gesicht. Dann, als ich an Honeys makellos zarte Haut denke, gehe ich noch einmal gründlicher drüber. Wenn diese Begegnung allerdings die ganze Nacht dauert, macht es ohnehin keinen Unterschied. Mein Bart wächst verdammt schnell.

Hat Honey Carmichael es also tatsächlich bis zu mir geschafft. Auch wenn es lange genug gedauert hat. Honey ist das einzige Mädchen aus meiner Kindheit, das sich mir nie an den Hals geworfen hat, nachdem ich vom schlaksigen Jugendlichen zum Mann mit Männer-Appetit herangewachsen war. Nein, sie ist mir immer ein Rätsel geblieben, während sie diverse andere Typen in der Stadt abgegrast hat.

Ich hatte mich schon gefragt – öfter, als ich je irgendwem gegenüber zugeben würde –, warum sie sich mit jedem außer mir einzulassen scheint. Liegt es daran, dass da zwischen uns immer dieser gewisse Funke war, etwas potenziell Brandge-fährliches, oder geht das bloß mir so? Jetzt ist es auch egal, beschließe ich, als ich aus der Dusche steige und mir ein Handtuch greife.

Ausnahmsweise mache ich mir sogar die Mühe, mir die Haare zu kämmen und mir ein bisschen was von dem Aftershave auf die Wangen zu klatschen, das meine Mutter mir zu Weihnachten geschenkt hat. Und damit habe ich für diesen Abend mit Honey bereits dreimal mehr Vorbereitungen getroffen als für jede andere Frau seit Jahren.

Honey Carmichael.

Als ich an die bevorstehende Nacht denke, durchzuckt mich Vorfreude. Schmeckt sie so köstlich, wie sie aussieht? Sind ihre Brüste eine perfekte Handvoll oder tatsächlich so groß, wie sie aussehen? Welche Farbe haben ihre Nippel? Und ist das Honigblond auf ihrem Kopf ihre echte Haarfarbe? Ich kann es kaum erwarten, es herauszufinden.

Mit einem letzten Blick in den Spiegel komme ich zu dem Schluss, dass ich so präsentabel bin, wie ich es eben hinkriege, und gehe rüber ins Schlafzimmer. Mist! Das Bett! Ich kann mich nicht erinnern, wann ich das zuletzt neu bezogen habe. Hastig schnappe ich mir frische Bettwäsche vom Regal im Wandschrank und hole das nach. Dann streife ich mir eine knielange Sporthose über und gehe nachschauen, was Honey während meiner Abwesenheit so angestellt hat.

Ich finde sie im Wohnzimmer, wo sie sich an einem Bier festhält und ein Fotoalbum aus meiner Kindheit durchblättert – ebenfalls ein Weihnachtsgeschenk von meiner Mutter.

Ohne aufzusehen, sagt Honey: »Du warst ganz schön süß als kleiner Junge.«

»Du musst es ja wissen, du warst schließlich selbst dabei.« Ich kann mich nicht an eine Zeit erinnern, zu der ich sie nicht gekannt habe.

»Aber damals warst du ganz schön gemein und schroff.«

Das überrascht mich. »Echt?«

»Mhm. Wenn ich nach Hause gekommen bin, hab ich Gran immer erzählt, wie gemein du wieder zu mir warst.«

Ich setze mich aufs Sofa und lasse einen angemessenen Abstand zwischen uns. Bevor ich sie anfasse, muss ich was essen, denn wenn ich erst mal anfange, werde ich nicht aufhören, bis die Sonne wieder aufgeht. Gott sei Dank ist morgen

Samstag, und ich habe meinen Leuten das Wochenende freigegeben, nachdem wir einen Monat mit Sieben-Tage-Wochen auf dem Bau hinter uns haben. »Ich war *gemein* zu dir? Wann war das denn?«

Honey stößt ein Lachen aus, das mir direkt in den Schwanz fährt. Er kann es gar nicht erwarten, endlich loszulegen. »Du kannst dich ehrlich nicht erinnern, was?«

»Tut mir leid.«

»Du hast mich immer über den Spielplatz gejagt und mich gekniffen, bis ich geweint hab.«

»Hab ich nicht!«

»Doch, hast du.«

»Das denkst du dir doch aus.«

»Tu ich nicht! Ich weiß ja wohl noch, wer mich immer gekniffen und zum Heulen gebracht hat.«

»Tut mir leid, dass ich dich zum Weinen gebracht hab.«

»Ist schon gut, das ist schließlich ewig her.«

Wir tauschen ein Lächeln voller Nostalgie und Vorfreude, und es kostet mich all meine Selbstbeherrschung, die Hände bei mir zu behalten. Die Türklingel bewahrt mich davor, ihr das Fotoalbum wegzunehmen und die abendlichen Festivitäten vorzeitig einzuläuten.

Ich drücke dem Lieferjungen sein Geld in die Hand und bringe die Pizzaschachtel und die mitgelieferte Tüte in die Küche. Bei dem Geruch läuft mir schon das Wasser im Mund zusammen. Nach einem langen Arbeitstag bin ich immer halb verhungert. Ich nehme mir ein Bier aus dem Kühlschrank und öffne die Flasche. Im nächsten Moment erscheint Honey an der Tür. Mit ihrer zögernden, unsicheren Miene hat sie keinerlei Ähnlichkeit mehr mit der Frau, die mir vor einer Stunde erst ein so unverblümtes Angebot gemacht hat.

»Mehr hast du dir nicht bestellt?«, frage ich, als ich den kleinen Salat in der Tüte sehe. »Das reicht nicht mal ansatzweise.«

»Mehr wollte ich nicht.«

»Du wirst heute Nacht *eine Menge* Kalorien verbrennen.« Ich liebe es, wie ihr diese flammende Röte ins Gesicht schießt, sobald ich sie daran erinnere, warum sie hier bei mir ist und was nach dem Essen geschehen wird. So langsam schwant mir, dass sie nicht halb so draufgängerisch ist, wie sie mich nach dieser schamlosen Anmache in der Bar gern glauben machen würde. »Schon okay. Ich geb dir was von meiner Pizza ab.«

Ich hebe den Deckel von der extradünnen, extraknusprigen Peperonipizza mit grüner Paprika und extra Soße. »So mag ich das«, stelle ich zufrieden fest, als der köstliche Duft aufsteigt.

»Die sieht tatsächlich ziemlich gut aus«, gibt sie sehnsüchtig zu. »Ich weiß nicht, wann ich das letzte Mal Pizza gegessen hab.«

»Magst du keine Pizza?«

»Ich liebe sie – das ist das Problem. Die macht fett.«

Ich gönne mir einen langen, eingehenden Blick auf Honeys straffe Figur, die genau die richtigen Kurven hat. »Du kannst es dir leisten.«

»Nicht, wenn ich jedes Mal eine esse, wenn mir danach ist.«

Ich hole zwei Teller aus dem Schrank über der Spülmaschine, lege drei Stücke Pizza auf meinen und eins auf ihren. Dann reiche ich ihr den Teller samt Besteck und erkläre: »Du wirst deine Kräfte noch brauchen, mein Honigkuchen.«

»Na, mit deinem Selbstbewusstsein hast du jedenfalls keine Probleme«, merkt sie an, aber ich sehe ihr an, dass der Spitzname, den ich ihr verpasst habe, sie amüsiert.

Während ich noch über ihren Kommentar lache, mustere ich die süße Röte, die ihr in die Wangen gestiegen ist, und frage mich, warum mir bisher nie aufgefallen ist, wie sie anläuft, wenn ihr etwas peinlich ist. Wenn es nach mir geht, wird ihr Gesicht die ganze Nacht über knallrot sein. Ich habe vor, sie wieder und wieder über sämtliche Schamgrenzen hinauszutreiben, bevor ich mit ihr fertig bin. Ohne sie aus den Augen zu lassen, trinke ich einen Schluck von meinem Bier.

»Jetzt erklär mir mal was, Honey Carmichael.« Ich warte, bis ich ihre volle Aufmerksamkeit habe. »Warum ich? Warum jetzt?«

Honey

Ich ringe mit mir, wie ich darauf antworten soll. Wage ich es, ihm die Wahrheit zu sagen? Dass ich gehört habe, er sei ein Gott im Bett, und mich danach sehne, endlich mal mit einem echten Mann zu schlafen, der nicht wie ein notgeiler Teenager bei seinem ersten Mal durch den Akt stolpert? Oder heuchele ich Langeweile und lasse ihn in dem Glauben, er sei einer der wenigen verbleibenden Männer in der Stadt, mit denen ich noch nichts hatte, obwohl das von der Wahrheit weit entfernt ist? Seine Freunde Matt und Garrett habe ich zum Beispiel nie angerührt.

»Die Wahrheit, Honey«, mahnt er, als würde er meine Gedanken lesen.

Bin ich wirklich so durchschaubar? Oder ist er so aufmerksam? Ich lege mein Besteck ab und tupfe mir die Lippen mit einer Serviette ab. »Ich will mit jemandem schlafen, der weiß, was er tut, ohne dass man es ihm erst erklären muss.« Die Worte haben meinen Mund verlassen, bevor ich überhaupt bewusst die Entscheidung getroffen habe, ehrlich zu antworten.

»Und du denkst, ich weiß, was ich tue?«

»Zumindest hab ich das gehört.«

Er lacht kurz auf. »Warum wirft man uns Kerlen eigentlich immer vor, Intimitäten auszuplaudern, wo ihr Frauen doch diejenigen seid, die alles rumtratschen?«

»Wir ›tratschen‹ nicht, wir tauschen uns aus.«

»Ist das so? Und was hast du bei diesem ›Austausch‹ über mich gehört?«

»Wie gesagt: Du weißt, was du tust.«

Blake lässt die Bierflasche zwischen Daumen und Zeigefinger baumeln und mustert mich raubtierhaft. »Willst du rausfinden, ob das stimmt?«

Ich schlucke schwer und habe Mühe, nicht zu blinzeln, während mir am ganzen Körper warm wird. »Ist mein bisheriges Verhalten an diesem Abend nicht ziemlich selbsterklärend?«

Sein Grinsen ist arrogant und gleichzeitig sexy. »Iss deine Pizza.«

»Ich hab keinen Hunger.« Ich bin zu nervös zum Essen – nicht dass ich das ihm gegenüber zugeben würde. Was mir vor einer Stunde noch als brillante Idee erschienen ist, wirkt mit jeder Minute grotesker. Blake und ich kennen uns schon unser Leben lang, und von heute an wird sich mir bei jeder Begegnung die Erinnerung aufdrängen, wie ich mich ihm an den Hals geworfen habe wie ein billiges Flittchen. »Ich hab so was noch nie gemacht.« Plötzlich ist es von entscheidender Bedeutung, dass er weiß, dass ich noch keinen Mann so dreist angemacht habe wie ihn.

»Was?«

»Einem Mann gesagt, er soll … Du weißt schon …«

In seinen Augen funkelt Erheiterung. »Dich ficken?«

Muss er mir dieses Wort so unter die Nase reiben? Ich schiebe meinen Stuhl vom Tisch und stehe auf. »Das war ein Fehler. Ich hätte das nicht machen sollen. Ich will nicht, dass du denkst …«

Schnell ist er auf den Beinen und hält mich auf, bevor ich die Tür erreiche. Obwohl er aus nichts als Muskeln besteht und mindestens dreißig Kilo schwerer ist als ich, fühle ich mich in keiner Weise von ihm bedroht. Stattdessen schickt seine Nähe eine prickelnde Erregung über meine Haut. Die feinen Härchen auf seiner Brust sind dunkler als sein Haupthaar. Gierig lasse ich den Blick über seine wohlproportionierten Brustmuskeln hinab zu seinem Waschbrettbauch wandern, bis zu der Spur dunklerer Härchen, die von seinem Bauchnabel bis unter den Bund seiner Shorts führt. Ich zwinge mich, wieder aufzuschauen, und bemerke, dass er mich genau beobachtet.

Seine Hände landen an meinen Hüften, und er zieht mich enger an sich, so dicht, dass unser Atem sich mischt und seine Lippen gefährlich nah vor meinen schweben.

Ich kann nicht umhin, zu bemerken, wie perfekt wir körperlich zusammenpassen, da mein Kopf direkt unter seinem Kinn endet.

»Schäm dich niemals, zu sagen, was du willst«, fordert er mit rauer Stimme.

»Ungeachtet dessen, was ich da in der Bar zu dir gesagt hab, will ich nicht, dass du mich für billig hältst.«

»Das könnte ich niemals denken, Honey. Du bist wunderschön, das fand ich schon immer.«

»Ja?«

Er nickt und berührt meine Lippen mit dem Hauch eines Kusses.

Doch mich durchfährt die Berührung bis in jede Faser meines Körpers. Ich dränge mich ihm entgegen, verzehre mich nach so viel mehr.

Als Nächstes wendet er seine Aufmerksamkeit meinem Hals zu und tupft eine flammende Spur federleichter Küsse über meine Haut, sodass mir ein Wimmern entweicht.

»Ganz ruhig«, flüstert er. »Ich gebe dir, was du willst, Süße. Wir haben die ganze Nacht.«

Seine Worte sind beruhigend und lassen zugleich die Lust noch höher in mir auflodern. Wie kann das sein?

»Fass mich an, Honey.«

Unvermittelt wird mir bewusst, dass meine Hände bloß unbeholfen herabbaumeln, während er dieses magische Netz um uns spinnt. Ich hebe sie, lege sie ihm auf den Rücken und spüre warme, glatte Haut unter meinen Fingern.

Er schnappt nach Luft und lässt die Hände auf meinen Hintern sinken, zieht mich fest an die harte Länge seiner Erektion.

Als ich zum ersten Mal mit The Cock in Berührung komme, muss ich ein Keuchen unterdrücken. Pochend drückt er sich an mich, und ich hungere danach, ihn dort zu berühren. Doch ich halte mich zurück, will nicht übereifrig erscheinen.

Er nimmt mir die Entscheidung ab, indem er meine Hand fasst und sie sich auf sein pulsierendes Gemächt legt. »Hast du davon auch gehört?«

Mein Mund wird staubtrocken, als ich tastend seine vollen Ausmaße begreife. *Gütiger Gott.* Schon beim Gedanken daran werde ich feucht.

»Und?«, bohrt er nach.

Ich nicke und lege die Handfläche auf ihn, arbeite mich von der Wurzel bis zur Spitze vor und weide mich an dem Zucken, das durch seinen angespannten Kiefer geht.

»Und was erzählt man sich darüber?«

»Ich, äh … Dass er groß ist.«

»Ist er das?«

»Das weißt du sehr gut.« Wie ich noch zusammenhängende Worte herausbringe, während seine Finger sich ins Fleisch meines Pos graben, ist mir schleierhaft.

»Der Größte, den du je gefühlt hast?«

»Ja.«

»Willst du ihn in dir?«

»Ja. O ja.« Sämtliche Bedenken, ich könnte willenlos oder billig erscheinen, werden davongeschwemmt von einem Tsunami der Lust, der sich urgewaltig von meiner Handfläche bis in jeden empfindsamen Punkt meines Körpers Bahn bricht.

Blakes Atem an meinem Ohr lässt mich erschauern. »Ist deine Pussy schon allein von der Vorstellung feucht?«

Mein Nicken entlockt ihm ein befriedigtes Grinsen. Bei jedem anderen Mann würde mich diese Arroganz abschrecken, aber bei ihm verstärkt sie irgendwie nur seine übermächtige Anziehungskraft.

»Dazu kommen wir noch«, sagt er. »Wenn es so weit ist.«

Ich möchte stöhnend protestieren, doch er hat mich bereits an der Hand genommen und zieht mich in sein Schlafzimmer. »Stimmt es, dass du sonst nie Frauen hierherbringst?«

Bei der Frage bleibt er wie angewurzelt stehen. Er dreht sich zu mir um und hebt eine Augenbraue. »Gibt es eigentlich noch irgendwas, was du *nicht* über mich gehört hast?«

Ich zucke die Achseln und hoffe inständig, dass ich mit meiner Fragerei nicht die Stimmung verdorben habe. »Ich hab gehört, du nimmst generell keine Frauen mit nach Hause.«

»Tu ich auch nicht.«

»Warum mich? Warum jetzt?«

Er lächelt, als ich seine Fragen von vorhin nun ihm vorsetze. »Honey Carmichael hat von mir verlangt, sie zu ficken. Ich konnte doch nicht mit der heißesten Frau der Stadt in eine billige Absteige gehen.«

Wieder zieht der Gluthauch der Scham über meinen Körper angesichts der erneuten Erinnerung an meine dreiste Anmache, vermischt mit Freude über das unerwartete Kompliment. »Das darf ich mir wohl für den Rest meines Lebens von dir anhören, oder?«

»Dieses und dein gesamtes nächstes Leben noch.«

»Na toll.«

Verführerisch wackelt er mit den Augenbrauen, während in seinem sonst so ernsten Blick Erheiterung funkelt. Es ist schön, ihn lächeln zu sehen. »Das wird es, Süße. Versprochen.«

Mir werden die Beine schwach angesichts des sinnlichen Untertons in seinen rau hervorgestoßenen Worten.

Seine Finger ertasten den Saum meines Tanktops, und er zieht es mir über den Kopf. Als er darunter den Spitzen-BH entdeckt, den ich extra für ihn angezogen habe, verdunkeln seine blauen Augen sich vor Verlangen. Der BH gesellt sich zu meinem Oberteil auf dem Fußboden.

»Rosa«, sagt er, ohne die Augen von meinen Brüsten zu nehmen.

»Was?«

»Deine Nippel.« Er umkreist sie beide mit den Zeigefingern. »Ich hab mich gefragt, welche Farbe sie wohl haben. Jetzt weiß ich es.«

»Solche Sachen hast du dich über mich gefragt? Schon vor heute Abend?«

Nickend zieht er am Knopf meiner Jeansshorts und hat sie mir so flink abgestreift, dass ich aus dem Gleichgewicht komme und mich an seinen Schultern festhalten muss, um auf meinen Acht-Zentimeter-Absätzen nicht umzufallen.

Der transparente Tanga zum BH ist dank des verbalen Schlagabtauschs, der uns an diesen Punkt geführt hat, bereits feucht. »Was hast du dich noch so gefragt?«

»Ob deine Haare da unten genauso zu deinem Namen passen wie die auf deinem Kopf.« Er umfasst meinen Venushügel, drückt den Mittelfinger zwischen meine Schamlippen und reibt den Stoff darüber. »Und das tun sie.«

Stöhnend klammere ich mich fester an seine Schultern.

»So feucht«, flüstert er. »Dabei haben wir noch gar nichts gemacht.«

Das überlebe ich nicht. Ja, ich wollte wissen, was das ganze Brimborium soll, aber nichts hätte mich auf Blake Dempseys ganz eigene, intensive Sexualität vorbereiten können. Hätte mich vor dem heutigen Abend jemand gefragt, ob ich je echte Begierde gespürt habe, ich hätte mit Ja geantwortet – selbstverständlich. Aber ich hätte mich geirrt. *Das hier* ist echte Begierde. Zum ersten Mal in meinem Leben begreife ich es. Wenn es sich so anfühlt, kann ich verstehen, warum andere Frauen wegen Sex so durchdrehen.

Rhythmisch bewegt er seine Finger vor und zurück, bis ich ihm instinktiv mit wiegenden Hüften entgegenkomme.

»Hör nicht auf.« Ich stehe kurz vor etwas Großem, Mächtigem.

»Würde mir im Traum nicht einfallen.« Er schlingt den freien Arm um meine Taille, zieht mich enger an sich und senkt den Kopf, um fest an einer meiner Brustspitzen zu saugen.

Hilflos grabe ich die Finger in seine Haare, um ihn dort festzuhalten, während ich mich weiter an seiner Hand wiege und meine Erregung wächst und wächst, bis sie sich Bahn bricht und schäumend durch meinen Körper schießt, Woge um Woge himmlischer Lust, unter der alles andere, was ich je mit einem Mann erlebt habe, komplett verblasst. Ein Orgasmus, und schon ist Blake anders als alle anderen, mit denen ich je etwas hatte. Als die Erkenntnis mich überrollt, finde ich zurück in die Realität und entdecke, dass er mich auf sein Bett bugsiert hat und sich über mir aufstützt.

Geschickt liebkosen und streicheln seine Finger mich weiter durch die Nachbeben. »Wunderschön«, sagt er leise, und mir schießt eine brennende Röte in die Wangen, als ich mir ausmale, wie ungehemmt ich gewirkt haben muss.

Die Anspannung an seinem Kiefer scheint sich vervielfacht zu haben, während er mich durch meinen erderschütternden Höhepunkt geleitet hat.

Ich hebe die Hand an sein Gesicht und sehe den Druck unter meiner Berührung dahinschmelzen.

Genüsslich umfasst er meine Brust und starrt die Spitze an. Heißes Verlangen lodert in seinem Blick, als er den Kopf senkt und mit der Zunge über mein pralles Fleisch fährt. »Köstlich.« Er hält mich fest unter der Hitze seines Mundes, saugt erst an der einen, dann an der anderen Brustspitze, und die ganze Zeit über streichelt er mich mit der anderen Hand weiter zwischen den Beinen. »Gott, du bist süß wie Honig. Ich hab's immer gewusst.«

Immer gewusst? Ich fahre ihm mit beiden Händen über den muskulösen Rücken, bis ich den Bund seiner Shorts erreiche. Brennend vor Neugier schiebe ich die Hände darunter und umfasse seinen festen Po. Das entlockt ihm ein gequältes Stöhnen, und er saugt härter.

Mit einem überraschten Ausruf drücke ich noch einmal seinen Po.

»Berühr mich, Honey.« Eben war sein Tonfall noch verführerisch, jetzt klingt er flehentlich. »Fass mich an.«

Ich weiß genau, welchen Teil von ihm ich berühren soll, und falls da noch irgendwelche Zweifel bestanden, räumt er sie aus, indem er das Becken anhebt, damit ich Platz habe, die Hand von seinem Hintern nach vorn zu führen. Ich setze ganz unten an und versuche vergebens, meine Finger um seinen dicken Schaft zu schließen.

O mein Gott. Ich lasse die Hand aufwärtsgleiten, weiter und weiter hinauf an seinem pulsierenden Gemächt. *Grundgütiger, der ist ja riesig.*

Als hätte ich nicht soeben den explosivsten Orgasmus meines Lebens gehabt, pocht mein Kitzler schon wieder erwartungsvoll. Unwillkürlich spanne ich die Oberschenkel an, suche nach Erleichterung von dieser gnadenlosen Begierde, die sich aufs Neue aufstaut.

Während ich ihn weiter mit den Fingern erforsche, verharrt Blake über mir absolut still. Seine Augen sind geschlossen, nur sein Adamsapfel hüpft ein wenig.

Dass ich eine solche Wirkung auf ihn habe, ist ein berauschendes Aphrodisiakum – nicht dass ich in dem Bereich auf irgendwelche Hilfe angewiesen wäre. Noch nie war ich so erregt.

Endlich ertaste ich seine Eichel und fahre mit dem Daumen durch die Flüssigkeit, die sie benetzt. Ich drücke die Daumenkuppe auf den Schlitz ganz oben und entlocke Blake damit ein tiefes Stöhnen.

Plötzlich reicht es mir nicht mehr, The Cock zu spüren. Ich will ihn auch sehen. Entschlossen lasse ich ihn los – woraufhin Blake ein gequältes Ächzen entfährt – und schiebe die Shorts von der Hüfte nach unten. »Leg dich auf den Rücken.«

»Warte, ich will …«

»Auf den Rücken«, sage ich mit mehr Nachdruck.

»Was immer die Dame verlangt.«

Nachdem er sich hingelegt hat, befreie ich seinen Schwanz aus der Hose. Meine Augen werden groß, und mir fällt die Kinnlade herunter.

»Gefällt dir, was du siehst?«, fragt er und lässt mich dabei keine Sekunde aus den Augen.

Ich nicke, doch zugleich kriecht erneut eine leise Furcht mein Rückgrat hinauf. Schon mehrere Liebhaber haben kommentiert, wie klein und eng ich bin. Was ist, wenn er nicht in mich reinpasst?

Er zupft an einer Haarsträhne von mir, die auf seiner Brust gelandet ist, und lenkt meine Aufmerksamkeit auf sein Gesicht. »Mach dir keinen Kopf. Wir gehen es ganz langsam und entspannt an.«

Vermutlich sollte ich mir Sorgen darüber machen, wie mühelos er mich durchschaut, aber dazu bin ich zu fokussiert auf das vor mir liegende männliche Buffet, das nur auf meinen nächsten Schachzug wartet. Ich senke den Kopf und hauche sanfte Küsse auf seine Brust, konzentriere mich auf die dunklen Kreise seiner Brustwarzen, necke sie mit Lippen und Zunge, bis sie sich aufrichten. Unablässig lasse ich dabei meine Brüste über seinen festen Waschbrettbauch gleiten.

Langsam arbeite ich mich nach unten vor, lecke, knabbere und küsse eine Spur bis zu seinem Bauchnabel. Er riecht nach Duschgel und Sonne und hartem, muskulösem Mann. Als ich die Zunge in die Kuhle seines Nabels tauche, spüre ich überrascht seinen Griff in meinem Haar härter werden und höre ihn scharf einatmen. Erfüllt von meiner Macht lege ich die Finger um seinen Schwanz und hebe ihn an.

Vor heute Abend, vor ihm, hatte ich keine Ahnung, dass es derart große Penisse gibt. Ich strecke die Zunge raus und berühre damit die feuchte Eichel, umspiele mit flinken Bewegungen den Schlitz.

»Verdammt«, stöhnt er. »Honey … *Gott.*« Seine Augen sind geschlossen, sein Kopf zurückgeworfen, und wieder sehe ich seinen Adamsapfel in seiner Kehle auf und ab gleiten.

Ich öffne den Mund, so weit ich kann, und schließe die Lippen um ihn, sauge an dem empfindsamen Fleisch, verwöhne ihn mit Zungenschlägen und massiere ihn dabei weiter mit der Hand. Mit Mühe nehme ich einen weiteren Zentimeter in meinen Mund auf und stöhne frustriert auf, als mir klar wird, dass ich ihn unmöglich ganz hineinbekomme.

Die Vibration meines Stöhnens an seinem Schaft entlockt ihm einen scharfen Ausruf, was mich nur noch entschlossener macht, ihm so viel Lust zu bereiten, wie es nur irgend geht. Er ist immer so ernst und düster. Ich will ihn seine schreckliche Bürde vergessen machen, selbst wenn es nur für kurze Zeit ist.

Ich ziehe den Kopf zurück und lasse die Zunge von der Eichel bis zur Wurzel gleiten, richte meine Aufmerksamkeit ganz auf seinen Sack, der fest zusammengezogen zwischen seinen Beinen liegt. Mit der Zungenspitze umfahre ich zuerst einen, dann den anderen Hoden. Ich lege beide Hände an seine Oberschenkel und dirigiere seine Knie nach oben und auseinander.

Sobald meine Zunge die empfindsame Haut unter seinem Sack berührt, schießen lange Samenstöße auf seine Brust und seinen Bauch.

Ich packe ihn fester, massiere ihn so hart, wie ich mich gerade noch traue, und ernte ein weiteres tiefes Stöhnen aus seiner Kehle.

»Heilige Scheiße«, flüstert er schließlich schwer atmend.

Mit einem triumphierenden Lächeln hebe ich die Hand und verschmiere seinen heißen Samen auf seinem Waschbrettbauch.

»Honey! Fuck!« Sein eben erst befriedigter Schwanz ist genauso hart wie vor seinem Orgasmus und macht sich pulsierend zwischen meinen Brüsten bemerkbar. Genießerisch streife ich damit seinen Bauch und schiebe dann seinen Schaft dazwischen, gleite verführerisch vor und zurück, vor und zurück, als würden wir es schon miteinander treiben.

Nach mehreren langen Augenblicken erschauert Blake und hält mich fest. »Wenn ich das nächste Mal komme, will ich in dir sein.« Er streicht mit der Hand über mein zerwühltes Haar. »Lass mich aufstehen, Süße.«

Ich lehne mich zurück und verfolge auf die Ellbogen gestützt, wie er zielstrebig nach nebenan ins Bad marschiert. Mein Blick klebt an seinem festen, runden Hintern. Im Bad höre ich das Wasser angehen, dann wieder aus. Kurz darauf kehrt Blake mit einem angefeuchteten Handtuch zurück, mit dem er mich sauber macht. Außerdem hat er eine Flasche mitgebracht, die er mit einem Streifen Kondome auf dem Nachttisch platziert.

Neugierig beäuge ich die Flasche und frage mich, was darin ist.

Er lässt das Handtuch zu Boden fallen und kommt zu mir aufs Bett, die Arme nach mir ausgestreckt.

Auch wenn mir mein schamloses Verhalten ein wenig peinlich ist, will ich noch viel mehr von ihm, und so schmiege ich mich bereitwillig in seine Umarmung. Zu meiner Überraschung hebt Blake mein Kinn an und küsst mich, mit derselben Eindringlichkeit und Detailverliebtheit, die er eben schon an den Tag gelegt hat. Sanft, aber beharrlich streicht seine Zunge über meine Lippen, bis ich mich ihm öffne. Dann wird er deutlich drängender, was ich herrlich finde. Seine Hand, rau und schwielig von jahrelanger harter Arbeit, hinterlässt eine Gänsehaut auf ihrem Weg von meiner Schulter hinunter zu meiner Hüfte.

Während seine Zunge jeden Winkel meines Mundes erforscht, zupft er mit seinen Fingern an meinem Tanga. Unter dem wiederkehrenden Druck des Stoffs richtet mein Kitzler sich auf, gierig nach Kontakt.

Ich schiebe ein Bein zwischen seine, reibe mich an seinem Oberschenkel, auf der Suche nach Erlösung.

Blake unterbricht den Kuss und schmiegt das Gesicht in die Kuhle zwischen meinem Hals und meiner Schulter. Er hat augenblicklich meine volle Aufmerksamkeit, als einer seiner Finger zwischen meine Pobacken gleitet und mich dort drückt. »Hat dich da schon mal jemand genommen, Süße?«

Ich hatte nie großes Interesse an Analsex, genauso wenig wie zum Glück meine bisherigen Liebhaber. Überrumpelt von der Vorstellung, das mit ihm – und The Cock – zu tun, schüttle ich den Kopf.

»Ich will der Erste sein.«

Bei dem Gedanken, dort seinen riesigen Schwanz in mich aufzunehmen, erzittere ich von Kopf bis Fuß.

Aufs Neue liest er meine Gedanken und raunt: »Ich könnte das so fantastisch für dich machen.« Neckend überwindet sein Finger meinen Widerstand, glitschig vom Saft meiner Pussy gleitet er durch den engen Ringmuskel. »So, *so* herrlich.«

Ich schnappe nach Luft, so ungewohnt ist es, dort ausgefüllt zu sein. Als er sich unerwartet aus mir zurückzieht, entweicht mir ein Stöhnen.

»Ich muss das richtig machen.«

Bevor ich auch nur ansatzweise erahnen oder ihn fragen kann, *was* er richtig machen will, ist er schon auf den Knien, zieht mir den Tanga aus und wirft ihn über seine Schulter. Dann arrangiert er meine Beine breit gespreizt zu seinen Seiten, presst sie so weit auseinander, bis meine Muskeln beben unter der Anstrengung, sie so zu halten.

»So ist es richtig.« Sachte streicht er mit den Händen über die Innenseiten meiner Oberschenkel, kitzelt die empfindsame Haut. »Halt sie so weit offen, wie du kannst.« Er legt sich auf den Bauch und fährt mit der Zunge erst über einen zitternden Oberschenkel, dann über den anderen. »Spreiz deine Lippen für mich«, sagt er, nur einen Hauch von meinem zartesten Fleisch entfernt. »Ich brauche meine Hände.«

Eine brennende Schamesröte steigt mir von den Brüsten bis ins Gesicht, als ich seine Anweisung befolge. Meine Finger rutschen über feuchte Haut, als ich meine Schamlippen auseinanderziehe, sodass er mich betrachten kann.

»Atemberaubend«, flüstert er und sendet damit einen Luftstrom über meinen Kitzler.

Nur mit größter Anstrengung kann ich einen Schrei unterdrücken. Allein mit dieser Aktion hat er mich schon beinahe erneut zum Höhepunkt gebracht.

»Keine Zurückhaltung. Wenn du schreien willst, dann schrei. Niemand außer mir kann dich hören.«

Gott, nach heute Nacht werde ich ihm nie wieder ins Gesicht sehen können. Aber wenigstens werde ich wissen, warum alle so ein Brimborium um Sex machen – dabei sind wir noch gar nicht beim Hauptteil des Abends angekommen.

Unter seinem ersten Zungenschlag zucke ich zusammen.

»Nicht loslassen«, kommandiert er. »Halt diese hübsche Pussy für mich gespreizt.« Die zweite Berührung ist kein Stück weniger überraschend und erregend. Mit der Zungenspitze umkreist er die empfindsame Stelle, bevor er die Lippen darum schließt und sanft daran zieht. Er schiebt einen Finger in mich und krümmt ihn nach oben, an einen Punkt, den nie zuvor jemand berührt hat.

Diesmal kann ich den Schrei nicht zurückhalten, hemmungslos dränge ich mich gegen sein Gesicht und seinen Finger.

Er nimmt einen zweiten Finger dazu, gleitet rein und raus, während seine Zunge und seine Lippen sich ganz meinem Kitzler widmen. Die freie Hand legt er auf mein linkes Bein, um mich weit gespreizt zu halten. Mit diesem Doppelangriff fährt er unbarmherzig fort, bis mich ein zweiter Orgasmus erfasst, der noch heftiger ist als der erste.

Ich komme noch immer, als er sich vorbeugt, um sich die Flasche vom Nachttisch zu greifen, und seine Finger aus mir herauszieht. Dann schiebt er mir einen in den Anus, dringt mühelos ein dank des kühlen Gleitmittels, mit dem er ihn eingerieben hat. Sein massierender Finger löst eine neue Woge meines Höhepunkts aus, bei der ich nur noch Sterne sehe. Ich hatte keinen Schimmer, dass ich da so empfindsam bin, und die Erkenntnis überrumpelt mich – unversehens entgleitet mir die Person, die ich war, bevor ich Blake Dempseys Schlafzimmer betreten habe.

Als ich wieder zu mir komme, spüre ich, wie er mich weiter leckt, während sein Finger noch immer tief in meinem Arsch steckt.

Er lässt mein Bein los und zwickt mich vorsichtig, aber mit Nachdruck in den Nippel. »So, *so* heiß, Honey Carmichael. Warum hast du so lange damit gewartet, zu mir zu kommen?« Damit schiebt er seinen Finger noch weiter in mich, saugt an meinem Kitzler und löst eine Reihe kleiner Explosionen aus, bei denen mir die Beine beben und der Atem stockt. In meinem ganzen Leben bin ich noch nicht so oft hintereinander gekommen, nicht mal mit meinem guten alten Vibrator.

Gerade als ich ihn anflehen will, aufzuhören, zieht er sich plötzlich aus mir zurück, und ich liege als schwitzendes, zuckendes Häuflein da, während er erneut ins Bad verschwindet, um sich sauber zu machen.

Als er zurückkommt, zieht es meinen Blick unwillkürlich zu seinem Schwanz, der stolz und stramm vor seinem Bauch aufragt.

Auf allen vieren kommt er auf dem Bett zu mir und lässt sich auf mich sinken, einen Großteil seines Gewichts auf die Ellbogen gestützt. Er streicht mir das Haar aus dem Gesicht und schaut auf mich herunter, als würde er eine Bestandsaufnahme machen. »Hallo, du.«

»Hi.« Mein Atem geht noch immer schwer, und ich weiß nicht, wo ich hinsehen soll. Ich habe Angst, wenn ich ihm in die Augen blicke, verrate ich zu viel darüber, wie komplett er mich aus der Bahn geworfen hat. Laurens Warnung im Hinterkopf, bin ich fest entschlossen, einen Teil von mir zurückzuhalten. Wenn ich ihm alles gebe, werde ich es bitter bereuen.

»Sieh mich an.«

Typisch Blake – er lässt mir meine innere Distanz nicht durchgehen. Ich hebe den Blick zu seinen erstaunlich blauen Augen.

»Alles okay?«

Ich nicke und spüre schon wieder diese verfluchte Röte in meine Wangen schießen.

Er drückt auf beide einen Kuss, dann einen auf meine Nase, schließlich einen auf meine Lippen.

»Bereit für den Hauptteil des Abends?«

Ich muss den Blick abwenden. »Ich hoffe es.«

»Hast du Angst, Honey?«

Nickend beiße ich mir auf die Unterlippe. »Ein bisschen schon.«

»Ich würde dir niemals wehtun. Das weißt du doch, oder?«

»Also früher hast du mich immer gekniffen«, versuche ich den Moment aufzulockern.

»Das ist lange her.« Weitere zarte Küsse, das beharrliche Pulsieren seines Schafts an meinem Bauch. »Heute würde ich dir niemals wehtun, genauso wenig, wie ich irgendetwas tun würde, was du nicht genauso sehr willst wie ich.«

»Willst du mich?«

»Ich bin verrückt nach dir.« Er drückt sein Becken fester an mich. »Fühlst du nicht, wie sehr?«

»Doch.« Rastlos lasse ich die Hände auf seinen Rücken gleiten, dann – wie magnetisch angezogen – hinunter zu seinem Hintern.

Sein Stöhnen klingt kaum noch menschlich. »Ich kann nicht länger warten, Honey. Wenn wir uns nicht beeilen, spritze ich gleich komplett über dich.« Er setzt sich auf, sodass ich ihn freigeben muss. Auf der Bettkante rollt er sich ein Kondom über.

Als ich den XL-Schriftzug auf der Verpackung sehe, schlucke ich unwillkürlich.

»Ich kann dich schon wieder denken hören.«

»Stimmt doch gar nicht.« Wieder überrascht es mich, wie genau er mich zu verstehen scheint. Noch niemand hat mich so intuitiv lesen können, und die Erkenntnis, dass dieser Mann, den ich schon mein Leben lang kenne, womöglich als Einziger dazu in der Lage ist, beunruhigt mich. *Lass es. Fang gar nicht erst damit an. Hier geht es um eine einzige Nacht, nichts darüber hinaus. Genieß sie in vollen Zügen, aber lass dich nicht zu der Illusion hinreißen, da würde mehr dahinterstecken.*

Blake legt sich wieder zwischen meine Beine und küsst mich sanft und liebevoll – so sanft und liebevoll, dass es mir schwerfällt, mich nicht zu Fantasien hinreißen zu lassen.

Ich reibe meine harten, pochenden Nippel an seinem Brusthaar, während sein Schwanz sich in das V zwischen meinen Beinen schmiegt. Gegen meinen Willen entfährt mir ein Beinahe-Schluchzer, der meine aufgesetzte Tapferkeit Lügen straft.

»Entspann dich, Süße«, flüstert er und überhaucht mein Gesicht und meinen Hals mit Küssen. »Ich tu dir nicht weh, fest versprochen.« Er umfasst seinen Schaft und führt seine Eichel mit sachtem Druck vom tiefsten Punkt meines Eingangs bis zu meinem pulsierenden Kitzler hinauf, wo er kurz innehält, bevor er wieder hinabgleitet. Noch zweimal streichelt er mich so, und beim dritten Mal drückt er sich vorsichtig in mich und wiegt die Hüften nach vorn.

Impulsiv verkrampfe ich mich.

»Entspann dich.«

»Du hast leicht reden«, stoße ich rau hervor. »In dich dringt ja niemand ein.«

Sein leises Lachen vibriert durch seinen Körper. »Es wird unglaublich, Süße. Du musst dich nur entspannen und mich reinlassen.« Rhythmisch wiegt er sich weiter vor und zurück, bis seine Eichel ganz in meiner Pussy steckt. »Genau so«, flüstert er, legt die Stirn an meine und sieht auf mich herab. »Das fühlt sich so gut an, so eng und heiß. Ist es für dich auch so gut?«

Auch wenn ich bis kurz vor die Schmerzgrenze gedehnt bin – weh tut es nicht. Dieses Gefühl des Ausgefülltseins ist der Hammer. Auf seinem Weg weiter in mich erweckt er jede einzelne Nervenzelle in meinem Körper zum Leben. »Ja, es ist fantastisch.« Ich winde mich unter ihm und kann nicht sagen, was ich damit bezwecken will – Erlösung oder tiefere Penetration.

»Bist du bereit für mehr?«, fragt er ein paar Augenblicke später.

»Ich glaube schon.«

Mit sachten Stößen gleitet er rein und wieder raus, mein feuchtes Fleisch macht es ihm leichter. Und dann erhöht er den Druck, versenkt sich tiefer als zuvor. Er greift sich mein linkes Bein und hakt den Arm darunter, drückt mein Knie bis an meine Brust hoch, öffnet mich weiter.

Ich verliere mich in ihm, hinuntergepresst auf dieses Bett, seinen dicken, prallen Schwanz in mir, während er sich wiegend und liebkosend tiefer in mich vorarbeitet.

Ihm tritt Schweiß auf die Stirn, sammelt sich zwischen uns, und immer weiter bewegt er sich, vor und zurück, drückend und ziehend, in einem Rhythmus, der mich komplett in Flammen setzt.

»Okay?«, erkundigt er sich nach langen Momenten angestrengter Stille, in denen wir uns gemeinsam vorantasten.

»Ja! *Ja!*« Ich kralle die Finger in seinen Hintern und ziehe ihn an mich, will ihn für einen Augenblick ruhig halten, während ich mich pulsierend um ihn dehne. Mir ist schleierhaft, wie er auf die Idee kommt, ich könnte ihn jemals hinten aufnehmen, wenn er schon meine Pussy bis an die Belastungsgrenze bringt. Rasch schiebe ich diesen besorgniserregenden Gedanken beiseite und konzentriere mich auf das Brennen und Pochen, das aus meiner tiefsten Mitte aufsteigt.

»Nur noch ein kleines Stück«, flüstert er mit zusammengebissenen Zähnen und muss sichtlich um Beherrschung kämpfen.

Mir entfährt ein wackliges Lachen. *»Noch mehr?«*

»Der dicke Teil«, antwortet er mit einem lausbubenhaften Grinsen.

»Heilige Muttergottes.«

Mit einem Auflachen drückt er mir das Knie fester an die Brust. »Leg das andere Bein um meine Hüfte.«

Meine Muskeln fühlen sich wie Wackelpudding an, aber irgendwie schaffe ich es, seiner Anweisung zu folgen.

»O ja«, seufzt er erleichtert. »Genau so.« Und mit einem kräftigen Ruck steckt er bis zum Anschlag in mir, sodass ich seine Hoden an meinem Po ruhen spüre. Lange Zeit bleibt er genau so, tief in mir drin, zuckend und pulsierend unter meinen bebenden inneren Muskeln. »Bereit für einen Ritt, Süße?«, fragt er mit leiser, sexy Stimme, bei der sich meine Brustspitzen zusammenziehen.

Bevor ich eine Antwort formulieren kann, bewegt er sich schon in mir, zuerst langsam, dann zielstrebiger – ermutigt von meinem lustvollen Stöhnen und der mittlerweile triefenden Nässe, die ihm das Eindringen leichter macht. Aufs Neue beginnt der langsame Anstieg, jeder Stoß baut auf dem vorhergehenden auf, bis ich am Rande einer so allumfassenden Erlösung stehe, dass mein erster Impuls ist, mich davor zu verstecken. Irgendwoher weiß ich, dass mich dieses Erlebnis für immer verändern wird, und ich kämpfe mit jedem Funken Selbstbeherrschung dagegen an, den ich aufbringen kann, während ich den überwältigendsten Sex meines Lebens habe.

Blake scheint meinen inneren Konflikt zu spüren und nimmt mir die Entscheidung ab, indem er eine Hand zwischen uns schiebt, auf meinen Kitzler drückt und mich in die Stratosphäre schickt.

Laut stöhnend folgt er mir und rammt sich so heftig in mich, dass ich die Hitze seines Spermas tief in mir spüre, während ich selbst die Wellen meines wilden Höhepunkts reite. Eine Macht, wie wir sie hier miteinander erschaffen, hätte ich mir niemals erträumen können.

Schließlich geben seine Arme unter ihm nach, und er sinkt auf mir zusammen, erdrückt mich jedoch nicht, sondern hüllt mich ein in seinen Geruch und seine Wärme, während er immer noch in mir pulsiert. Ich fühle seinen harten Herzschlag auf meiner Haut, höre seinen keuchenden Atem.

Ich muss hier weg. Muss meinen letzten Rest Verstand zusammensuchen und nach Hause verschwinden.

KAPITEL 3

Blake spricht als Erster. »Das war … Mir fehlen die Worte.«

All meine Gedanken kreisen darum, das Weite zu suchen, solange ich noch kann. »Ich muss aufstehen.«

»Oh, entschuldige. Ich wollte dich nicht unter mir begraben.« Sein Rückzug aus mir ist kaum leichter als das Eindringen, und unwillkürlich verziehe ich das Gesicht, als mein empfindsames Gewebe sich zuckend um ihn dehnt. Eine Hand fest am Ansatz des Kondoms, schafft er es schließlich und ist draußen.

Zu diesem Zeitpunkt geht mein Atem bereits aufs Neue schwer, und mir steht der Schweiß auf der Stirn. Auf wackligen Beinen stolpere ich ins Bad und bemühe mich, mir nicht auszumalen, wie ich im Augenblick von hinten aussehen muss. Meine Haare sind ein einziges Vogelnest, und der Anblick, der mir aus dem Spiegel entgegenspringt, ist regelrecht beängstigend. Vor mir steht eine Frau, die so richtig hart rangenommen wurde.

»Tja, dann hast du ja genau das gekriegt, was du wolltest«, flüstere ich meinem Spiegelbild zu. Auf dem Waschtisch liegt eine Bürste, mit der ich mir rasch durchs Haar fahre. Ich spritze mir Wasser auf die flammend roten Wangen und trockne mir das Gesicht mit einem Handtuch, das nach ihm riecht. Dank seiner

Aufmerksamkeiten haben meine Brustspitzen statt ihrer gewohnten rosa Farbe ein tiefes Rot angenommen.

»O Gott«, sage ich, und mich durchläuft ein Schauer. »*Gott.*« Die Hände auf den Waschtisch gestützt, lasse ich den Kopf nach vorne sinken und rolle ihn von Seite zu Seite, um die Verspannungen in meinen Schultern zu lockern.

Das hier war ein Riesenfehler – ein Fehler von epischen Ausmaßen. Innerhalb einer einzigen Stunde hat Blake es geschafft, mich für jeden anderen Mann zu ruinieren. Jeder andere wird sich an ihm messen lassen müssen – und diese Messlatte liegt unerreichbar hoch, in mehrfacher Hinsicht. Das Einzige, was ich gerade mit Sicherheit weiß, ist, dass ich hier auf der Stelle wegmuss, bevor ich es noch schlimmer mache, als es ohnehin schon ist.

Unerwartet reißen mich seine warmen Hände auf meinen Schultern aus meinem Gedankenkarussell und machen kurzen Prozess mit meinem Entschluss, von hier zu verschwinden. Geschickt presst er die Finger in vor Anspannung harte Muskeln und drückt und massiert, bis sie sich ihm ergeben. Selbst meine Muskeln stehen auf seiner Seite.

»Ich muss gehen«, erkläre ich, auch wenn ich mir nicht sicher bin, ob ich im Augenblick überhaupt laufen kann.

»Wieso?« Während er mich mit talentierten Händen weitermassiert, berührt er meinen Hals mit seinen Lippen und erweckt meinen Körper zu neuem Leben, der eben erst so voll und ganz befriedigt worden ist.

Hastig winde ich mich aus seinem Griff und schlüpfe nach nebenan in die separate Toilette. Nachdem ich mich erleichtert habe, lehne ich für einen langen Moment die Stirn ans kühle Holz der Tür, während ich die Kraft aufzubringen versuche, zu gehen. Laurens Warnung klingt mir in den Ohren wie die Kirchenglocken am Sonntagmorgen. *Es ist nur Sex. Bei ihm findest du kein Zuhause.*

Als ich mich endlich bereit fühle, ihm wieder gegenüberzutreten und zu sagen, was gesagt werden muss, öffne ich die Tür und sehe ihn in all seiner nackten Pracht vor mir am Waschtisch lehnen. Mit vor der Brust verschränkten Armen mustert er mich mit dieser intensiven Aufmerksamkeit, die ich mittlerweile förmlich von ihm erwarte.

Das Kondom hat er inzwischen entsorgt, und sein Schwanz ist schon wieder steif. Ich frage mich, ob er das immer ist.

»Nein«, sagt er. »Das liegt an dir.«

»Wie machst du das?«

»Was?«

»Meine Gedanken lesen.«

»Sämtliche Gedanken und Gefühle sind dir geradewegs am Gesicht abzulesen. Als Pokerspielerin wärst du grottenschlecht, Süße.«

»Ach ja?« Jetzt verschränke auch ich die Arme vor der Brust und starre ihn an. »Und was denke ich jetzt?«

»Du überlegst, wie du dich bei mir für die Nummer bedanken und möglichst schnell verschwinden kannst, ohne meine Gefühle zu verletzen.«

Ich stehe einen Moment mit offenem Mund da, doch dann zwinge ich mich, ihn wieder zu schließen und Blake weiter anzustarren. Wie *macht* er das?

Äußerlich völlig unbekümmert schlendert er durch das geräumige Bad zu mir, bis er dicht genug vor mir steht, dass ich den berückenden Geruch nach Duschgel und Sex einatme, den er verströmt. »Ich will nicht, dass du gehst.«

»Ich muss aber.«

»Nein, musst du nicht.« Seine Hand landet auf meiner Hüfte, zieht mich aufs Neue in sein magisches Netz. »Wir fangen doch gerade erst an.«

Ich schüttle den Kopf. »Ich kann das nicht. Ich dachte, ich könnte es, aber es geht nicht.«

»Was kannst du nicht, Honigbiene?« Er schlingt den Arm um mich und bringt damit all unsere entscheidenden Körperteile wieder miteinander in Kontakt.

»Unter anderem kann ich nicht mit dir reden, wenn du mich so berührst.«

Seine Mundwinkel heben sich zu einem bezaubernd schiefen Grinsen, das mich komplett entwaffnet. Zwar lässt er zu, dass ich mich zurücklehne, hält mich aber trotzdem weiter an den Hüften. »Besser so?«

»Ein bisschen.«

»Sprich mit mir. Sag mir, was los ist. Hab ich dir wehgetan? Ich hab mir solche Mühe gegeben, das nicht zu tun.«

»Nein, natürlich nicht. Du hast mir nicht wehgetan.«

»Was ist es dann?«

Ich brauche einen Moment, um meine Gedanken zu sortieren. »Ich hab geglaubt, ich könnte Sex mit dir haben, ohne irgendwas darüber hinaus zu wollen, aber wenn ich bleibe, wenn wir … *das* … noch mal machen …«

»Ah, ich verstehe«, sagt er und setzt eine ernste Miene auf, die mich daran erinnert, wie er nach dem schrecklichen Unfall in unserem letzten Jahr auf der Highschool ausgesehen hat. Damals habe ich mir so sehr gewünscht, ich könnte ihm Trost spenden – Trost, den er niemals angenommen hätte, weder von mir noch von sonst irgendwem. »Dann willst du möglicherweise länger bleiben, und angesichts meines Rufs wäre das unklug.«

»Ja.« Ich bin erleichtert, dass er mich zu verstehen scheint. Habe ich eigentlich je eine ernsthaftere Unterhaltung geführt, bei der beide Beteiligten splitterfasernackt waren? Nicht soweit ich mich entsinnen kann.

»Darf ich dir ein kleines Geheimnis verraten?«

Ich hatte damit gerechnet, dass er mich verabschieden würde, dankbar, dass ich nicht versuche, woran vermutlich schon Dutzende vor mir gescheitert sind – ihn zu ändern. »Äh, klar.«

»Weißt du noch, als wir uns vor ein paar Wochen auf der Party von Matt und Julie gesehen haben?«

Ich nicke. »Ja, ich erinnere mich.«

»Und weißt du noch, was du heute Abend in der Bar zu mir gesagt hast?«

Peinlich berührt lasse ich die Stirn an seine Brust sinken. »Das versuche ich gerade zu vergessen.«

Sein leises Lachen vibriert in seiner Brust. »An dem Abend bei Matt wollte ich genau das Gleiche zu dir sagen. Ich weiß noch genau, was du anhattest – ein Blümchenkleid, so richtig rüschig und mädchenhaft, in dem diese spektakulären

Brüste, die über die Jahre so manchen meiner feuchten Träume inspiriert haben, perfekt zur Geltung gekommen sind.« Während er spricht, lässt er die Fingerspitze über meinen Brustansatz gleiten. »Und turmhohe Absätze, die deine endlos langen Beine betont haben. Ich hatte den ganzen Abend über einen Steifen, und da stand dein Name drauf.«

Ich blicke zu ihm auf. »Ehrlich? Solche Gedanken hattest du über mich? Schon vor heute Abend?«

»Honey Carmichael, solche Gedanken hatte ich schon seit der zweiten Klasse über dich. Was glaubst du, warum ich dich immer gekniffen hab?«

»Wusste ich's doch, dass du dich daran erinnerst!«

Lachend gesteht er: »Du warst schon immer schwer zu vergessen. Und jetzt, da ich weiß, wie weich deine Haut ist und wie treffend der Spitzname, den deine Gran dir verpasst hat, wird es noch schwerer sein. Du schmeckst am ganzen Leib nach Honig.«

»Was willst du damit sagen?«

»Ich möchte, dass du noch ein bisschen bleibst.«

»Was heißt ›ein bisschen‹?«

»Für mich bedeutet das, du bleibst über Nacht. Irgendetwas Dauerhaftes, Liebe und was mit weißem Kleid und einem Häuschen im Grünen – das kann ich nicht. Das werde ich niemals können.« Seine Miene verdunkelt sich merklich.

»Wegen Jordan.«

»Unter anderem.«

»Das ist jetzt schon so lange her, Blake. Bitte denk nicht, ich würde das um meinetwillen sagen, denn ich mache mir keinerlei Illusionen, ausgerechnet ich könnte diejenige sein, die deine Meinung ändert. Aber ich hab sie gekannt und wirklich sehr gemocht, und ich kann mir nicht vorstellen, dass sie von dir erwarten würde, wegen eines Unfalls den Rest deines Lebens allein zu verbringen.«

»Ich würde lieber nicht über sie reden, wenn das in Ordnung ist.«

»Das verstehe ich. Es tut immer noch weh.«

»Das wird auch immer so sein.«

»Du willst also die Nacht durchmachen?«, wechsle ich mit einem kleinen Grinsen das Thema, in der Hoffnung, ihn wieder zum Lächeln zu bringen.

Immerhin, ein Mundwinkel hebt sich. »Wenn du so lange durchhältst. Bist du dabei?«

»Ich könnte mich überreden lassen.«

»Bevor du dich endgültig entscheidest, solltest du wissen, dass ich eine Bedingung habe.«

»Was für eine Bedingung?«

»Wenn wir im Bett sind, habe ich das Sagen.«

Auch wenn seine Worte mich unfassbar erregen, kann ich dazu nicht einfach Ja und Amen sagen. »Dann darf ich dich gar nicht verwöhnen?«

»Dich zu verwöhnen ist für mich Verwöhnung pur.«

Teufel noch eins … »Was ich da vorhin gemacht hab …«

»War spektakulär, und davon will ich definitiv mehr.«

»Okay, gut, denn für mich war das auch spektakulär.«

Seine Augen werden dunkel vor Lust, und sein Penis stupst gegen meinen Bauch und lässt keine Zweifel an seiner Zustimmung zu. »Irgendwelche Einwände?«

Ich schüttle den Kopf. Es vermittelt mir eine gewisse Beruhigung und Sicherheit, dass ich ihn schon mein Leben lang kenne. »Und, wie geht's jetzt weiter?«

»Wir gehen zurück ins Bett. Ich bin noch nicht mit dir fertig.«

Unsicher schaue ich auf The Cock hinunter, der sich mir prall und stolz entgegenreckt. »Ich weiß nicht, ob ich den noch mal schaffe. Ich bin ein bisschen wund vom ersten Mal.«

Er nimmt meine Hand und zieht mich rückwärtslaufend ins Schlafzimmer. »Es gibt jede Menge anderer Sachen, die wir tun können.«

»Zum Beispiel?«

Blake legt mir die Hände an die Wangen. »Zum Beispiel würde ich nur zu gern diesen Prachtarsch etwas besser kennenlernen.«

Bei der Vorstellung, dort diesen Monsterschwanz in mich eindringen zu spüren, muss ich schlucken. Er würde mich zerreißen.

»Nein, würde ich nicht.«

Ich ziehe meine Hand aus seinem Griff. »Lass das!«

»Was mache ich denn?«

»Meine Gedanken lesen!«

»Ich hab's dir doch schon gesagt. Es ist nicht meine Schuld, dass sich alles, was in deinem Kopf vor sich geht, auf deinem Gesicht widerspiegelt.«

»Wie soll sich denn so was bitte auf meinem Gesicht widerspiegeln? Woran hast du abgelesen: ›Ich hab Angst, dass er mich zerreißt‹?«

Er verzieht das Gesicht zu einer Grimasse, die tatsächlich exakt diesen Gedanken vermittelt. »Und nur dass du's weißt, ich werde dich nicht zerreißen. Ich mag dich genau so, wie du bist.« Schon liebkosen seine Hände wieder meinen Hintern, und er flüstert mir ins Ohr: »Ich würde dich so ausgiebig vorbereiten, dass du mich gar nicht bemerken würdest.« Mir läuft eine Gänsehaut über die Arme und den Rücken, doch zugleich muss ich laut lachen angesichts dieser absurden Behauptung.

»Ja, genau … Und wie, bitte, willst du mich darauf vorbereiten, dieses *Ding* zu reiten, sodass ich das einigermaßen unversehrt überstehe?«

»Autsch. Das *Ding* ist schwer getroffen.« Tröstend streichelt er seinen Schwanz, als müsste er seine verletzten Gefühle besänftigen.

»Davon erholt er sich mit Sicherheit, sobald ich das nächste Mal die Beine breit mache.«

»Schon das bloße Wissen, dass es ein nächstes Mal geben wird, macht allen Schmerz wieder wett.«

Ich lache. »Du bist unmöglich.«

Grinsend erwidert er: »Leg dich hin, und mach's dir bequem.«

Während ich seine Anweisung befolge, spähe ich neugierig über die Schulter, um zu ergründen, was er vorhat.

»Auf den Bauch.«

Voller Nervosität, wohin das führen mag, drehe ich mich um und drücke mir ein Kissen an die Brust.

Blake geht ins Bad und kommt mit etwas in der Hand zurück, das ich nicht erkennen kann, weil er das Licht so weit heruntergedimmt hat, dass es beinahe dunkel ist.

Jeder Zentimeter meines Körpers kribbelt in seiner Nähe, als er sich neben mir auf dem Bett niederlässt. Das Verlangen zwischen meinen Beinen pulsiert wie ein eigener Herzschlag, zuckt und fordert mehr, obwohl ich schon so viel bekommen habe.

»Entspann dich, Honey«, sagt er leise, während seine Hand über meinen Rücken gleitet, schlüpfrig und duftend. »Schließ die Augen, und entspann dich. Lass dich von mir verwöhnen.«

Massageöl. Das riecht so gut, und Grundgütiger, er hat nicht nur einen magischen Schwanz, sondern auch magische Hände. Ich stöhne vor Wonne, als er nach und nach die Anspannung aus meinen Muskeln reibt. Knetend arbeitet er sich von meinen Schultern über den Rücken bis zu meiner Taille vor, lässt den Po aus und wendet sich den Beinen zu. Eins nach dem anderen massiert er mit sinnlichen Bewegungen, bei denen meine Pussy zu pochen beginnt.

Unwillkürlich winde ich mich auf dem Bett, auf der Suche nach Erleichterung.

»Nicht bewegen.«

»Aber …«

»Nicht. Bewegen.« Er lehnt sich über mich und spricht mir direkt ins Ohr. »Ich hab hier das Sagen, schon vergessen?«

Ich lasse einen frustrierten Atemzug entweichen und bemühe mich, zu gehorchen. Doch als er sich der Innenseite meiner Oberschenkel zuwendet, kann ich nicht anders, als ein bisschen zu zappeln. Ein scharfer, brennender Klaps auf den Po entlockt mir einen überraschten Ausruf.

»Ich hab doch gesagt, du sollst dich nicht bewegen.«

»Hast du … Du hast doch nicht gerade …«

»Doch, hab ich, und ich werd's wieder tun, wenn du dich nicht benehmen kannst.« Während er redet, liebkost er die heiß gewordene Stelle an meinem Hintern, was das Pochen zwischen meinen Beinen nur noch intensiver werden lässt. Erneut beugt er sich über mich und fragt: »Hat dir schon mal jemand den Hintern versohlt, Honey?«

»N-nein.«

»O verdammt. Ich bin der Erste?« Er scheint sein Glück kaum fassen zu können.

Bevor ich weiß, wie mir geschieht, hat er mich über seinen Schoß gelegt, sodass mein Po in die Höhe ragt, und massiert das Öl ausgiebig in die Backen ein. Genüsslich fährt er mit den Fingern durch den Spalt dazwischen.

So empört ich auch bin angesichts der Vorstellung, wie er mir den Hintern versohlt, bin ich zugleich auch so erregt, dass ich meine Entrüstung nicht in Worte fassen kann.

»Hier geht es nicht um Strafe, Baby.« Unaufhörlich liebkost und streichelt und neckt er mein empfindsames Fleisch. »Hier geht es um Verlangen.«

All die Jahre … und Blake Dempsey war genau hier, in der Lage, eine Seite von mir zu entfesseln, von deren Vorhandensein ich nie etwas geahnt habe. Die Seite, die all die Dinge von ihm will, die er bereits erwähnt hat, und alles, was er sich sonst noch einfallen lässt. Ich will alles.

»Was denkst du gerade?«

»Sag du's mir. Du bist der Gedankenleser von uns beiden.«

»Ich kann dein Gesicht nicht sehen, von daher – keinen Schimmer. Deshalb frage ich. Erzähl's mir.«

Ich räuspere mich und suche nach den richtigen Worten. Meine Gran hat mich dazu erzogen, immer damenhaft zu bleiben, und eine Dame sagt nicht solche Sachen, wie sie mir gerade durch den Kopf gehen, zu einem Mann. Ich bemühe mich, nicht darüber nachzudenken, was sie zu meinem Anmachspruch in der Bar anzumerken gehabt hätte. »Ich fasse es nicht, dass du die ganze Zeit gleich hier vor meiner Nase warst und ich keine Ahnung hatte …«

»Wovon hattest du keine Ahnung?« Seine Stimme klingt rau und knurrig, und beharrlich drängt seine Erektion sich gegen meinen Unterleib.

»Dass du so bist.«

»Wie bin ich denn?«

»Leidenschaftlich.« Ich lecke mir die Lippen, die trocken geworden sind in Erwartung seines nächsten Schachzugs. »Abenteuerlustig. Schmutzig.«

Über das Letzte muss er lachen. »Ich bin schmutziger, als du dir vorstellen kannst. Glaubst du, in Sachen Schmutzigsein kannst du es mit mir aufnehmen, Honey Carmichael?«

»Ich glaube, ich will es probieren.«

»Verdammt gute Antwort.« Zur Belohnung lässt er die Hand auf die andere Pobacke fallen, und heiße, kribbelnde Begierde schießt direkt in meinen Kitzler. Bevor ich mich erholen kann, schlägt er auf die andere Seite, immer im Wechsel, bis ich nur noch aus bebenden Nerven und Hitze und Empfindungen zu bestehen scheine – und ein weiteres Mal kurz vor dem Höhepunkt stehe.

Auf jeden Klatscher folgt eine Liebkosung, die mich in Brand setzt. Ich hatte nicht die leiseste Ahnung, dass mein Po eine derart erogene Zone ist. Seine Hände kommen nicht zur Ruhe, gleiten von oben nach unten, heben an, teilen, tauchen in meine Pospalte und drücken gegen meinen Anus, dringen jedoch nie in mich ein.

Ich kann kaum mithalten mit diesem Kreuzfeuer von Empfindungen, die auf mich einprasseln, während er keinen Zentimeter meines Hinterns unerforscht lässt. Und dann … bin ich in Bewegung und lande wieder bäuchlings auf der Matratze und … O mein Gott, ist das seine Zunge? An meinem … O *Gott* … Er *leckt* mich, umkreist meinen Hintereingang mit nachdrücklich tastender Zunge, und nichts in meinem Leben hat sich je so angefühlt – dunkel und verboten und unglaublich.

»Nicht kommen«, warnt er, während er meine Pobacken mit den Händen auseinanderzieht, um sich einen besseren Zugang zu verschaffen. »Was ich auch tue, *nicht* kommen.«

Ich versuche zu antworten. Ich bemühe mich wirklich, aber bei mir sind sämtliche Sicherungen durchgebrannt.

»Honey, hast du verstanden?«

»*Ja*«, bricht es beinahe schluchzend aus mir hervor.

»Komm hoch auf die Knie.« Er zieht an meiner Taille und positioniert mich, wie er mich haben will: vornübergebeugt, den Hintern in die Luft gereckt und mein Gewicht auf Ellbogen und Knie verteilt. Meine Beine zittern wie verrückt, und ich komme mir vor wie eine schamlose, lüsterne Schlampe, aber irgendwie bringe ich keinen Funken Reue darüber auf, dass ich Blake Dempsey praktisch meinen Arsch ins Gesicht drücke. *Heilige Muttergottes … Gran, wenn du auf mich herabsiehst, wie du es mir immer versprochen hast, mach bitte für den Rest der Nacht frei. Bitte …*

KAPITEL 4

Honey

Mit Mühe schleppe ich mich am Samstagmittag um zwölf zur Arbeit, und das auch nur, weil eine junge Familie extra mehrere Stunden aus Dallas angereist ist, um hier in Marfa eins meiner Wüstenbaby-Spezialshootings machen zu lassen. Was als Schnapsidee angefangen hat, hat sich mittlerweile zu einem boomenden Geschäft entwickelt, und ich verfolge mit Begeisterung, wie schnell die Fangemeinde meines Fotostudios wächst. Die meiste Zeit macht mir meine Arbeit riesige Freude. Heute jedoch bin ich zu wund und überwältigt und müde und … Kurz gesagt, ich bin eine Katastrophe auf zwei Beinen.

In einer einzigen langen, unvergesslichen Nacht hat Blake Dempsey mein Leben ruiniert. Mit keinem anderen werde ich je solchen Sex haben. Das weiß ich, weil ich mit genug Kerlen geschlafen habe, um zu bestätigen, dass keiner es so draufhat wie er – und keiner auch nur ansatzweise an The Cock herankommt. In beidem hatte Lauren recht.

Ich kann es kaum fassen, dass ich das Ding noch ein zweites und sogar ein *drittes* Mal in mich aufgenommen habe – was auch der Grund ist, warum ich mich heute kaum bewegen kann, ohne dass all meine empfindsamsten Stellen protestierend aufschreien. Die Schmerzen erinnern mich an damals, als Gran mich zum Reitunterricht angemeldet hat und ich nach der ersten Stunde eine Woche lang nicht sitzen konnte. Mit der Zeit habe ich mich an den Sattel gewöhnt, aber ich glaube, selbst in fünfzig Jahren mit Blake wäre mein Körper nicht in der Lage, sich an The Cock zu gewöhnen.

Noch Stunden nachdem ich aus seinem Bett gekrochen bin – als bloßer Schatten der Frau, die hineingestiegen war –, spüre ich ihn in mir. Meine Muskeln ziehen sich noch immer zusammen. Meine Pussy pulsiert unter einem Nachbeben nach dem anderen. Das kann doch nicht normal sein. Vielleicht sollte ich einen Arzt konsultieren. Aber was würde ich dem erzählen? Blake Dempsey und sein Riesenschwanz haben mich halb zu Tode gevögelt, und ich fürchte, ich könnte innere Verletzungen davongetragen haben?

Ich kann mir beim besten Willen nicht vorstellen, diese Worte zu dem reizenden alten Doktor zu sagen, der mich schon mein Leben lang betreut. Der Schock würde den armen Mann umbringen.

Bevor ich das Studio für das Shooting heute aufschließe, besorge ich mir im Café nebenan einen großen Kaffee und einen dieser herrlichen Scones von meiner Freundin Scarlett, die einem förmlich auf der Zunge zergehen. Neben meinen Ganzkörperschmerzen bin ich nämlich auch völlig ausgehungert. Blake hatte recht – ein derartiger Kalorienverbrauch im Bett verlangt nach reichlich Treibstoff.

»Morgen, Honey.« Scarlett ist immer so verflucht putzmunter. Wahrscheinlich, weil sie den ganzen Tag Kaffee trinkt. Das muss es sein. Sie ist etwa in meinem Alter, hat makellose Haut und langes dunkles Haar, das sie bei der Arbeit zu einem dicken Zopf geflochten trägt. »Oder ist es schon Mittag?«

»Gerade so«, murmle ich.

»Alles in Ordnung?« Scarlett lehnt sich vor und mustert mich genauer, woraufhin ich einen Schritt zurücktrete. »Ist das …« Sie senkt die Stimme und fährt fort: »… ein Knutschfleck? Honey! Ich dachte, du hättest den Männern abgeschworen.«

»Hab ich auch. Prinzipiell.«

Scarletts Augen werden groß vor Schock, und sie hebt die Augenbrauen. »Ist da etwa jemand rückfällig geworden? Deine Lippen sind auch geschwollen.« Und schon stützt sie die Ellbogen auf den Tresen und macht sich bereit für eine schöne saftige Runde Klatsch. »Sonst noch was geschwollen?«

Bei mir ist alles geschwollen – nicht dass ich ihr das unter die Nase reiben werde. »Ich muss los. In zehn Minuten hab ich ein Shooting.«

»Ich will sämtliche schmutzigen Details erfahren!«, ruft sie mir hinterher.

»Vergiss es«, murmle ich in mich hinein.

»Verzeihung?«, erkundigt sich der ältere Mann, der mir die Tür aufhält.

»Nichts.« Daran ist ganz eindeutig Blake schuld. Jetzt rede ich schon nicht nur mit mir selbst, sondern auch noch mit völlig Fremden. Der nächste Ladeneingang neben Scarletts Café ist mein Studio, und ich schließe die Tür auf und drehe das Schild von »Geschlossen« zu »Geöffnet«. Bei jedem Schritt zu meinem Büro im hinteren Teil des Studios beschweren sich sämtliche Muskeln in meinem Körper nachdrücklich über den Sexmarathon, den ich letzte Nacht mitgemacht habe.

Ich bin noch immer damit beschäftigt, zu verarbeiten, was da in Blakes Bett passiert ist. Dabei ist es schon zwei Stunden her, dass ich mich aus seiner warmen Umarmung geschält, mich angezogen und meinen Wagen aus seiner Garage geholt habe – alles, ohne ihn aufzuwecken. Na ja, oder er ist nicht rausgekommen, um mich zu verabschieden, falls ich ihn doch geweckt haben sollte, was für alle Beteiligten das Beste ist. Ich bin mir nicht sicher, ob ich schon bereit bin, ihm wieder gegenüberzutreten. Teufel, nach allem, was wir miteinander gemacht haben, werde ich ihm noch mindestens ein Jahr nicht unter die Augen treten können.

Es war kein Witz, als er von der ganzen Nacht gesprochen hat. Erst um halb fünf hatte er schließlich Erbarmen mit mir, als ich nach dem siebten – oder war es der achte? – Orgasmus um Gnade gefleht habe. Hm, ich glaube, es waren acht. Sein Ruf als Maschine im Bett ist jedenfalls wohlverdient, so viel ist sicher.

Ich setze mich an meinen Schreibtisch und verziehe das Gesicht, als der Schmerz zwischen meinen Beinen in meine Oberschenkel und sogar über meinen armen Po ausstrahlt. Auch wenn er seine »Drohung«, mich dort zu nehmen, nicht wahr gemacht hat, weiß ich, dass er es nur zu gern wollte. Ich habe da so ein Gefühl, dass das mit auf dem Menü stehen würde, sollten wir noch mal miteinander im Bett landen, auch wenn ich mir immer noch nicht vorstellen kann, wie *das* jemals …

Ich lasse den Kopf in die Hände sinken und kann nicht fassen, dass sich kribbelnde Erregung in mir breitmacht angesichts einer Vorstellung, die ich vor gestern Abend nicht einmal in Erwägung gezogen hatte. Wenn er mich dazu gebracht hat, *darüber* nachzudenken – und es sogar zu *wollen* –, dann gehen seine sexuellen Fähigkeiten weit über sein beeindruckendes Gemächt hinaus.

Die Türglocke bimmelt, und ich unterdrücke ein Stöhnen. Hoffentlich sind das nicht meine vorzeitig eintreffenden Kunden – ich bin noch nicht ansatzweise bereit für das Shooting.

»Honey, wo steckst du?«, ertönt Laurens Stimme, durch mein geräumiges Studio hallend.

»Hier hinten.« Ich hätte wissen müssen, dass sie es ist – zur Stelle, um sich die Schlagzeilen und sämtliche schmutzigen Einzelheiten zu holen.

Und schon rauscht sie herein, in einem süßen Hängerchen, das ihren fantastischen Bizeps zur Geltung bringt. Meine beste Freundin ist eine absolute Sportfanatikerin und könnte den meisten Männern in unserem Bekanntenkreis den Hintern versohlen – was ihr zufolge der Grund dafür ist, dass niemand sie mehr anspricht, um mit ihr auszugehen. Nicht dass sie das davon abhalten würde, so ziemlich jeden Tag Gewichte zu stemmen. Ich beneide sie um diese Arme, würde aber niemals die Disziplin aufbringen, die dafür nötig ist. Wäre ich besser in Form, würde ich mich vielleicht nicht so durch die Mangel gedreht fühlen.

Sie sieht wie immer großartig aus, als sie an der Tür stehen bleibt und mich mustert – die blonden Locken zu einem losen Dutt hochgebunden und die großen braunen Augen gekonnt geschminkt. »Und?« Sie wedelt mit der Hand und fordert Details.

»Du hattest recht. Erwartungen übertroffen.«

»Weit übertroffen.«

»Stimmt.«

»Also hattest du das große O?«

»Ich glaube, ich hatte acht große Os. Irgendwann hab ich den Überblick verloren.«

»Erzähl keinen Scheiß! *Acht?* Meine Güte, Honey!«

»Ich bin dermaßen wund, dass ich mich kaum rühren kann, und das Shooting heute sind *Zwillinge*.« Beim Gedanken an die Verrenkungen, die mich erwarten, stöhne ich auf. Meine Arbeit ist schon mit einem Baby äußerst sportlich. Das im Doppelpack wird mir heute den Rest geben.

Lauren kichert. »Dann ist The Cock seinem Ruf also gerecht geworden.«

»The Cock ist ein Rammbock. Meine arme Mumu wird nie wieder dieselbe sein.«

»Ja, das weiß ich auch noch. Der Tag nach dem ersten Mal war, als hätte ich zum zweiten Mal meine Jungfräulichkeit verloren. Das hat schweineweh getan. Aber irgendwann gewöhnt man sich wohl dran.«

»Ich kann mir nicht vorstellen, mich daran *jemals* zu gewöhnen.«

»Na ja, da es hier um Blake geht, wirst du wohl auch keine Gelegenheit dazu bekommen. Er zieht sich immer mehr zurück. Ich mach mir richtig Sorgen um ihn – als Freundin«, fügt sie rasch hinzu. »Hat er irgendwas von einer Wiederholung gesagt?«

»Nicht wirklich«, antworte ich, als ich an die Unterhaltung in seinem Schlafzimmer zurückdenke, als er mich zum Bleiben überredet hat.

Lauren seufzt laut. »Ich muss dir was gestehen …«

»Was?«

»Als ich dich angestachelt hab, ihn anzumachen, hatte ich gehofft, zwei Fliegen mit einer Klappe zu schlagen.«

»Inwiefern?«

»Ich wollte, dass du endlich mal anständigen Sex bekommst, aber gleichzeitig hab ich auch irgendwie gehofft, du könntest genau das sein, was er braucht. Jemand, den er schon seit Ewigkeiten kennt, dem er vertraut und bei dem er sich mal ein bisschen gehen lassen kann.«

»Tja, also gehen lassen hat er sich definitiv, aber das war wirklich nur der Sex, darüber hinaus war da nichts außer ein paar nostalgischen Sandkasten-Erinnerungen.«

»Was war denn im Sandkasten?«

»Er hat mich immer gekniffen und zum Weinen gebracht. Zuerst hat er so getan, als wüsste er nichts mehr davon, aber natürlich hat er sich doch erinnert. Er hat gesagt, er hätte mich gekniffen, weil er mich mochte. Jungs sind so was von seltsam – und dann wachsen sie zu noch seltsameren Männern heran.«

»Blake ist einer von den Guten.« Laurens Miene ist so traurig, wie ich sie seit Grans Tod nicht mehr gesehen habe. »Das mit Jordan hat ihn völlig kaputtgemacht. Es ist, als wäre irgendwas in seinem Inneren unwiederbringlich zerbrochen. Das ist so eine Verschwendung. Er könnte ein wundervoller Ehemann und Vater sein, wenn er es nur irgendwie über sich bringen würde, sich diesen Unfall zu verzeihen, für den er nicht mal was konnte.«

»Es ist wirklich jammerschade«, stimme ich ihr zu. »Er ist ein guter Kerl. Er hat was Besseres verdient als das Blatt, das das Schicksal ihm zugeteilt hat.«

»Du bist doch nicht … Du weißt schon … auf den Gedanken gekommen …«

»Nein! Ich hab dir gesagt, dass ich das nicht tun werde, und daran hab ich mich gehalten. Es war nur Sex. Das weiß er, das weiß ich. Einmal und nie wieder.«

»Oh, gut. Puh. Ich hab mir die ganze Nacht Sorgen gemacht, du könntest The Cocks Zauber so verfallen, dass du das vergisst.«

»The Cocks Zauber.« Ihre Ausdrucksweise bringt mich zum Lachen.

»Willst du behaupten, dieser Schwanz hätte keine magischen Kräfte?«

»Oh, wenn man gerade dabei ist, dann ist er durchaus magisch. Am Tag danach?« Ich setze mich anders hin und keuche beinahe auf unter dem Schock fast qualvoller Erregung, die einfach nicht aufhören will, noch Stunden nachdem ich sein Haus verlassen habe. »Nicht mehr ganz so sehr.«

»Ein heißes Bad mit Epsom-Salz. Das brauchst du jetzt.«

Um ein Haar entweicht mir ein Stöhnen angesichts der Vorstellung, meine malträtierte untere Körperhälfte in heißem Wasser einzuweichen, und in dem Wissen, dass das noch Stunden wird warten müssen.

»Ich stell dir auf dem Heimweg was auf die Veranda, damit kommst du wieder auf die Beine.«

»Du bist die Allerbeste, aber meine aktuelle Notlage habe ich dir zu verdanken.«

»Notlage, pff. Es hat dir gefallen, gib's zu – jede Sekunde davon.«

»Hat es wirklich.«

»Ich wusste es!«

»Es war, als hätte jemand das Licht eingeschaltet. Endlich versteh ich, warum alle anderen so einen Wirbel darum machen.«

»Der Herr sei gepriesen. Sie hatte eine Erleuchtung.«

»Ja, allerdings.«

»Warum wirkst du dann so niedergeschlagen? Ich dachte, ich sehe dich heute total euphorisch und rosig, aber das bist du nicht.«

»Rosig?«

»Nach acht Orgasmen solltest du doch wenigstens minimal rosig strahlen.«

»Ich bin nicht niedergeschlagen. Ich …« Manche Leute kann ich anlügen. Lauren gehört nicht dazu. »Okay, vielleicht bin ich ein klein wenig enttäuscht.«

»Wieso?«

»Werd jetzt bitte nicht sauer, aber ich bin ein bisschen traurig, dass es nie über letzte Nacht hinausgehen kann. Das wusste ich von vornherein. Du hast mich gewarnt. Ich hab mich gewarnt. Selbst er hat mich gewarnt. Aber das ändert nichts daran, dass ich wünschte, es wäre anders. *Er* wäre anders.«

Lauren entgleisen die Gesichtszüge. »Honey, du hast es mir *versprochen*!«

Mit erhobener Hand bremse ich sie, bevor sie sich hochschaukelt. »Ich weiß, das hab ich, und mir ist weiterhin klar, wie die Dinge liegen. Ich wünschte nur, es müsste nicht so sein. Das ist alles. Er ist so …«

»Perfekt in jeder Hinsicht bis auf das Loch in seiner Brust, wo früher sein Herz war?«

Ihre treffsichere Beschreibung entlockt mir ein Prusten, doch im nächsten Moment verwandelt mein Lachen sich in Tränen, weil es so wahr ist. Ich hasse diese Tränen abgrundtief.

»Ach, Honey.« Sie steht auf und kommt um den Schreibtisch herum, um mich in den Arm zu nehmen. »Ich hab dir doch gesagt, mach das nicht. Ich hab's dir gesagt!«

»Ich mach doch auch gar nichts. Ich suhle mich nur ein ganz klein bisschen in Selbstmitleid, höchstens eine halbe Stunde vielleicht, und dann bin ich drüber hinweg. Versprochen.«

»Na gut.« Noch einmal seufzt sie und tätschelt mir den Kopf wie die Glucke, die sie in Bezug auf mich immer noch ist. Als Mädchen, das von seiner leiblichen Mutter vor der Kirchentür ausgesetzt wurde, um von Fremden großgezogen zu werden, nehme ich alles an Bemutterung, was ich kriegen kann. »Ich denke, das kann ich wohl erlauben nach dem, was du letzte Nacht erlebt hast.«

Sie bleibt noch etwas, lange genug, dass ich mich einigermaßen sammeln kann, bevor mit Poltern und Getöse und bimmelnder Türglocke meine Kunden eintrudeln. Warum müssen die bei der Ankunft immer so viel Lärm machen?

»Showtime«, flüstert Lauren. »Bist du okay?«

»Wird schon. Jetzt vergrabe ich mich erst mal ein paar Stunden in meiner Arbeit, das hilft.« Ich rufe nach vorn, um meine Kunden wissen zu lassen, dass ich gleich bei ihnen bin.

»Wir sehen uns heute Abend bei Julie, ja?«

»Was? Das ist *heute*?«

»Ja, du Dummerchen«, antwortet sie lachend. »Das wusstest du doch. Vor zwei Tagen haben wir noch über die Beteiligung an ihrem Geschenk geredet – bevor du dir das Hirn von The Cock hast einschmelzen lassen.«

»O mein Gott! Er ist mit Matt befreundet! Er kommt garantiert auch zu der Party. Ich kann ihn jetzt nicht sehen! Es ist noch zu früh.«

»Du musst dort aber auftauchen, Honey. Julie ist eine deiner engsten Freundinnen, und Blake wird der vollendete Gentleman sein. Das weißt du doch.«

Das Gespräch findet in aufgeregtem Flüsterton statt, damit meine Kunden uns nicht hören.

»Wie soll ich ihm je wieder in die Augen schauen und dabei nicht an die *Waffe* denken, die da in seiner Hose steckt?«

Lauren lacht so heftig, dass ihr die Tränen kommen. »Genau wie wir anderen, die wir diese Waffe kennenlernen durften – wir sehen nicht nach unten. Was auch immer du tust, *sieh nicht nach unten.*«

»Nicht nach unten sehen. Das kriege ich hin.« Ich sage ihr, was sie hören will, aber in Wahrheit frage ich mich ernsthaft, wie ich irgendwo anders hin als auf seinen Schritt gucken soll, wenn wir uns das nächste Mal gegenüberstehen. Diese Party wird die reinste Folter.

Blake

Ich wache allein auf und bin seltsam enttäuscht, dass sie weg ist. Enttäuschung gehört normalerweise nicht zu meinen Gefühlen nach einer Nacht mit einer heißen Frau, aber Honey ist nicht irgendeine. Sie ist auch eine Freundin, und unsere gemeinsame Vergangenheit hebt sie von den anderen ab. Genau aus diesem Grund lasse ich normalerweise die Finger von Mädels, mit denen ich hier in Marfa aufgewachsen bin. Ich kenne sie zu gut. Aber wenn eine Frau wie Honey in eine Bar marschiert kommt und von mir verlangt, sie zu ficken – hey, ich bin auch nur ein Mensch, und sie ist eine verdammte Göttin.

Das fand ich schon immer, selbst auf der Highschool, als ich bis über beide Ohren in Jordan verliebt war und vorhatte, mein Leben mit ihr zu verbringen. Honey war die unantastbare Königin von allem an unserer Schule – Ehrenballkönigin, Abschlussballkönigin, Cheerleader-Kapitänin. Mit anderen Worten: unerreichbar für Normalsterbliche wie mich. Und das war auch völlig in Ordnung so. Ab der zehnten Klasse war ich komplett in Jordan vernarrt und habe keinen Gedanken daran verschwendet, mit irgendeinem anderen Mädchen so zusammen zu sein wie mit ihr.

Wir wollten gleich nach der Highschool heiraten und vier Kinder miteinander haben – über acht Jahre verteilt, immer alle zwei Jahre eins. Und dann, wenn sie herangewachsen wären, wollten wir die Welt bereisen. Doch all unsere Pläne gingen in Rauch auf, als ein Lastwagen ein Stoppschild missachtete, Jordan auf der Stelle tötete und mich so schwer verletzte, dass ich einen Monat lang auf der Intensivstation lag. Eine Zeit lang haben die Ärzte meine Eltern gewarnt, sich aufs Schlimmste vorzubereiten.

Ich habe überlebt, aber seitdem bin ich nicht mehr derselbe. Jordan fehlt mir jeden Tag, und ich habe nie aufgehört, daran zu denken, was zwischen uns hätte sein können. An den Unfall selbst habe ich keine Erinnerung, dafür aber lebhafte Albträume, in denen mein Gehirn sich ausmalt, wie es gewesen sein muss. Wieder und wieder zwingt es mich, den Horror zu durchleben. Das ist einer der Gründe, warum ich nie die Nacht mit einer Frau verbringe. Ich habe keinen Bedarf, Blake Dempseys erbärmliche Angstträume zum Stadtgespräch werden zu lassen.

Das wäre schlecht fürs Geschäft, den einen Bereich in meinem Leben, der tatsächlich befriedigend und erfolgreich ist, und so soll es auch bleiben.

Es ist ein seltsames Gefühl, enttäuscht zu sein, dass ich allein aufgewacht bin, obwohl ich das jeden Tag tue und auch gar nicht anders haben will. Wie Honey schon gemeint hat: Ich nehme keine Frauen mehr mit nach Hause. Es ist einfach zu unschön, wenn ich will, dass sie gehen, und mir dazu kein anderer Weg einfällt, als ihnen das geradeheraus zu sagen. Sie sind alle gleich. Jede hofft, sie würde die eine sein, die Blake Dempseys gebrochenes Herz wieder kittet.

Was sie nicht wissen, ist, dass mein Herz am Tag von Jordans Tod ebenso gestorben ist wie sie und heute nur noch als blutpumpendes Organ existiert. Es *empfindet* nichts. Nach Jordan habe ich drei Jahre gebraucht, um überhaupt wieder Sex zu haben, und das erste Mal war eine absolute Katastrophe. Mittendrin habe ich jämmerlich losgeheult und dem armen Mädchen, das ich dafür auserwählt hatte, mir wieder in den Sattel zu helfen, einen Heidenschreck eingejagt.

Gott sei Dank war das während meines kurzen Gastspiels an der UT Austin, weit genug von Marfa entfernt, dass niemand je davon erfahren hat. Ein Jahr später hab ich mich mit einem Mädchen in einer Bar betrunken und es wieder getan, diesmal ohne hysterische Ausbrüche. Ich erklärte mich für geheilt und saß von da an bombenfest im Sattel, suchte mir jedes Mal, wenn mir danach war, eine andere. Und sie alle wussten, wie die Dinge lagen, bevor sie mit mir ins Bett gingen – nur eine Nacht, nicht mehr.

Meine allumfassende Betäubung ermöglicht mir ein größtenteils friedliches Dasein ohne Drama. Ich meine, es kommt nicht jeden Tag vor, dass eine Frau wie Honey mich in einer Bar anmacht. Und sie hat sich des Spitznamens, bei dem ihre Gran sie ihre gesamte Kindheit über gerufen hat, mehr als würdig erwiesen. Ihr wahrer Name ist Evelyn, aber niemand hat sie je anders genannt als Honey.

Jetzt weiß ich, dass sie schmeckt wie der süßeste Honig, den ich je kosten durfte, und noch Stunden nach der letzten Berührung schmecke ich sie auf meinen Lippen und rieche ihren Duft in meinem Bett. Liege ich hier ernsthaft an einem freien Samstag rum und zerbreche mir den Kopf wegen einer Frau? Tja, sieht ganz danach aus – wahrscheinlich, weil es mich überrascht, dass einen so abgebrühten Kerl wie mich doch ab und an noch etwas erschüttern kann.

Sie hat mich überrascht, als sie in eine Bar marschiert ist, die so weit unterhalb ihrer normalen Kreise liegt, dass es nicht mal dieselbe Sphäre ist. Sie hat mich geschockt mit dem, was sie gesagt hat. Und dann hat sie meine Welt in den Grundfesten erschüttert mit ihren Reaktionen auf mich. Es ist kein Geheimnis, dass Honey Carmichael bereits mit einer Menge der unter vierzigjährigen Junggesellen in Marfa was hatte, von daher war es interessant, herauszufinden, wie unschuldig sie hinter ihrer glatten, raffinierten Fassade eigentlich ist.

Ich wäre zum Beispiel nie darauf gekommen, dass ihr noch nie jemand den Hintern versohlt oder mit ihrem Arsch gespielt hat oder dass sie noch nie so heftig gekommen ist wie letzte Nacht gleich mehrere Male. Allein beim Gedanken daran, wie ihre Pussy meinen Schwanz gemolken hat, werde ich schon wieder hart. Sie war so klein und eng, und es war so ein Kampf, in sie einzudringen – ein Kampf, den ich herrlich fand, bei jedem einzelnen der drei Male, zu denen ich sie überreden konnte.

Ich schließe die Hand um meinen Schaft und massiere ihn von der Wurzel bis zur Spitze, schön langsam, während ich die Nacht mit Honey Revue passieren lasse, von der Sekunde in der Bar, als sie diese unvergesslichen Worte gesprochen hat, bis zum dritten Mal, als ich in ihr gekommen bin. Ich frage mich, ob sie wohl wund ist, ob sie auch so an mich denkt wie ich an sie, ob sie es noch mal würde tun wollen, wenn sie noch hier wäre …

Mit geschlossenen Augen denke ich daran zurück, wie ihre großen, runden Brüste unter jedem meiner Stöße gewippt haben. Gott, fand ich es heiß, diese Bewegungen zu verfolgen – und wie ihre Nippel meine Brust gestreift haben. Langsam meldet sich das vertraute Kribbeln in meinen Lenden, und die ersten Lusttropfen benetzen meine Hand, aber das macht das Auf und Ab nur feuchter und heißer.

Ich will noch nicht kommen, also mache ich langsamer und rufe mir ihren Schock in Erinnerung, als ich ihr den Finger in den Arsch geschoben habe. Nie zuvor hatte sie da jemand berührt, und das Wissen, dass ich der Erste war, erfüllt mich mit einer perversen Erregung. Ich lasse meine Gedanken schweifen und stelle mir vor, wie es wäre, sie so zu nehmen, wie sie sich unter mir winden und stöhnen und schreien würde, wenn ich durch den engen Muskelring in sie eindringen würde, der sich anfangs gegen mich sperren würde.

Ich würde uns beide so ausgiebig mit Gleitgel überziehen, dass ich mich in sie schieben könnte, bis meine Eier sich an ihre Pussy drücken und auch der dickste Teil meines Schafts in ihr steckt. Die ganze Zeit über würde ich ihr einen Orgasmus nach dem anderen bescheren, sodass sie völlig außer sich wäre und zu nichts in der Lage, außer mich wieder und wieder aufzunehmen, bis ich tief in ihr komme.

Ich male mir aus, wie ihr Arsch sich um meinen Schwanz dehnt, und mehr braucht es nicht, um mir den Rest zu geben. Heiß spritzt es mir auf den Bauch und strömt über meine Hand. Ich keuche, so heftig bin ich gekommen – beinahe so heftig wie mit ihr letzte Nacht.

Es war gut mit ihr, gebe ich im Stillen zu, während mein Puls und mein Atem sich langsam normalisieren. Der beste Sex seit Jordans Tod, wenn ich ehrlich bin.

Es hat gutgetan, mit jemandem zu schlafen, den ich schon mein Leben lang kenne. Einer Frau, mit der ich schon vor Jordan befreundet war und der ich immer noch etwas bedeute, auch wenn ich ihr dazu keinen Anlass gegeben habe.

Und dann fällt mir ein, dass heute Abend die Überraschungsparty zu Julies dreißigstem Geburtstag ist. Julie ist eine von Honeys ältesten Freundinnen, Matt einer meiner ältesten Freunde. Als ich aus dem Bett steige und die Dusche ansteuere, versuche ich mir einzureden, mein lebloses Herz hätte *nicht* einen kleinen freudigen Satz gemacht bei der Aussicht, sie nachher wiederzusehen.

Ich kann's kaum erwarten.

KAPITEL 5

Das Shooting ist von Anfang an eine Katastrophe, mit zwei missgelaunten Babys und Eltern, die alles bis ins kleinste Detail kontrollieren wollen. Am liebsten würde ich ihnen sagen, sie sollen verschwinden und in einer Stunde wiederkommen, aber das geht natürlich nicht, also lasse ich es über mich ergehen und nicke an den passenden Stellen, während ich es letztlich trotzdem auf meine Weise mache. Dafür kommen die Leute schließlich von überallher nach Marfa.

Bevor ich die Idee für meine Wüstenbaby-Reihe hatte, stand mein Studio kurz vor dem Bankrott. Heutzutage werden Fotografen nicht mehr gebucht wie damals, bevor das digitale Zeitalter die Amateurfotografie gehypt hat. Hochzeiten waren mein Kerngeschäft, bis die Brautzeitschriften anfingen, Schnappschüsse aus der Hand der Gäste als tolle Alternative zu einem der größten Kostenfaktoren einer Hochzeit zu postulieren – dem Fotografen. Von den Auswirkungen der kamerabewehrten Smartphones kurz darauf will ich gar nicht erst anfangen.

Es hatte sich schon echte Panik bei mir breitgemacht, wie ich überleben sollte, wenn mein Studio den Bach runtergehen würde, als ich durch puren Zufall über die Idee mit den Wüstenbabys gestolpert bin. Eines späten Abends blätterte ich in einer Zeitschrift, in der Anne Geddes' unverwechselbare Babyfotos abgedruckt waren, und widmete mich im Anschluss einer Lokalzeitschrift mit Bildern von der Wüste um Marfa herum und den wogenden Hügeln von Westtexas mit ihrem kargen Wildwuchs. Die Kombination inspirierte mich zu einer Idee, die ich gleich am nächsten Tag in die Tat umsetzte. Ich gestaltete Requisiten und Kostüme und Hintergründe, mit denen die Babys auf raffinierte und einladende Weise mitten in die Wüste versetzt wurden.

Als ich die ersten Aufnahmen auf meiner Facebook-Seite postete, schlugen sie ein wie eine Bombe, und Mundpropaganda brachte mir Kunden von überall im Staat ein. Die Ergebnisse übertrafen meine wildesten Träume, und heute ist meine Warteliste einen guten Monat lang. Allerdings bedeutet der Erfolg meiner Idee auch, dass ich viel Zeit mit Babys verbringe, die meiner Vision und den Wünschen ihrer stressgeplagten Eltern nur selten wohlwollend gegenüberstehen.

Das Shooting heute ist eins der schlimmsten, seit ich die Reihe vor etwa einem Jahr gestartet habe. Die Mutter mit ihren endlosen Extrawünschen ist eine tierische Nervensäge, der Vater ein Waschlappen, der tut, was immer sie von ihm verlangt, und die Babys … Nun, so ungern ich das auch über unschuldige Kinder sage, aber fotogen sind sie nicht. Manchmal ist das eben so, und normalerweise kann ich auch aus Zitronen noch Limonade machen.

Also gebe ich auch bei diesen beiden mein Bestes und habe meine Aufnahmen innerhalb einer Stunde im Kasten – nicht dass die Mutter das hören wollen würde. Und so zwingt sie uns noch zwei weitere endlose Stunden auf, an deren Ende ihre Zwillinge einen Schreikrampf haben und ich mir wünsche, ich hätte Wodka im Studio.

Als die Familie endlich verschwindet, hab ich aufrichtiges Mitleid mit den zwei Kleinen, die mit dieser Frau aufwachsen müssen, beinahe so viel wie mit mir selbst, die ich drei Stunden meines Lebens unwiederbringlich an sie verloren habe. Mir tut alles dermaßen weh, dass ich kaum laufen kann, als ich zwei Stunden vor Julies Überraschungsparty das Studio verlasse. Ich mache mich auf den Weg zu dem Haus, das meine Gran mir nach ihrem Tod hinterlassen hat.

Ich liebe das Craftsman-Haus aus den Dreißigerjahren, das Gran nach und nach liebevoll restauriert hat, ein Zimmer nach dem anderen. Heute schimmern überall neue Böden, frische Farbe und perfekt eingepasste Fenster – teilweise wahre Buntglas-Kunstwerke, die sie bei Antiquitätenhändlern und Haushaltsauflösungen ergattert hat.

Draußen hat sie es bei einem Wüstengarten belassen, um uns das Rasenmähen in der Sommerhitze zu ersparen. Kies und Kakteen sind äußerst pflegeleicht, da hatte Gran recht – aber sie hatte ohnehin bei den meisten Dingen recht. Nach ihrem Tod hat es vier Jahre gedauert, bis ich in das größere Schlafzimmer umgezogen bin, das für mich immer ihres sein wird. Aber sinnlose Sentimentalitäten gingen ihr gegen den Strich, und sie hätte lauthals Einspruch dagegen erhoben, dass ich mich weiter in mein winziges Zimmer quetschte, während ihr viel größeres unbenutzt blieb.

Lauren hat mir dabei geholfen, den Raum zu meinem zu machen, und mir die Tränen getrocknet, als ich es endlich über mich brachte, Grans Sachen auszuräumen und ihre Kleider zu spenden, was sie wundervoll gefunden hätte. Ständig hat sie Geld, das sie eigentlich nicht übrig hatte, an Leute verschenkt, die es weniger gut getroffen hatten als sie – ganz zu schweigen davon, dass sie ein auf der Kirchenschwelle ausgesetztes Baby aufgenommen und wie eine eigene Tochter großgezogen hat.

Nur ihren Schmuck habe ich behalten, genau wie die Fotos von ihren Eltern, Geschwistern und Cousins, die ihr alle vorausgegangen waren. Diese Menschen kommen für mich einer Familie am nächsten, auch wenn ich keinen davon je persönlich kennenlernen durfte. Ihre Bilder und meine Aufnahmen von Gran zählen zu meinen kostbarsten Besitztümern.

Ich humple zur Veranda, wo ich tatsächlich das von Lauren versprochene Epsom-Salz in einem Körbchen mit ein paar weiteren Badezusätzen finde. Beim Gedanken an das unmittelbar bevorstehende Bad in Grans gusseiserner Wanne mit den Klauenfüßen kann ich mir ein Stöhnen nicht verkneifen.

Weil dieser Tag die Hölle war, schenke ich mir ein großes Glas Wein ein und mache mir einen Teller mit Crackern, Käse und Weintrauben fertig, um die Zeit bis zur Party zu überbrücken.

Im Bad stelle ich meinen Proviant auf dem Fenstersims ab, zünde ein paar Kerzen an und streue das Epsom-Salz und ein paar von den Badekugeln, die mir Lauren dazugelegt hat, ins Wasser. Bevor ich das Licht ausmache, streife ich mir die Cowboystiefel, das Kleid und meine Unterwäsche ab.

Aus dem Augenwinkel sehe ich im Spiegel meinen Po und schnappe nach Luft, als ich die Schatten von Fingerabdrücken erhasche, die sich von meiner hellen Haut abheben. Ich drehe mich zum Spiegel und entdecke auch auf meinem Busen und an der Hüfte Druckstellen, und bei der Erinnerung daran, wie gierig er über mich hergefallen ist, durchrieselt mich ein Schauer. Gott sei Dank hat er seine Spuren nicht an sichtbareren Stellen hinterlassen.

Meine Brustspitzen ziehen sich zusammen, und mein Kitzler erwacht zum Leben, und stöhnend frage ich mich, wie es sein kann, dass ich nach letzter Nacht immer noch was im Tank habe. Ins heiße Wasser einzutauchen ist eine beinahe ebenso orgiastische Erfahrung, wie Blake Dempsey zu vögeln. Könnte mein armes, malträtiertes Fleisch vor Dankbarkeit seufzen, würde es hyperventilieren, so gut fühlt es sich an.

Ich lehne mich an das Kissen, das ich extra für die Badewanne gekauft habe, und nehme mir mein Weinglas. Während des Shootings habe ich mich gezwungen, bei der Sache zu bleiben, in der Hoffnung, diese Leute so schnell wie möglich wieder loszuwerden. Wie gut das funktioniert hat, wissen wir alle. Deshalb ist es schon ein paar Stunden her, dass ich die Aktivitäten der vergangenen Nacht zuletzt in ganzer Breite habe Revue passieren lassen.

In Gedanken wandere ich zurück zur Bar. Wie er sich nach meinen Worten an seinem Bier verschluckt hat, wie er mir rau ins Ohr geflüstert hat, ich solle ihm folgen, wie er darauf bestanden hat, mich mit Essen zu versorgen, bevor wir loslegen, und wie er in einer einzigen unglaublichen Nacht sämtliche Erinnerungen an jeden anderen Mann völlig ausgelöscht hat.

Wie hat er vor allem das Letzte geschafft? Nun ja, The Cock hat es geschafft. Bei dem Gedanken muss ich lachen.

Ich muss zugeben, ich dachte, Lauren würde übertreiben, als sie behauptet hat, einen Schwanz wie den von Blake hätte sie weder vorher noch nachher je gesehen. Jetzt weiß ich, das war keine Übertreibung. Wenn überhaupt, dann sind ihre Beschreibungen The Cock nicht gerecht geworden. Allein beim Gedanken daran breitet sich schon wieder dieses Kribbeln in mir aus.

Ihn in meinen protestierenden Körper aufzunehmen hat sich angefühlt, als wäre ich auf einmal wieder Jungfrau. Es war ein epischer Kampf, und meine Reaktionen darauf waren beispiellos. Nie zuvor bin ich durch reine Penetration gekommen. Normalerweise ist dazu deutlich mehr vonnöten, aber nicht mit Blake. Nicht mit The Cock, der jede meiner Nervenzellen mit seinen massierenden Stößen in einen heillosen orgiastischen Wahnsinn getrieben hat.

Mit rückblickender Klarheit, die mir im Eifer des Gefechts völlig abging, begreife ich, dass er mich mit mehr als bloß seinem Equipment in Brand gesteckt hat. Es lag auch daran, wie aufmerksam er jede einzelne Reaktion von mir verfolgt hat, wie er mich berührt und gestreichelt hat, als einziges Ziel meine allumfassende Lust im Sinn.

Ich stelle das Weinglas zurück aufs Fenstersims und fülle meine Hände mit meinem Busen, lasse die Daumen über empfindliche Brustspitzen gleiten, die sofort reagieren, indem sie sich noch weiter aufrichten. Unter dem Zucken, das von meinen Nippeln direkt in meinen Kitzler fährt, atme ich scharf ein. Zu meinem großen Erstaunen bin ich allein von der Erinnerung an letzte Nacht schon wieder voll erregt.

Rastlos bewege ich unwillkürlich die Beine, sodass das Wasser gegen die hohen Seiten der Wanne schwappt. Ich schließe die Augen und durchlebe das Ganze noch einmal, von jenen ersten Minuten in der Bar bis zu meinem heimlichen Abgang heute Morgen, und alles dazwischen. Als würde es noch einmal geschehen, spüre ich beinahe, wie sein riesiger Schwanz gegen meine Öffnung drückt, mich bis an meine absoluten Grenzen dehnt.

Ich beiße mir auf die Unterlippe und lasse eine Hand nach unten zu meinem Kitzler gleiten. Oh, das fühlt sich gut an, auch wenn das empfindliche Gewebe immer noch wund und gereizt ist. Ich lasse es langsam angehen, ziehe träge, sanfte Kreise darum, während ich mit der anderen Hand weiter meine Brustspitze zwicke. Normalerweise braucht es weit mehr, um mich zum Höhepunkt zu bringen, aber bei der Erinnerung an all die Dinge, die er getan hat, an die Stellen, die er mit seinen Fingern, seinem Schwanz und seiner Zunge berührt hat, stehe ich schon nach kurzer Zeit dicht vor der Explosion.

Habe ich wirklich vornübergebeugt auf seinem Bett gekniet, den Hintern in die Luft gereckt, während er mich *da* geleckt hat? Bei der Vorstellung, wie wir in dieser Position ausgesehen haben müssen, hole ich erschauernd Luft, und die Erinnerung daran, wie es sich angefühlt hat und wie herrlich ich es fand, schleudert mich geradewegs in einen intensiven Orgasmus. Das Wasser schwappt über, aber ich kann einfach kein Interesse dafür aufbringen, während mein Höhepunkt weiter und weiter wogt – als wäre ich in den vergangenen vierundzwanzig Stunden nicht schon öfter gekommen als je zuvor an einem Tag.

Als der Orgasmus abebbt, gleite ich tiefer ins Wasser, tiefenentspannt und völlig ausgelaugt. Ich könnte jetzt direkt ins Bett kriechen und bis morgen früh durchschlafen, aber das geht leider nicht. Julie wäre furchtbar enttäuscht, wenn ich ihren dreißigsten Geburtstag verpasse. Und da die große Drei-Null auch für mich gleich hinter der nächsten Ecke wartet, kann ich ihr das erst recht nicht antun. Außerdem wird Blake ebenfalls da sein, und ich brenne vor Neugier, ob sich nach letzter Nacht irgendwas zwischen uns verändert hat.

Auch wenn ich weiß, ich sollte mich nicht so auf das Wiedersehen freuen, ist es diese Vorfreude, die mich zwanzig Minuten später aus der Wanne holt. Diese Vorfreude ist es, wegen der ich mir besonders viel Mühe mit meinen Haaren und dem Make-up gebe und mich wohlüberlegt für das feminine Blümchenkleid entscheide, das ihm bei unserer letzten Begegnung bei Matt und Julie so gut gefallen hat. Und weil ich durch und durch Texanerin bin, vervollständige ich das Outfit mit meinen roten Cowboystiefeln und schnappe mir vorsichtshalber noch eine Jeansjacke – falls Matt die Klimaanlage wieder auf Kühlschranktemperatur gestellt hat, wie er es meistens tut.

Ich sehe gut aus. Es geht mir besser als vor dem Bad. Ich fühle mich bereit, ihm wieder gegenüberzutreten.

* * *

Ich war noch nicht bereit, ihm wieder gegenüberzutreten. Es kommt mir vor, als würde ich eine Leuchtreklame auf dem Kopf tragen, die blinkend verkündet: *Gestern Nacht hat Blake mich nach Strich und Faden rangenommen.* Ich bin überzeugt, dass alle es wissen, obwohl niemand außer Lauren etwas davon ahnt, und die würde es niemals weitererzählen. Na ja, Blake weiß es auch, und mehr als einmal spüre ich den eindringlichen Blick seiner blauen Augen auf mir, als würde er mich hier, inmitten all unserer Freunde, nackt sehen.

Ich hätte ihn nie so anmachen sollen, aber irgendwie bringe ich es auch nicht über mich, den Wahnsinnssex, den wir hatten, zu bereuen. Wenn ich ihn bloß nicht ausgerechnet gleich *heute* hätte wiedersehen müssen – aber Julies Geburtstagsparty war mir völlig entfallen, als ich gestern nach wochenlangem Zaudern endlich den Mumm aufgebracht habe, Laurens Plan durchzuziehen.

Und so muss eine unserer drei Begegnungen im Jahr nun genau heute stattfinden, einen Tag nachdem ich mit Blake den wildesten, schmutzigsten Sex meines Lebens hatte. Nach dem selbstzufriedenen Grinsen auf seinem Gesicht zu urteilen, weiß er, dass ich mich unwohl fühle, und genießt mein Unbehagen.

Ich habe von ihm bekommen, was ich wollte, von daher nehme ich an, ein wenig Verlegenheit im Anschluss war zu erwarten. Damit kann ich umgehen – zumindest rede ich mir das ein.

»Was ist denn heute mit dir los, Honey?«, fragt Julie, als sie mit Lauren und Scarlett im Schlepptau zu mir kommt. Die Überraschung war ein voller Erfolg, und Julie strahlt förmlich vor Freude seit ihrer Ankunft. Nach ihrer monatelangen schweren Depression infolge einer Fehlgeburt vergangene Weihnachten freut es mich umso mehr, sie so zu sehen.

»Gar nichts ist los, nur dein runder Geburtstag.«

»Du wirkst abgelenkt. Ist im Studio alles in Ordnung?«

»Alles bestens, bis auf die Helikoptermütter, die mir ständig ins Gehege kommen.«

»So eine werde ich niemals«, verkündet Julie.

»So langsam glaube ich, da ist irgendwas in der Plazenta, das völlig rationale Frauen im Zuge der Fortpflanzung in irre Kontrollfreaks verwandelt.«

Das bringt die Mädels zum Lachen.

»Da könnte was dran sein«, stimmt Scarlett zu. Als meine direkte Ladennachbarin hört sie die meisten Horrorgeschichten, gleich nachdem sie sich zugetragen haben.

»Wo wir gerade bei Plazentas sind«, meldet Julie sich zaghaft wieder zu Wort und blickt sich um, um sicherzugehen, dass niemand sonst mithört. »Ich bin schwanger.« Ganz leise spricht sie es aus, als könnte es Unglück bringen, wenn sie zu laut wird.

Ich weiß, wie sehr sie und Matt sich Kinder wünschen, und sofort werden mir die Augen feucht. »Das sind ja wundervolle Neuigkeiten.« Ich drücke sie fest, und als wir uns voneinander lösen, sehe ich, dass auch sie mit den Tränen kämpft.

»Ich konnte es kaum erwarten, es euch zu erzählen«, gesteht sie, während auch Lauren und Scarlett sie umarmen. »Aber diesmal wollte Matt lieber warten, bis wir die ersten drei Monate überstanden haben.«

»Wir sagen niemandem was davon«, versichere ich ihr.

»Kein Sterbenswörtchen«, stimmt Lauren zu. »Großes Indianerehrenwort.«

Kichernd wischt Julie sich eine Träne fort. »Ich weiß eure Verschwiegenheit sehr zu schätzen. Für den Moment sagen wir es nur unseren engsten Freunden und Verwandten. Ich glaube, Matt erzählt es gerade Blake.«

Ich kann nicht *nicht* hinsehen, auch wenn mein Verstand mir rät, auf keinen Fall Blickkontakt herzustellen. Aber natürlich höre ich nicht auf meinen Verstand – man nehme meinen *Ich will, dass du mich fickst*-Aufhänger von gestern Abend. Sobald ich dem überwältigenden Drang, ihn anzusehen, nachgebe, schaut natürlich auch er her, und quer durch den vollen Raum treffen sich unsere Blicke. Und dann setzt er sich in Bewegung, schiebt sich zielstrebig durch eine Gruppe nach der anderen, bis er vor mir steht.

Als würden sie den Mann wiedererkennen, der sie letzte Nacht zum Jubeln gebracht hat, drehen all meine weiblichen Körperteile durch und betteln förmlich um seine Aufmerksamkeit.

»Alles okay?«, fragt er in leisem, intimem Tonfall, bei dem meine Mädels laut Halleluja rufen.

»Sicher. Warum fragst du?«

»Du wirkst … ich weiß nicht … erschüttert oder so.«

Ich verfluche es, dass er mir das über einen Raum voller Menschen hinweg so einfach angesehen hat.

»Nicht im Geringsten«, entgegne ich leichthin. »Warum sollte ich erschüttert sein?«

Statt einer Antwort starrt er mich einfach nur an. Sein Blick ist so durchdringend, dass es mir vorkommt, als würde er mich und meine aufgesetzte Lockerheit einfach so durchschauen.

Das Blickduell findet ein Ende, als Matt nach mehr Eis ruft.

»Ich hole welches«, stoße ich rasch hervor und verschwinde in die Garage. An der Tiefkühltruhe staple ich gerade Eiswürfelbeutel auf den Boden, als Blake neben mir auftaucht.

Ohne mich anzusehen – Gott sei Dank –, sagt er: »Schließ heute Nacht deine Hintertür nicht ab.« Damit schnappt er sich die Eiswürfel und geht wieder rein, während ich ihm mit offenem Mund hinterherstarre. Nur die eisige Luft aus der Kühltruhe bewahrt mich vor einem Hitzschlag.

Hat er das wirklich gerade gesagt? Blake Dempsey, König der One-Night-Stands, will eine zweite Runde? Also wenn das keine unerwartete Wendung ist …

Blake

Ich habe keinen Schimmer, wieso ich Honey gesagt habe, sie soll ihre Hintertür für mich unversperrt lassen.

Okay, so ganz stimmt das nicht. Es liegt daran, dass sie so erschüttert wirkt und ich mir Sorgen um sie mache. Ja, richtig gehört. Ich mache mir tatsächlich Sorgen, dass irgendwas von dem, was wir letzte Nacht miteinander getrieben haben, ihr quersitzt, und dem muss ich auf den Grund gehen. Daher meine ungewöhnliche Bitte an sie, nicht abzusperren.

Argh, was mache ich hier eigentlich? Ich gebe mich nicht mit so was ab. Ich mache mir keine Sorgen um meine Bettgespielinnen, nachdem wir es getan haben. Ich mache niemals Versprechungen, die ich nicht einhalten kann, und nie, nie, *niemals* lasse ich mich auf irgendwelche Verstrickungen mit Frauen ein.

Und ich habe nicht vor, daran bei Honey irgendetwas zu ändern. Sie ist bloß unter ihrer kessen *Ich will, dass du mich fickst*-Attitüde so verletzlich. Und Teufel, für diesen Gedanken würde sie mich hassen. Honey würde niemals wollen, dass sie jemand auch nur im Geringsten für verletzlich hält, aber ich kenne sie gut genug, um zu wissen, dass ihr verwegener Auftritt gestern Abend in der Bar mit der echten Honey Carmichael nichts zu tun hat. Nicht mal ansatzweise.

Nein, die echte Honey versucht schon ihr gesamtes Erwachsenenleben lang, ihren holprigen Start ins Leben mit viel zu vielen Männern zu kompensieren, immer auf der Suche nach jenem schwer fassbaren Etwas, das sie nie hatte. Einmal habe ich ein paar Kerle in der Stadt spekulieren hören, sie hätte einen Vaterkomplex, was auch immer das sein soll. Diesem Gerede habe ich schleunigst ein Ende gesetzt und den Typen klargemacht, dass ich sie nie wieder über Honey herziehen hören will – oder auch nur, wie sie ihren Namen in den Mund nehmen. Mit einem, der sich von mir nichts sagen lassen wollte, hätte ich mich beinahe geprügelt. Nun ja. In meinem Beisein redet niemand ungestraft so über Honey.

Die Erinnerung an diesen Vorfall im Kontext der Geschehnisse von letzter Nacht bringt mich aus der Ruhe, und ich fühle mich unbehaglich. Natürlich weckt sie meinen Beschützerinstinkt. Ich hab sie schon im Sandkasten gezwickt, so lange kennen wir uns. Dasselbe würde ich auch für Lauren oder Julie oder Scarlett tun – für jedes der Mädchen, mit denen ich aufgewachsen bin.

Ein Stich mitten in meiner normalerweise betäubten Brust straft mich Lügen. Wenn ich ganz ehrlich bin, ist Honey anders als die anderen. Sie war schon immer anders, vom Sandkasten bis hin zur letzten Nacht, als ich sie endlich so berühren durfte, wie ich es mir schon seit Ewigkeiten wünsche … Immer war sie etwas Besonderes.

Vor ewigen Zeiten – sechste, siebte Klasse vielleicht – dachte ich mal, Honey könnte möglicherweise meine Freundin werden, aber dazu ist es nicht gekommen. Dann ist im Sommer vor der neunten Klasse Jordan hergezogen, und in den Jahren, in denen wir zusammen waren, habe ich keine andere Frau angesehen, nicht mal in Gedanken. Wir hatten Pläne miteinander. Jede Menge. Nach Jordans Tod habe ich aufgehört, Pläne zu schmieden. Wozu auch? Das Leben fickt einen sowieso, warum sollte man sich überhaupt erst die Mühe machen, irgendwas zu planen?

Immerhin ist mir bewusst, dass ich ein total verkorkster Schatten von einem Mann bin, der nur nach außen hin gut zu funktionieren scheint. Mein erfolgreiches Bauunternehmen ist der Beweis dafür, wie gut ich darin bin, allen was vorzuspielen, bis die Scharade Wirklichkeit wird. Für die Männer, die für mich arbeiten, tu ich alles. Genauso wie für meine Eltern, die ebenfalls noch in Marfa wohnen, für meine Geschwister – alle verheiratet und Eltern –, für Jordans Eltern und für die Freunde, die noch übrig sind nach den zwölf Jahren, seit mein Herz zu schlagen aufgehört hat.

Aber innen drin, wo ich mit mir und meinen Schuldgefühlen und so schmerzhaften Erinnerungen leben muss, dass ich es nicht ertrage, mich damit zu befassen, bin ich ein Wrack. Ein heilloser Scherbenhaufen, und dazu stehe ich. Das ist der Grund, aus dem ich Frauen nicht zu dicht an mich heranlasse. Deshalb lasse ich mich auf nichts ein. Ich weigere mich, das Risiko einzugehen, noch mehr zu verlieren – das würde ich nicht überleben. Ich habe auf die harte Tour gelernt, dass es die Qualen einfach nicht wert ist, wenn alles den Bach runtergeht. Und es geht *immer* irgendwann den Bach runter.

Wie lässt es sich sonst erklären, dass die kluge, schöne, fröhliche, immer optimistische Jordan in einem Loch in der Erde liegt, während so viele schlimme Menschen auf dieser Erde herumlaufen dürfen? Anfangs war für mich der einzige Weg, mit diesem Verlust klarzukommen, mich regelmäßig bis zum Filmriss zu betrinken. Ich habe schnell gelernt, dass ich am nächsten Tag trotzdem aufwachen und mich mit dem Verlust befassen muss, während es mir dabei auch noch hundeelend geht. Also habe ich damit aufgehört, bevor meine Familie ihre Drohung wahr machen konnte, mich in die Entzugsklinik zu verfrachten. Jetzt trinke ich höchstens am Samstagabend mal ein, zwei, drei Bier und schlage kaum je über die Stränge.

Denn was ich auch tue, der unbarmherzige Schmerz lässt mich meinen Verlust niemals vergessen. Ich sehe Jordans Tod als das Kreuz, das ich zu tragen habe. Sie ist gestorben. Ich habe überlebt. Dieser Schmerz ist das Mindeste, was ich ihr schuldig bin.

In den ersten paar unerträglichen Jahren hat man mich von allen Seiten gedrängt, es hinter mir zu lassen. Man hat mir gesagt, genau das würde sie sich für mich wünschen, und ich wusste, dass es stimmt. Ich habe immer gewusst, dass sie sich das für mich wünschen würde, aber dazu in der Lage war ich nie. Nach fünf Jahren haben meine Freunde und Verwandten zum Glück schließlich aufgehört, mich mit ihren Singlefreundinnen und Kolleginnen und Schwestern verkuppeln zu wollen, die »perfekt« für mich wären.

Es waren sicherlich alles nette Mädels, aber ich werde niemanden mit meinem verkorksten Seelenzustand und meinen Dämonen belasten. Das wäre einfach nicht fair. Und so habe ich still vor mich hingelebt, soweit man das als Leben bezeichnen kann, bis plötzlich Honey Carmichael in meine Stammkneipe spaziert ist und mir ein Angebot gemacht hat, das ich nicht ablehnen konnte – auch wenn ich schon im selben Moment wusste, dass es besser gewesen wäre.

Ich hatte jede Menge bedeutungslosen *Rein, raus, danke, Kleines*-Sex, seit ich endlich über dieses furchtbare erste Mal mit einer anderen als Jordan hinweggekommen bin. Mein weitverbreiteter Ruf als »Maschine« im Bett ist mir wohlbekannt, und die Frauen, mit denen ich schlafe, kommentieren jedes Mal die Größe meiner Ausstattung.

Und sie alle kommen wieder und wollen mehr, ohne Ausnahme.

Ich lehne jedes Mal ab. Einmal und nie wieder, so läuft es bei mir. Was zum Teufel habe ich mir also dabei gedacht, Honey zu sagen, sie soll ihre Hintertür offen lassen?

Ich hebe die Bierflasche und nehme einen langen Schluck, während ich Honey auf der anderen Seite des Raums beobachte, wie sie mit Julie und Lauren und Scarlett und all den anderen, die wir schon unser Leben lang kennen, redet und lacht. Warum kann ich nicht aufhören, sie anzusehen? Wieso muss mir auffallen, dass ihre Lippen noch von letzter Nacht geschwollen sind und sie einen Knutschfleck am Hals hat? Warum verspüre ich eine so abartige freudige Erregung, dass ich auf mehr als eine Weise meine Spuren bei ihr hinterlassen habe?

Warum kümmert es mich, dass sie erschüttert ist?

»Hast du Spaß?«

Ich schaue auf zu Matt, meinem besten Freund seit der ersten Klasse und dem Mann, der mir nach Jordans Tod praktisch im Alleingang das Leben gerettet hat, indem er mir zwei volle Monate lang nicht von der Seite gewichen ist. »Definitiv. Das hast du toll hingekriegt. Julie sieht aus, als würde sie sich riesig freuen.«

»Es ist schön, sie wieder lächeln zu sehen.«

Ich gehöre zu den wenigen, die wissen, dass sie nach der Fehlgeburt letzten Winter wieder schwanger ist. Na, klingelt's? Das meinte ich damit, dass das Leben einen sowieso fickt, ganz egal, wie glücklich man sein mag. Diese Fehlgeburt ist ein klassisches Beispiel. Was haben die beiden verbrochen, um einen so grausamen Tiefschlag zu verdienen? Nichts. Absolut gar nichts. Genau solche Schicksalsschläge sind der Grund für meine Überzeugung, dass es leichter ist, sich gar nicht erst auf irgendwas einzulassen, als einen so furchtbaren Schmerz zu riskieren.

»Das kannst du laut sagen«, antworte ich und verberge mein aufgewühltes Inneres mit einer Expertise vor ihm, die ich über die Jahre perfektioniert habe.

»Wieso starrst du Honey so an?«

Oh, Scheiße. »Was? Tu ich doch gar nicht.«

»Äh, doch, tust du. Außerdem ist mir da ein Gerücht zu Ohren gekommen, du wärst gestern mit ihr zusammen aus der Bar verschwunden. Ist da was dran?«

Manche Leute kann ich anlügen – und ich gebe freiheraus zu, dass ich sogar schamlos lüge, wann immer es meinem Interesse dient, mir alles vom Leib zu halten, was mir zusätzlichen Kummer bescheren könnte –, aber Matt hat noch nie dazugehört. »Könnte sein. Sie ist rumgekommen. Wir haben den Abend zusammen verbracht. Nichts, worüber man sich aufregen müsste.«

»Du und Honey Carmichael habt ›den Abend zusammen verbracht‹, und das soll nichts sein, worüber man sich aufregen müsste?« Er prustet vor Lachen und trinkt einen Schluck Bier. »Wenn du das sagst, Alter.«

Sein Kommentar schickt einen leisen Stich der Panik tief in mein Inneres, an einen Ort, den ich mit Beton und Stacheldraht abgesperrt halte. »Was soll das heißen?«

»Nichts, nichts.«

Habe ich erwähnt, dass ich meinem besten Freund regelmäßig am liebsten an die Gurgel gehen würde? Und habe ich erwähnt, dass er einer der zwei Vorarbeiter ist, dank derer meine Firma so reibungslos läuft? Ihm an die Gurgel zu gehen ist also keine Option, wenn ich es mir nicht noch schwerer machen will. »Wenn du was zu sagen hast, dann spuck's aus. Ansonsten verpiss dich.«

Der Bastard lacht schon wieder, nimmt erneut einen Schluck von seinem Bier und sieht mir dann geradeheraus in die Augen. »Zieh mit ihr nicht das Ding ab, das du mit den anderen immer machst, Blake. Dazu ist sie uns allen zu wichtig, und du weißt genauso gut wie ich, dass sie nicht so tough und draufgängerisch ist, wie sie uns gern glauben machen möchte. Tust du ihr weh, tust du uns weh.«

Scheiße noch eins … »Ich ziehe gar nichts mit ihr ab.« Nun ja, wenn man außen vor lässt, dass wir es getrieben haben wie die Karnickel, aber das ist jetzt vorbei. Wir haben es getan. Es wurde getan. Vergangenheitsform. Nichts, worüber man sich Gedanken machen müsste.

Aber da ist so ein Ziehen in meiner Brust, das einfach nicht weggehen will, seit ich heute Morgen nach einer der besten Nächste seit Jordans Tod allein aufgewacht bin. Ich hab vorhin schon was gegen Sodbrennen genommen, aber das hat kein bisschen geholfen. Vielleicht sollte ich zum ärztlichen Notdienst und abchecken lassen, ob mit meinem Herzen alles in Ordnung ist. Ich reibe mir die Brust.

»Ich mein's ernst, Blake. Bau mit Honey keinen Scheiß, sonst kriegst du's mit mir zu tun.«

Unter normalen Umständen liebe ich es, dass unser Arbeitsverhältnis keinen Einfluss auf unsere lebenslange Freundschaft hat. Es gefällt mir, dass er solche Sachen zu mir sagt, obwohl ich rein technisch betrachtet sein Boss bin. Aber das hier sind keine normalen Umstände, und heute Abend gleiten seine Worte aus irgendeinem unerfindlichen Grund nicht so von mir ab wie sonst.

»Mach dir keinen Kopf deswegen.«

»Doch, mach ich, und das solltest du auch.«

»Ich hab's ja verstanden, Matt, aber es besteht kein Anlass, mir zu drohen. Zwischen Honey und mir ist alles cool.«

Zumindest hoffe ich das. Ich werde dafür sorgen, wenn ich nachher nach ihr sehe. Dann rücken wir die Dinge wieder zurecht, und gut ist. Wer auch immer behauptet hat, Sex würde alles verändern, hat nie mich kennengelernt. Ich bin eine Maschine. Ich lasse keine Emotionen ins Spiel kommen. Niemals.

KAPITEL 6

Ich bin nervlich ein Wrack. Schon seit dem Moment in Julies Garage, als Blake mir gesagt hat, ich soll heute Nacht meine Hintertür offen lassen. Was kann er nur wollen? Sex kann es nicht sein, denn jeder weiß, dass er sich mit keiner Frau auf mehr als eine Nacht einlässt. Lauren war da eine seltene Ausnahme, aber da war er auch noch jünger. In den letzten Jahren ist seine strikte One-Night-Stand-Philosophie hier weithin bekannt.

Womit ich wieder bei der Frage bin, was um alles in der Welt er von mir wollen kann.

Gegen halb zwölf bin ich wieder zu Hause. Blake war noch auf der Party, als ich gegangen bin, deshalb habe ich keine Ahnung, wann ich mit ihm rechnen kann. Ich laufe zur Hintertür und starre einen langen Moment das Schloss an, bevor ich den Knauf drehe, um es zu entriegeln. Das Klicken, mit dem der Bolzen zurückgleitet, kommt mir lauter vor als sonst, es hallt durch mein stilles Haus wie ein Schuss.

Okay, das war vielleicht etwas dramatisch, doch für mich fühlt sich alles an dieser Situation dramatisch an. Nicht dass ich in Bezug auf Männer viel Erfahrung mit Drama hätte. Ein großes Geheimnis haben sie für mich nie dargestellt, und ich bin keinem je nahe genug gekommen, um mich dafür zu interessieren, weshalb er was tut.

Warum interessiert es mich also so, aus welchem Grund Blake mich heute Nacht sehen will?

Ich gehe – beziehungsweise humple – ins Schlafzimmer und tausche mein Kleid gegen Tanktop und Pyjamahose. Ein bisschen hat das Vollbad gegen den Muskelkater und das Wundsein geholfen, trotzdem spüre ich noch immer die Nachwirkungen dieser verrückten Nacht mit Blake. Abrupt bleibe ich stehen, als ich auf dem Weg ins Bad das verräterische Kribbeln zwischen meinen Beinen spüre, das unmissverständlich klarmacht: Mein Kopf mag zwar verwirrt über Blakes Motive sein, aber mein Körper weiß ganz genau, was er will.

»Auf gar keinen Fall«, sage ich laut, als könnte ich damit meine Entschlossenheit stärken. »Ganz egal, was er vorhat, auf gar keinen Fall kommt es noch mal *dazu*. Wenn er mich heute noch mal anfasst, kann ich nie wieder laufen.«

Der heutige Tag hat mich ein bisschen zu sehr an damals nach meinem ersten Mal erinnert, mit Randy Dade hinter der Scheune seines Vaters, im Sommer vor meinem ersten Jahr an der Highschool. Er hat mich bearbeitet wie mit einem Dampfhammer, und ich war noch Tage später wund. Gran musste ich erzählen, ich wäre vom Pferd gefallen, um zu erklären, warum ich auf einmal nicht mehr richtig gehen konnte. Ich bin mir nicht sicher, ob sie mir das abgenommen hat. Mit Randy habe ich jedenfalls nie wieder geschlafen – zu seinem großen Bedauern.

Nach diesem traumatischen Erlebnis hat es zwei Jahre gedauert, bis ich wieder Sex hatte, und beim nächsten Mal war es gar nicht so schlimm. Genauso wenig wie das Mal danach. Doch es war auch nie etwas Besonderes, bis zu dieser Nacht mit Blake. Und natürlich musste das eine Mal, dass es mehr als okay war, ausgerechnet mit dem einen Kerl sein, der nie mehr wollen wird.

»Du wusstest Bescheid, als du da gestern reingegangen bist, Honey Carmichael«, teile ich meinem Spiegelbild mit. »Mach dir nichts vor, und bausch diese eine Nacht nicht zu mehr auf, als sie war.«

Genau davor hat Lauren mich gewarnt – eine Schwäche zu entwickeln für einen Mann, der mit Schwäche nichts zu tun haben will, weder von mir noch von irgendeiner anderen Frau. Ich täte gut daran, das im Gedächtnis zu behalten. Ich werde mir anhören, was er von mir will, und ihn dann nach Hause schicken. In der Hoffnung, ihn eine Weile nicht mehr sehen zu müssen, bis ich etwas Zeit hatte, unser Tête-à-Tête fein säuberlich zu verstauen und hinter mir zu lassen. Ich schaffe das. Ich *muss* es schaffen.

Kurze Zeit später höre ich den Schnapper an der Hintertür klicken, und mein Herz droht zu bersten vor Adrenalin und Aufregung und … *Heiliger Strohsack, Honey, hör auf damit. Auf der Stelle.* Ich sammle mich, atme ein paarmal tief durch und verlasse das Bad, gehe durchs Schlafzimmer hinaus in den Raum, den Gran immer als »Salon« bezeichnet hat. Hier war es stets blitzsauber für eventuelle Gäste. Blake steht mitten im Zimmer, die Hände in die Hüften gestützt und die Stirn in Falten gelegt.

Sein Blick schnellt sofort zu meinem Busen, der mein Tanktop ziemlich gut ausfüllt. Rückblickend betrachtet war das Oberteil vielleicht ein Fehler, aber während er mich mustert, verwandelt seine finstere Miene sich in etwas … Hungrigeres. Das ist das einzige Wort, das mir einfällt, um den hitzigen Blick zu beschreiben, mit dem er mich bedenkt.

»Du wolltest mich sehen?«, frage ich und klinge viel zu atemlos.

»Ja, stimmt.«

Gerade als ich ihn fragen will, wieso, lässt er die Hände von den Hüften sinken und kommt auf mich zu. Es kostet mich all meine Selbstbeherrschung, nicht vor ihm zurückzuweichen, im Kopf zu behalten, dass ich hier Blake vor mir habe, meinen Sandkastenfreund und kurzfristigen Liebhaber. Ich habe nichts von ihm zu befürchten. Doch je näher er kommt, je lodernder dieser Hunger wird, desto klarer wird mir, dass ich allen Grund habe, mich vor ihm zu fürchten – vor der Macht, mir wehzutun, die ich ihm verliehen habe. »W-worum geht's denn?«

Seine Hände landen an meiner Taille, und er reißt mich an sich. »Darum.«

Ich pralle gegen seine Brust und quietsche erschrocken auf. Als ich den Kopf hebe, um ihn zu fragen, was zum Teufel das soll, schneidet er mir das Wort ab, indem er seine Lippen auf meine presst – in einem Kuss, der mich geradewegs in die vergangene Nacht zurückversetzt, zu der köstlichen Lust, die ich in seinen Armen erfahren habe.

Später werde ich Zeit haben, das zu verarbeiten und mich zu fragen, wie ich von fester Entschlossenheit innerhalb von vier Sekunden mitten in einem hitzigen Kuss gelandet bin, aber im Augenblick habe ich alle Hände voll damit zu tun, die Reaktion meines Körpers auf ihn zu begreifen. Feuerwerk. Das ist der beste Begriff, um zu beschreiben, wie es sich anfühlt, wenn er mich anfasst. Winzige Explosionen unter meiner Haut, bei denen meine Brustspitzen sich zusammenziehen und mein Kitzler vor Begierde pocht.

Er schlingt die Arme um mich, macht mich zu seiner Gefangenen – nicht dass ich etwas dagegen hätte.

Niemand hat mich je so geküsst wie Blake, und es war dumm, mir einzubilden, eine Nacht könnte uns reichen. Am liebsten würde ich an ihm hochklettern, die Beine um seine Hüften klammern und mich an seiner Erektion reiben, die gegen meinen Bauch drückt.

Und schon wieder liest er meine Gedanken, umfasst meinen Po und hebt mich hoch, ohne auch nur eine Sekunde von meinem Mund abzulassen. Ich schmiege mich an ihn und neige den Kopf nach rechts, um einen besseren Zugang zu finden. Sein Stöhnen verrät, dass es ihm gefällt. Erst Minuten später unterbricht er den Kuss und wendet sich meinem Hals zu.

»Ich hab mir geschworen, ich würde dich heute Nacht nicht anrühren.« Er beißt mir leicht in den Hals, und mich durchzuckt es wie ein Stromschlag, was bewirkt, dass ich beinahe auf der Stelle gekommen wäre. »Ich bin nicht gut für dich, Honey. Du hast so viel Besseres verdient.«

»Jetzt gerade bist du sogar sehr gut für mich.« Ich kralle die Faust in sein Haar und ziehe ihn in einen weiteren Kuss. Es ist unmöglich, mich nicht an ihm zu reiben, und er scheint sich genauso wenig davon abhalten zu können, den Druck zu erwidern. Wären da nicht noch meine Schlafanzughose und seine Jeans, hätten wir schon längst richtigen Sex, statt nur so zu tun, als ob.

»Einmal noch«, sagt er mit der heiseren, sexy Stimme, die nach diesem epischen Wochenende für den Rest meines Lebens meine Träume befeuern wird. »Sag, dass du es verstehst.«

»Einmal noch.«

»Und das ist alles. Sind wir uns einig?«

»Ja, Blake, wir sind uns einig.«

Erst als wir über die Schwelle in mein Schlafzimmer stolpern, bemerke ich, dass wir in Bewegung sind, und schon ist er über mir auf dem Bett, während seine Zunge immer verzweifelter in meinen Mund dringt.

Und ich bin genauso verzweifelt wie er.

Er löst sich gerade lange genug von mir, um mir die Pyjamahose auszuziehen und sich Jeans und T-Shirt vom Leib zu reißen. Grundgütiger, er trägt keine Unterwäsche und ist schon steinhart.

Mir läuft das Wasser im Mund zusammen, und ich setze mich auf und strecke die Hand nach ihm aus. »Lass mich«, bitte ich ihn, als er mir ausweichen will. Ich lege die Hand an seine Peniswurzel und beginne ihn zu massieren, gleichzeitig sauge ich ihn in den Mund und verwöhne ihn mit flinken Zungenschlägen.

Die Laute, die er ausstößt, sind animalisch und heizen mir noch mehr ein. Ich zwinge mich, meine Aufgabe im Blick zu behalten: ihm genauso viel Lust zu verschaffen, wie er es bei mir getan hat. Mit diesem Plan nehme ich ihn so tief in meinen Mund auf, wie ich kann, sauge und lecke und massiere ihn, bis er hinten an meinen Rachen stößt. Ich ringe den Würgereiz nieder, und im nächsten Moment gleitet er in meine Kehle.

»Fuck, Honey«, grollt er und pumpt mit dem Becken. »Hör nicht auf. Hör bloß nicht auf.«

Mir tränen die Augen, und feucht rollt es über meine Wangen, während ich mich darauf konzentriere, durch die Nase zu atmen, und meine Finger kraulend zu seinem Sack hinuntergleiten. Seine Eier sind beinahe so hart wie sein Schaft.

Er keucht auf. »Stopp, Süße. Sofort.«

Gehorsam lasse ich ihn langsam aus meiner Kehle gleiten und frage mich, ob ich etwas falsch gemacht habe. Träge fahre ich mit der Zunge über die gesamte Länge seines Schafts, bevor ich ihn mit einem ploppenden Geräusch freigebe. »War irgendwas nicht richtig?«

»Hättest du es noch richtiger gemacht, hätte ich das Bewusstsein verloren.« Er krümmt die Finger um meine Kniekehlen und zieht mich an den Rand der Matratze, positioniert sich an meinem Eingang und stößt zu, dass ich aufschreie – und nicht auf die angenehme Art. »Oh, verdammt, du bist noch wund.« Er zieht sich zurück und geht vor dem Bett auf die Knie, dann lehnt er sich vor und leckt über mein pulsierendes, empfindliches Fleisch.

Ich könnte weinen vor Glück, so zärtlich liebt er mich, fährt mit sanfter Zunge über meinen Kitzler und dann weiter hinab. Ich weiß, es sollte mich nicht mehr schocken, als er noch tiefer geht und mich leckt, wo mich bis gestern Nacht niemand auch nur angefasst hatte. Ich komme in langsamen, weichen Wellen, ein Orgasmus geht in den nächsten über, und mein gesamter Körper verliert sich in der Lust.

Sobald es schließlich abebbt, beginnt er von Neuem, macht mit der Zunge genauso langsam und sachte weiter und hebt die Hände an meine Brüste, um gerade fest genug die Nippel zu drücken, dass ich die Reaktion überall spüre.

»Blake … Ich will …«

»Was, Süße? Was willst du?«

»Dich in mir.«

»Du bist noch zu wund.«

»Dann eben ganz langsam. Ich will dich so sehr.« Zum ersten Mal in meinem Leben fühle ich mich leer und sehne mich verzweifelt nach einem Mann. Und nicht bloß nach irgendeinem. Nach *diesem* Mann.

Er steht auf und blickt auf mich herab, und ich mag mir kaum vorstellen, wie ich aussehen muss – die Haare wild um den Kopf geworfen, die Beine gespreizt, mit aufgerichteten Nippeln und einer erbarmungslos pulsierenden Begierde, die meinen gesamten Körper erfüllt. Offenbar gefällt ihm, was er da vor sich hat, denn einer seiner Mundwinkel hebt sich zu dem schiefen Lächeln, bei dem mir das Herz blutet für den fröhlichen, sorglosen Jungen, der er war, bevor das Leben ihm eine so grausame Lektion erteilt hat.

Ich breite die Arme aus, und er legt sich über mich, positioniert sich an meinem Eingang und schiebt das Becken nach vorn. Dank seiner Bemühungen bin ich so bereit, dass er leichter in mich gleitet als zuvor. Jetzt ist es höchstens noch ein bisschen unangenehm, als er mich dehnt.

»Ah, Gott, Honey, du bist so eng.«

»Das betrachtet nicht jeder als was Gutes.«

Er hebt den Kopf und sieht mich an. »Inwiefern?«

»Ich hab ihn nicht immer, na ja … reingekriegt.« Flammende Schamesröte schießt mir ins Gesicht, aber jetzt habe ich angefangen, dann bringe ich es auch zu Ende. »Und ich hab noch nie mit jemandem geschlafen, der so gut ausgestattet war wie du.«

»Dann haben die anderen Typen sich nicht die Zeit genommen, dich gut vorzubereiten.«

»Außerdem haben sie mich auch nicht so heiß gemacht wie du.«

»Ach, tatsächlich?«

Ich beiße mir auf die Lippe und nicke, während er weiter mit kurzen, sachten Stößen in mich vordringt und sich jedes Mal wieder zurückzieht.

»Bereit für mehr?«

»I-ich glaub schon.«

»Ganz locker, Süße. Ganz locker.«

Wie angekündigt dauert es eine gute Weile, bis er ganz in mir steckt, und als es endlich so weit ist, sind wir beide schweißgebadet und stehen schwer atmend kurz vor dem Höhepunkt.

»Warte«, flüstert er, und seine Lippen streifen mein Ohr und lösen einen Flächenbrand in mir aus. »Langsamer.«

»Wenn wir noch langsamer machen, sind wir morgen früh noch nicht fertig.«

»Und ist das was Schlechtes?«

Ich stöhne und winde mich und spanne meine inneren Muskeln an – alles, was mir nur einfällt, um das Ganze zu beschleunigen. Doch Blake hat es nicht eilig, und ich könnte schwören, mit jeder Sekunde, die sein Schwanz in mir steckt, wird er noch größer.

»Du fühlst dich himmlisch an, Honey.« In einer flüchtigen Liebkosung reibt er seine Lippen über meine. »So herrlich. Sag mir, dass es sich für dich auch gut anfühlt.«

»Ja. Ich liebe es.« Ich kralle die Finger in seinen festen Hintern und bohre die Nägel in seine Haut, flehe ihn um Erlösung an, während ich ihm mein Becken entgegendränge.

»Ah, Baby, du machst es einem aber auch echt nicht leicht.«

Atemlos lache ich auf, und endlich beginnt er sich zu bewegen, gleitet langsam und vorsichtig in mich und wieder hinaus, achtet darauf, mir nicht wehzutun. Allerdings werde ich das allein aufgrund seiner schieren Größe morgen noch spüren. Er ist einfach zu gut bestückt.

»Verschränk die Hände in meinem Nacken«, weist er mich an.

Unsicher, was er vorhat, gehorche ich.

»Und jetzt halt dich fest.« Dann schiebt er beide Hände unter mich und dreht sich mit mir um, sodass sein Schwanz sich noch tiefer in mich presst – so tief, dass ich aufkeuche unter den Empfindungen, die sich vom Punkt unserer Verbindung aus in meinen gesamten Körper ausbreiten. Langsam hebt er mich auf und ab, und unser Atem geht schwer. »So gut, mein Honigtau. So verdammt gut.«

»Ja«, stoße ich mit einem atemlosen Lachen angesichts seines neuesten Spitznamens für mich hervor und lasse den Kopf in den Nacken fallen, während er mich auf einen genüsslichen Ritt gen Himmel entführt. Nichts hat sich je so gut angefühlt. Und ich bin klug genug, zu wissen, dass auch nichts je wieder so herrlich sein wird. Was für ein zutiefst deprimierender Gedanke. Trotzdem habe ich ihm gesagt, ich würde es verstehen, und das tue ich auch. Ich weiß, wozu er fähig ist – und wozu nicht. Das hier wird reichen müssen.

Und wenn wir nur diese eine Bonusnacht haben und nie wieder so zusammen sein werden, dann will ich wenigstens jede Sekunde davon genießen.

Blake

Es ist gut mit ihr. Ich spüre es, und ich weiß, dass es ihr genauso geht. Es hat durchaus etwas für sich, es mit einer Frau zu tun, die ich schon seit einer Ewigkeit kenne und bei der ich mich sicher fühle. Bei ihr kann ich mich gehen lassen und ich selbst sein. Ich muss den Schmerz nicht verbergen, den ich jede Sekunde eines jeden Tages in mir trage. Sie weiß Bescheid. Sie war dabei. Ich muss ihr nichts erklären, und das ist unglaublich erleichternd.

Wenn ich mit ihr zusammen bin, gönnt mir mein Gehirn, das sonst in jeder wachen Minute auf Hochtouren läuft, eine Pause. In diesen Momenten kann ich mich mit etwas anderem beschäftigen als mit Schuldgefühlen und Trübsinn und abgrundtiefer Trauer. Mich so sehr auf Trab zu halten, dass mir kaum noch Zeit zum Atmen bleibt, ist ein Bewältigungsmechanismus, der für mich über die Jahre gut funktioniert hat.

Aber Sex mit Honey funktioniert tausendmal besser.

Sie schaut mit diesen seelenvollen Augen zu mir auf, und ich verliere mich in ihr.

Die Jungs, mit denen ich arbeite, nennen mich »Maschine«, weil ich am Tag so viel schaffe. Ich verlange nichts von ihnen, wozu ich nicht auch selbst bereit wäre, treibe mich härter an als jeden anderen, und das Ergebnis ist eine äußerst erfolgreiche Firma, die mit jedem Jahr wächst. Dabei ist mir der Erfolg völlig egal.

Die Frauen, mit denen ich ins Bett gehe, nennen mich aufgrund meines Stehvermögens »Maschine«, und weil ich »emotional distanziert« bin, wie es mal eine ausgedrückt hat. Wenn mich das zu einer Maschine macht, dann kann ich damit weit besser leben, als ich es mit emotionalen Verstrickungen könnte.

Auf Abstand zu bleiben hat sich für mich als gute Strategie erwiesen, und selbst in Honey Carmichaels seidenweicher Umarmung werde ich davon nicht abweichen. Allerdings liebe ich, wie sie zu mir aufblickt, wenn ich in ihr bin – teils ehrfürchtig, teils verwirrt, teils voller Zuneigung.

An diese Zuneigung klammere ich mich. Mir war nicht klar, wie ausgehungert ich danach war, bis Honey mir gezeigt hat, was mir entgeht, wenn ich so gnadenlos durchs Leben walze, eine bedeutungslose Begegnung nach der anderen. Diese Zuneigung ist es, die mich heute Nacht zu ihr geführt hat, damit ich mir noch eine Dosis von ihrer ganz speziellen Zärtlichkeit hole.

Sie ist so eng und feucht und heiß, dass ich schon viel zu früh kurz vor dem Höhepunkt stehe, und so ziehe ich mich aus ihr zurück und genieße ihr protestierendes Quieken. Ich senke den Kopf und nehme ihre linke Brustspitze zwischen die Zähne, während ich die rechte mit Daumen und Zeigefinger drücke. Mit kleinen Küssen bewege ich mich an ihrer Vorderseite hinunter und spreize ihre Beine.

»Der süßeste Honig, den ich je kosten durfte.«

Sie presst ihre Schenkel gegen meine Schläfen, und ich verliere mich in ihr. Das Einzige, was mich jetzt noch antreibt, ist, ihr einen Orgasmus zu bescheren, wie sie ihn noch nie zuvor erlebt hat. Ich will meine Spuren bei ihr hinterlassen. Ich will, dass sie sich an das hier erinnert, wenn es vorbei ist. Warum ich das will, darüber kann ich später nachdenken, wenn ich wieder allein bin. Im Augenblick habe ich weit Besseres zu tun, als mich mit meiner Rückkehr in mein leeres, durchstrukturiertes Leben zu beschäftigen.

Ich nehme ihren Kitzler in den Mund und sauge fest daran, lasse die Zungenspitze über die feste kleine Knospe schnellen und schiebe zugleich die Finger in sie. Die Kombination hat den gewünschten Effekt, und sie kommt so heftig, dass es mir geradewegs in den harten Schwanz fährt. Er will auch mitmischen, und zwar auf der Stelle.

Sie kommt noch immer, als ich in sie eindringe und gleich noch einen weiteren Orgasmus auslöse. Ihre Finger krallen sich in meinen Hintern, und sie zieht mich tiefer in sich. Hart ramme ich mich in sie, und mit jedem Stoß hebt sie mir das Becken entgegen. Wir bewegen uns miteinander wie ein eingespieltes Liebespaar – ein Gedanke, der mich für einen Moment aus dem Takt bringt.

Natürlich bemerkt sie es. »Alles okay?«

»Ja, Süße, alles gut. Bei dir auch?«

»Mmm. Ja, mir geht's super.«

Ich lächle auf sie hinunter. »Das süßeste Honigmäulchen, das ich je hatte.«

Sie erwidert mein Lächeln und wühlt die Finger in mein Haar, zieht mich an sich für einen Kuss, der so zärtlich und liebevoll ist, dass in mir eine Sehnsucht erwacht nach etwas, das niemals sein kann. Wäre ich doch anders. Wäre ich doch nur in der Lage … Aber das bin ich nicht, und sich nach dem Unmöglichen zu sehnen ist ein Weg, der geradewegs in die Verzweiflung führt.

Ich kenne mich, und ich stelle keine Sekunde infrage, dass ich besser daran tue, den Status quo aufrechtzuerhalten, als daran, von dem Kurs abzuweichen, der mich all die Jahre davor bewahrt hat, den Verstand zu verlieren. Allerdings muss ich gestehen, dass ich schwer versucht bin, mir zum ersten Mal seit Jordans Tod mehr zu wünschen – und das jagt mir eine Heidenangst ein.

»Fuck, Honey …« Ich will mich aus ihr zurückziehen. »Ich hab kein Kondom benutzt.«

Sie hält mich auf. »Ich nehme die Pille und bin gesund.«

»Ich auch. Ich hab schon seit Ewigkeiten keinen Sex mehr gehabt.« Ich steigere das Tempo, treibe mich gnadenlos voran und reiße sie mit. »Gott, das fühlt sich so gut an.«

Sie kommt ein weiteres Mal, und wie ihre inneren Muskeln meinen Schwanz umklammern, gibt mir den Rest. Heftig ergieße ich mich in sie und lande schließlich auf ihr, als meine Arme mich nicht mehr länger halten. Ich habe Angst, sie zu erdrücken, aber sie scheint es nicht zu stören. Ihre Finger gleiten in einer so zärtlichen, sanften Liebkosung durch mein Haar, dass ich mich unwillkürlich in ihre Umarmung sinken lasse.

Meine Lider sind schwer nach unserer schlaflosen Nacht gestern. Ich sollte aufstehen und nach Hause fahren. Übernachtung gehört bei mir nicht zum Programm, aber ich beschließe, dass ein paar Minuten mehr auch nicht schaden können.

KAPITEL 7

Blake

Als ich wieder zu mir komme, ist es Morgen. Durch Honeys Jalousien strömt die Sonne herein, und von dem Geruch von Kaffee und in der Pfanne brutzelndem Speck knurrt mir der Magen. *Fuck.* Ich habe die gesamte Nacht hier verbracht. Ich schaue auf meine Armbanduhr und sehe, dass es schon nach zehn ist. Ich kann mich nicht erinnern, wann ich das letzte Mal so lange geschlafen habe.

Moment … Doch, kann ich. Eine schmerzliche Erinnerung taucht so plötzlich an die Oberfläche, dass es mir den Atem raubt. Meine Mom, wie sie mich mittags weckt und mir sagt, Jordan habe angerufen. Ich sollte sie abholen, zum Schwimmen bei uns im Pool. Ihr Wagen war in der Werkstatt, und ich spielte schon die ganze Woche den Chauffeur für sie. Ächzend wälzte ich mich aus dem Bett, um zu ihr zu fahren, und brachte sie zum Schwimmen zu uns.

So viele Jahre später, und ich erinnere mich noch ganz genau an ihren weißen Bikini und daran, wie ihre tiefe Bräune sich davon abhob. Jordans Mutter ist Mexikanerin und hatte ihr dunkles Haar und die gebräunte Haut an ihre bezaubernde Tochter weitergegeben.

Meine Mom machte uns was zu essen und fuhr dann zum Friseur. Sobald ihr Auto vom Hof war, stürzten wir in mein Zimmer, wo wir uns die nächsten zwei Stunden lang liebten, bevor ich Jordan heimbrachte, weil sie auf ihre kleinen

Brüder aufpassen sollte. Vier Blocks von meinem und sechs von ihrem Elternhaus entfernt raste der Sattelzug in uns hinein. Ich war komplett unvorbereitet.

Die Erinnerung versengt mich, erfüllt mich mit einem allgegenwärtigen Schmerz und ruft mir ins Gedächtnis, warum ich nicht bei meinen Bettgefährtinnen übernachte. Warum ich mich auf keine von ihnen einlasse, nichts Verbindliches ertrage – oder sonst irgendetwas, was über mein stures Schuften tagein, tagaus hinausginge. Nur so kann ich mir der gnädigen Leere sicher sein, die der Schlaf mir bringt – bis die Albträume kommen und mich wieder in die Finsternis reißen.

So vor meiner Vergangenheit und meiner Trauer wegzulaufen ist kräftezehrend, aber noch habe ich keinen besseren Weg gefunden, damit umzugehen. Jetzt starre ich zu Honeys Decke empor und fahre mir mit den Fingern durchs Haar. Ich wünschte, es gäbe eine Möglichkeit, bestimmte Erinnerungen einfach auszulöschen. Ironischerweise habe ich keinerlei Erinnerung an den Unfall oder die Zeit unmittelbar danach, während jede Minute mit Jordan glasklar in mein Gedächtnis eingebrannt ist. Bis heute spüre ich die süßen Freuden der ersten Liebe und den entsetzlichen, grausamen Schmerz, als man mir sagte, es gäbe sie nicht mehr.

Mich überläuft ein Schauer, als ich daran zurückdenke, wie meine Eltern an meinem Krankenhausbett standen, in Tränen aufgelöst, und mir die Nachricht überbrachten.

Und warum zum Teufel denke ich jetzt über diesen ganzen Scheiß nach? Wütend auf mich selbst stehe ich auf und steige unter Honeys Dusche. Als ich mich anziehe, bin ich fest entschlossen, so schnell zu verschwinden, wie es eben geht, ohne unhöflich zu sein.

Honey steht in der Küche und trägt ein T-Shirt, das ihr nur gerade so über den nackten Hintern reicht. Das Haar hat sie sich zu einem Dutt hochgebunden, und sie singt einen Country-Song, den ich nicht kenne – mit dieser klaren Stimme, bei der ich sofort wieder ihre Jahre als Sängerin einer ortsansässigen Band im Kopf habe. Sie ist so was von süß und zugleich verdammt sexy, wie sie da am Herd steht und die Pfanne bewacht. Ein seltsames Gefühl windet sich durch mein Inneres und erfüllt mich mit Sehnsucht. Wonach, kann ich nicht sagen, aber was es auch ist, es hat mit ihr zu tun.

»Hungrig?«, fragt sie, als sie mich dabei ertappt, wie ich sie beobachte.

»Ich könnte durchaus was zu essen vertragen.« Moment mal, wo kam das denn her? Ich wollte doch gehen. »Riecht lecker.«

Sie gestikuliert zu den Barhockern am Tresen hin. »Setz dich.«

Ich verschwinde nach dem Frühstück. Jetzt hat sie es schon zubereitet, da wäre es albern, es nicht zu essen – außerdem habe ich Hunger. Das Rührei ist locker und fluffig, der Speck kross und der Toast schon gebuttert. Dann schiebt sie mir noch einen Becher Kaffee über den Tresen zu – genau wie ich ihn mag, mit Milch und zwei Stück Zucker –, bevor sie sich neben mich setzt.

Sie hat mir doppelt so viel aufgetan wie sich selbst. Die Metapher geht nicht an mir vorbei. Vorgestern ist sie zu mir gekommen, weil sie mit einem Mann schlafen wollte, der weiß, wie man Frauen glücklich macht. Aber kann sie auch nur ansatzweise ahnen, wie gut ihre zärtliche Zuneigung mir tut?

Plötzlich will ich nicht, dass es vorbei ist. Nur, wie soll ich ihr das sagen? Ich will mehr – von ihr, von dieser Zuneigung, von dem fantastischen Sex und der Zärtlichkeit. In meiner Brust wallt Panik auf, und die Sehnsucht raubt mir den Atem. Rauschend pulst das Blut durch mein wiedererwachtes Herz, das vor wenigen Tagen noch so betäubt war. Ich *empfinde* etwas für Honey. Etwas, das ich seit Jordans Tod für niemanden mehr empfunden habe.

Wie ändere ich die Regeln, die ich selbst aufgestellt habe? Über diese Zwickmühle zerbreche ich mir noch bei meinem zweiten Kaffee den Kopf. »Ich muss heute Nachmittag auf eine Baustelle«, platzt es aus mir heraus, bevor ich über die potenziellen Konsequenzen meiner Worte nachdenken kann. »Hast du Lust auf eine Spritztour?«

Sichtlich überrascht sieht sie mich an. »Klar.« Ich rechne ihr hoch an, dass sie mir nicht unter die Nase reibt, wie ich ihr erst gestern Nacht erklärt habe, das zwischen uns wäre ab heute vorbei.

Ihre knappe Antwort erfüllt mich mit einer enormen Erleichterung – ich werde noch mehr Zeit mit ihr verbringen. Wie viel? Schwer zu sagen, aber für den Augenblick reicht mir ein »mehr«.

Honey

Er war still beim Frühstück, deshalb überrascht mich seine Einladung umso mehr. Ich hatte angenommen, er würde nach einer Möglichkeit suchen, sich elegant aus der Affäre zu ziehen. Stattdessen hat er offensichtlich darüber nachgedacht, mich auf einen Ausflug einzuladen.

Interessant. Es kostet mich einige Anstrengung, nicht durchblicken zu lassen, wie geschockt ich bin. Ich habe da so ein Gefühl, dass ich mich auf dünnem Eis bewege und ihn jederzeit verschrecken könnte. Zurückhaltung ist das Gegenteil von dem, was ich mir wünsche, aber ich verstehe, wie er tickt, deshalb versuche ich, nicht zu viel in die schlichte Einladung hineinzuinterpretieren. Auch wenn ich weiß, dass nichts daran »schlicht« ist.

»Lass mich nur noch kurz duschen«, sage ich, nachdem ich die Spülmaschine eingeräumt habe.

Blake tritt hinter mich, schlingt die Arme um mich und drückt einen Kuss auf meinen Halsansatz. Mehr ist nicht nötig, um mich wünschen zu lassen, er hätte mich zurück ins Bett gelockt, statt mich auf eine Baustelle einzuladen. »Danke fürs Frühstück. Es war sehr lecker.«

»Oh. Gern geschehen.«

Seine Hände gleiten von meinen Hüften unter meinem T-Shirt nach oben zu meinen Rippen, dann umfasst er meine Brüste.

Sofort richten sich meine Nippel auf, und schon wieder spüre ich dieses Ziehen zwischen meinen Beinen. Nach letzter Nacht müsste ich eigentlich zu wund sein, um mehr zu wollen, doch das hält mich nicht davon ab, meinen Po gegen seine Erektion zu drücken.

Er schnappt nach Luft und zwickt mich in die Brustspitzen.

»Hast du's sehr eilig, zu deiner Baustelle zu kommen?«

»Dafür hab ich noch den ganzen Tag, Süße.«

»Könnten wir, ich meine, nur wenn du willst, also …« Mein Satz endet in einem undamenhaften Quietschen, als er mich von den Füßen hebt und ins Schlafzimmer trägt. Dort angekommen legt er mich bäuchlings aufs Bett. »Blake …«

»Genau so«, verlangt er mit rauer Stimme und zieht seinen Reißverschluss auf. Er prüft, ob ich schon bereit für ihn bin. »Gott, du bist immer so feucht für mich, Honigtau.«

Ich hebe das Becken, in der Hoffnung, ihn anzuspornen. Viel ist dazu nicht nötig.

»Wie willst du's? Schnell und hart oder langsam und zärtlich?«

Das hat mich noch keiner gefragt, und schlagartig trifft mich die Erkenntnis, dass ich allmählich süchtig werde nach diesem Mann und seiner Art, Liebe zu machen oder zu ficken oder was auch immer wir hier tun.

»Honey?«

»Schnell und hart.«

»Bist du wund?«

»Ein bisschen.«

»Dann lass uns langsam anfangen.«

Und wie angekündigt dringt er mit bedächtigen, gleichmäßigen Bewegungen von hinten in mich ein, gibt mir Zeit, mich auf ihn einzustellen. Er ist so groß und so hart, dass das Brennen unvermeidlich ist, doch rasch weicht es kribbelnder Lust. Meine Brustspitzen reiben über die Decke, während er mich bei den Hüften packt und in mich stößt. Ich kralle mich in den Stoff, denn an irgendetwas muss ich mich festhalten, als er das Tempo steigert.

Mit einem überraschten Ausruf spüre ich einen Orgasmus über mich hinwegrollen, während er tief in mir steckt.

»Ah, fuck«, stöhnt er und presst sich in mich, als er ebenfalls kommt. »Ich verliere jede Beherrschung, wenn du mich so umklammerst.«

»Ich verliere jede Beherrschung bei diesem Prachtexemplar, das du da mit dir rumträgst.«

Atemlos lacht er auf. »Freut mich, dass er dir gefällt.«

»So langsam werde ich süchtig danach.« Sobald die Worte meinen Mund verlassen haben, will ich sie zurücknehmen. Er will nicht, dass ich süchtig nach irgendwas von ihm bin.

»Damit kann ich leben«, flüstert er und beißt mir ins Ohrläppchen, bevor er sich aus mir zurückzieht. Zum Abschluss gibt er mir noch einen spielerischen Klaps auf den Po. »Jetzt muss ich mich wieder waschen. Lass uns duschen und losfahren, bevor ich vergesse, dass ich noch andere Sachen zu erledigen habe, und dich wieder ins Bett zerre.«

Darf ich sagen, dass ich nichts dagegen hätte, von ihm wieder ins Bett gezerrt zu werden? Vielleicht hebe ich mir das lieber für ein anderes Mal auf – sollte es eins geben.

Er steigt zu mir unter die Dusche und scheint es enorm zu genießen, jeden Zentimeter meines Körpers mit meinem Zitronengras-Duschgel einzuschäumen.

»Ich liebe diesen Duft«, sagt er.

»Das Duschgel ist von Marfa Brands in der Innenstadt.«

»Gutes Zeug.«

»Ich bringe dir eine Flasche mit, wenn ich das nächste Mal da bin.«

Mittlerweile bin ich schon wieder genauso erregt wie vorhin, als hätte ich nicht gerade vor zehn Minuten einen Wahnsinnsorgasmus gehabt. Wie schafft er das? Ich lege ihm die Arme um den Hals und ziehe ihn in einen Kuss, der rasch eskaliert. So unersättlich bin ich sonst nie. Normalerweise reicht mir ein One-Night-Stand, aber Blake zeigt mir Seiten an mir auf, von denen ich nichts geahnt habe. Und als er mich hochhebt und ein weiteres Mal auf sich setzt, wird mir klar, dass er mich immer mehr für alle anderen Männer verdirbt – einen irrsinnigen Fick nach dem anderen.

Und das hier ist vollkommen irrsinnig! Wir haben es eben erst getan, und jetzt tun wir es schon wieder. Ich habe ihm nichts entgegenzusetzen, als er mich langsam und kontrolliert auf sich hinabgleiten lässt.

»Blake.« Ich bin atemlos vor Begierde und bis an meine Grenzen ausgefüllt von ihm.

Durch seinen Körper geht ein Schauer. »Halt dich gut fest. Das wird jetzt verdammt schnell.«

Er wirkt völlig außer sich, als er mich gegen die Fliesen presst und über mich herfällt, als hätte er seit einem Jahr keine mehr ins Bett gekriegt. Mir bleibt nichts anderes übrig, als mich festzuhalten und den Ritt zu genießen. Seine Finger graben sich in meine Pobacken, die er spreizt, um den Winkel zu perfektionieren.

»Honey … Gott, Honey … So gut.« Sein Gesicht verzerrt sich vor Anspannung, und als sein Daumen meinen Kitzler findet, explodiere ich.

Er kommt mit einem Schrei, der das Prasseln der Dusche übertönt. Und dann küsst er mich wieder, wie ein Wahnsinniger – oder vielleicht wie ein Mann, der zum ersten Mal seit Jahren endlich wieder etwas anderes als Trauer empfindet.

»Heilige Scheiße«, murmelt er. »Ich hatte noch mit niemandem sonst Sex ohne Kondom.«

»Gefällt's dir?«

»Würde es mir noch mehr gefallen, wäre ich tot.«

Vielleicht bilde ich es mir ja ein, aber er wirkt verändert nach unseren gemeinsamen Stunden. Irgendwie leichter. Ich beginne zu hoffen …

Nein. Einfach nur nein. Denk dran, was Lauren dir gesagt hat. Bei ihm wirst du nicht dein Zuhause finden. Das mag weiterhin stimmen, doch was auch immer das mit ihm ist, im Augenblick fühlt es sich verdammt gut an.

* * *

Es ist schon nach zwölf, als wir uns endlich ausgetobt haben und uns wieder einfällt, dass wir auf eine seiner Baustellen fahren wollten. Mein Gehirn ist komplett gegrillt vor lauter Orgasmen. Ich wollte wissen, warum alle so ein Aufheben um Sex machen – jetzt weiß ich es. Ich verstehe, warum er Menschen zu so verrückten Dingen treibt, wie einen ganzen Sonntagmorgen im Bett, unter der Dusche und wieder im Bett zu verbringen.

Mein Körper summt noch immer nach unseren morgendlichen Aktivitäten, als ich in Blakes Auto auf dem Beifahrersitz das Radio aufdrehe und laut mitsinge.

»›Free Bird‹ – Gott, der Song versetzt mich geradewegs zurück in die Highschoolzeit mit der Band.«

»Ihr wart richtig gut.«

»Das waren echt schöne Zeiten.«

»Habt ihr je drüber nachgedacht, euch wieder zusammenzutun?«

»Ab und an gibt's mal eine Gruppennachricht, meistens um die Feiertage herum, wenn alle in der Heimat sind, doch irgendwie ist das noch nie zustande gekommen.«

»Ich dachte immer, du willst noch was mit deiner Stimme anfangen.«

»Dachte ich auch.«

»Warum hast du's nicht getan?«

Über diese Zeit in meinem Leben zu sprechen fällt mir schwer. Damals habe ich meinen Traum aufgegeben, um für die Frau da sein zu können, die mir alles gegeben hat. »Du weißt es vielleicht nicht mehr, aber ich war gerade mitten in meinem Gesangsstudium an der Juilliard in New York, als Gran krank geworden ist.« Ich zucke die Achseln, als wäre die Erinnerung nicht heute noch genauso schmerzlich wie damals. »Ich hab das Konservatorium auf Eis gelegt, um mich um sie zu kümmern, und bin nie zurückgegangen.«

»Wie kommt's?«

Ich wähle meine Worte mit Bedacht. »Sie zu verlieren war ziemlich hart für mich. Das hat mich lange extrem fertiggemacht.«

»Sie war alles, was du hattest.«

»Ja.« Mittlerweile ist sie seit zehn langen Jahren unter der Erde, und bis heute habe ich mich bei niemandem so geborgen gefühlt wie bei ihr. Gott sei Dank habe ich Lauren, Julie, Scarlett und die anderen, die ihr Bestes tun, um die Lücke zu füllen, doch nichts und niemand kann je den Menschen ersetzen, der mich am allermeisten geliebt hat.

Wir kommen am El Cosmico vorbei, einer Institution von Marfa. Der riesige, bunt gemischte Campingplatz bietet alles von »luxuriösen« Airstream-Wohnwagen über Tipis nach Sioux-Art bis hin zu mongolischen Jurten.

»Ordentlich was los auf dem Campingplatz dieses Wochenende«, bemerkt Blake.

»Im Chinati ist ein Festival«, erinnere ich ihn. Das Chinati ist eine der zwei Einrichtungen in der Stadt, die sich dem Werk des verstorbenen Künstlers Donald Judd widmen. Er war es, der in den Siebzigerjahren die Kunst nach Marfa gebracht hat mit seinen Installationen und seinen Nicht-Museen, in denen Kunstwerke dauerhaft ausgestellt werden, statt durchzurotieren.

Judds Kunstförderung in unserer Stadt ist einer der Hauptgründe, weswegen mein Wüstenbaby-Geschäft so boomt. Die Leute kommen von überallher in unser abgelegenes kleines Städtchen in Westtexas, um die Kulturszene hier zu erleben. Neben meinem florierenden Babyporträtgeschäft verkaufe ich auch jede Menge Abzüge von Wüstenlandschaften, und meine Fotografien von den Marfa Mystery Lights gehören zu meinen Bestsellern.

»Wie bist du vom Gesangsstudium bei einem eigenen Fotostudio gelandet?«, erkundigt sich Blake.

»Das hat sich aus einem Hobby aus meiner Schulzeit entwickelt. Als Gran so krank war, habe ich jede Gelegenheit ergriffen, mal rauszukommen, wenn ihre Freundinnen zu Besuch waren. Dann bin ich immer nach draußen in die Wüste gefahren und habe stundenlang fotografiert. Nur so konnte ich mich wenigstens ein bisschen entspannen. Als sie schließlich gestorben ist, hatte ich schon eine Menge Material zusammen. Mit einem Teil ihres Erbes habe ich das Studio angemietet, und darüber sind irgendwie zehn Jahre vergangen, ohne dass ich es so richtig gemerkt habe.«

»So ist das im Leben.«

»So ungefähr.«

»Bei mir war es gar nicht so anders, nachdem ich es dann doch noch ans College geschafft hatte.«

Er muss mir nicht von dem Sportstipendium an der Texas A&M erzählen, das er aufgrund seiner Verletzungen von dem Unfall mit Jordan ausschlagen musste. Darüber weiß die ganze Stadt Bescheid.

»Sobald sie mich aus der Reha entlassen hatten, habe ich ein Semester an der Uni in Austin studiert, bin zu der Erkenntnis gekommen, dass das College nichts für mich ist, und hab einen Job bei meinem Onkel angenommen. Als er dann in den Ruhestand gehen wollte, hab ich ihm die Firma abgekauft. Wie du schon sagst, darüber sind irgendwie zehn Jahre vergangen, und hier sitze ich nun.«

»Bist du da, wo du sein willst?«

»Muss ich wohl. Ich kann mir nicht vorstellen, irgendeine andere Arbeit zu erledigen oder den ganzen Tag am Schreibtisch zu sitzen.« Er erschauert. »Das würde mich umbringen. Garrett will mich sowieso schon ständig umbringen, weil ich so eine Niete darin bin, meine Quittungen aufzubewahren und Ausgaben zu notieren und der ganze Mist, bei dem er sich noch so ins Höschen macht.«

»Lauren will was von ihm.« Die Worte haben meinen Mund verlassen, bevor ich auch nur eine Sekunde über das Ausmaß der möglichen Konsequenzen nachdenken konnte.

Blake schaut zu mir herüber. »Ach, tatsächlich?«

Ich bin überwältigt, wie umwerfend er aussieht mit den golden schimmernden Bartstoppeln am Kinn, den von meinen Küssen geschwollenen Lippen und Augen, so blau wie der Himmel über Texas. »Das hätte ich nicht sagen sollen. Wo wir gerade bei Freunden mit Mordgelüsten sind.«

»Das ist eine Information, die er vielleicht ganz gern hätte.«

»Solange mit dieser Information nicht mein Name in Verbindung gebracht wird.«

»Bei mir ist dein Geheimnis sicher, Darlin'.«

Ich sollte nicht so weiche Knie kriegen, wenn er mich so nennt. Die Männer in Texas nennen alle Frauen in ihrem Leben »Darlin'«. Aber wenn er das zu mir sagt … Nun ja, drücken wir es mal so aus, es ist gut, dass ich sitze. »Wohin fahren wir eigentlich?« Mittlerweile sind wir auf der 67 South in Richtung Presidio.

»Ist nur noch ein Stück.« Mehr verrät er nicht, und so lehne ich mich zurück und lasse die Welt an mir vorüberziehen in unserem abgelegenen Eckchen von Texas. El Paso im Nordwesten, Austin im Osten und San Antonio im Südosten sind mehrere Stunden entfernt. In dieser Richtung kommt nicht mehr viel vor der mexikanischen Grenze.

Normalerweise genieße ich es, wie abgeschieden Marfa ist. Ich liebe mein kleines Städtchen mit dem Künstlerflair und den Touristen, die von den übers ganze Jahr hinweg stattfindenden Musikfestivals und Kunstveranstaltungen angelockt werden. Dadurch wird es nie langweilig.

Im Radio ertönen die ersten Akkorde des Songs »Sex Machine« von James Brown, und ich pruste los.

»Was ist denn so lustig?«, will Blake wissen, und ein Lächeln zuckt um seine Mundwinkel.

»Dieses Lied.« Ich fächle mir Luft zu und wische mir die Lachtränen aus den Augen.

»Was ist damit?«

»Das kann ich dir nicht sagen.«

»Keine Sorge. Ich weiß, dass man mich so nennt.«

Ich bin entsetzt. »Woher?«

Er zuckt mit den Schultern. »Das wusste ich schon immer. Ist doch keine große Sache. Teufel, es stimmt ja.«

Seltsamerweise fühle ich mich stellvertretend für ihn verletzt. »Tut es nicht«, widerspreche ich leise.

»Warum sagst du das?«

»Es steckt so viel mehr in dir als bloß das.«

»So viel mehr nun auch wieder nicht. Nicht mehr.«

Nicht seit Jordans Tod. Das ist es, was er unausgesprochen lässt. Seit er sie verloren hat, ist nichts mehr, wie es war, aber er ist nicht der gefühllose Roboter, als den er sich darstellt. In den zwei Nächten, die ich mit ihm verbracht habe, waren eindeutig Risse in dieser Fassade zu erkennen. Ich habe es an seinem Gesichtsausdruck gesehen, als er gestern Nacht in meiner Küche stand und nicht zu wissen schien, warum er gekommen war oder was er von mir wollte.

Ich habe miterlebt, wie sehr er sich nach der Verbindung zu einem anderen Menschen sehnt. Dieses Bedürfnis verstehe ich besser, als es die meisten anderen je könnten. Aus Gründen, die ich nicht einmal mir selbst erklären kann, greife ich nach seiner Hand. Nach kurzem Zögern schließt er die Finger darum, und so fahren wir noch ein paar Kilometer weiter, bevor er rechts abbiegt. Am Ende der unbefestigten Straße liegt eine Baustelle. Beziehungsweise ein Renovierungsobjekt. Irgendetwas daran kommt mir bekannt vor.

»Wo sind wir?«

»Auf der Farm von Jordans Großeltern.«

»Ah, jetzt weiß ich wieder! Hier gibt es doch diesen Badeteich.«

»Genau.«

»Was machst du denn hier draußen?«

»Ich hab das Ganze vor ungefähr einem Jahr gekauft und arbeite daran, wann immer ich die Zeit dazu finde.«

Aus irgendeinem Grund empfinde ich das als furchtbar traurig. Mit einem Räuspern vertreibe ich den Kloß aus meinem Hals. »Was willst du damit anfangen, wenn du mit der Renovierung fertig bist?«

»Hab ich noch nicht entschieden. Komm mit, und sieh's dir an.«

Wir steigen aus, und er wartet vor der Motorhaube auf mich, um mir über einen Baumstamm zu helfen. Auch als ich sicher auf der anderen Seite stehe, lässt er meine Hand nicht los.

Ich versuche, nicht zu viel in diese Geste hineinzulesen, aber insgeheim schwebe ich auf Wolke sieben, weil ich mit ihm hier bin und seine Hand halte. Wegen der unerwarteten Verbindung zwischen uns im Bett, unter der Dusche und morgens am Frühstückstresen. Mit ihm ist das Leben ein bisschen weniger einsam – nicht dass ich mir einbilden würde, er wäre auf Dauer bei mir oder so.

Das zweigeschossige Haus war einmal grau gestrichen, doch mittlerweile ist die Farbe verblichen und blättert ab. Über eingesunkene Stufen betreten wir eine verwitterte Veranda, wo er meine Hand loslässt, um die Tür aufzuschließen und mir den Vortritt ins Haus zu lassen. »Vorsicht«, warnt er.

Schon beim ersten Blick ins Innere sehe ich, warum. Das Haus ist komplett entkernt.

»Komm, ich führ dich rum«, sagt er mit diesem kleinen Grinsen. So langsam dämmert mir, dass dies das breiteste Lächeln ist, das er noch zustande bringt. Mit ausgestrecktem Zeigefinger erklärt er: »Wohn-/Esszimmer samt Küche, alles in einem großen offenen Raum. Von der Küche gehen noch eine Waschküche und eine Gästetoilette ab. Und jetzt nach oben.« Wieder nimmt er meine Hand und führt mich in den ersten Stock. »Rechter Hand das Hauptschlafzimmer samt Bad, separates Bad auf dem Flur und zwei weitere Zimmer am anderen Ende.«

Wir gehen in den Bereich, den er als Hauptschlafzimmer bezeichnet hat. Es herrscht ein heilloses Chaos, aber ich sehe das Potenzial. »Das ist ein toller Raum.«

»Finde ich auch. Und die Holzböden sind noch im Originalzustand. Wenn das Ganze erst mal abgeschliffen und neu versiegelt ist, wird das ein Traum.«

»Warum schickst du nicht eins von deinen Teams hierher, um das schneller zu schaffen?«

»Das hier will ich selbst erledigen, und ich hab's nicht eilig.«

»Wissen Jordans Eltern, dass du das Haus gekauft hast?«

»Ja, ich hab sie vorher gefragt, ob es ihnen was ausmachen würde. Sie haben sich riesig gefreut. Meinten, es wäre doch toll, wenn es in der Familie bleibt.« Er streicht mit der Hand über die freigelegte Holzwand, und mir wird klar, wie viel ihm dieses Haus bedeutet.

»Das ist ja super von den beiden.«

»Sie waren schon immer viel netter zu mir, als ich es verdiene.«

»Sie geben dir nicht die Schuld, Blake. Niemand tut das.« *Nur du*, würde ich am liebsten hinterherschieben, lasse es aber.

Er hält den Blick abgewandt, trotzdem bemerke ich die Anspannung in seinem Kiefer und seiner Miene.

»Falls du mal Hilfe brauchst beim Streichen, Abschmirgeln oder sonst irgendwelchen narrensicheren Aufgaben … Sag Bescheid.«

Die Spannung löst sich, als er mich ansieht. »Vielleicht tue ich das. Du könntest zum Beispiel Vorher-nachher-Bilder für mich machen.«

Lächelnd schaue ich zu ihm empor. »Liebend gern.«

Sein Blick fällt auf meine Lippen, und er hebt eine Hand an meine Wange.

Die sanfte Berührung durchfährt mich bis in die kleinste Zelle.

»Du bist so unfassbar wunderhübsch, Honigwein.«

Das Kompliment bewegt mich tief, und ich liebe es, wie er sich immer neue Spitznamen für mich ausdenkt. »Danke.«

Ich schließe ihn in die Arme und verliere mich in seinen liebevollen, zärtlichen Küssen.

Blake drängt mich an die freigelegte Wand und presst seinen Unterleib an mich, während er den Kopf neigt, um einen besseren Winkel zu finden.

Was tun wir hier? Am liebsten würde ich alles anhalten, um diese Frage zu stellen. Warum nur können wir dieses Verlangen nacheinander nicht stillen? Woher kommt das auf einmal? Oder war es immer schon da und hat jedes Mal unter der Oberfläche geköchelt, wenn wir uns in den letzten Jahren gesehen haben? Ist das der Grund, aus dem ich mich von Lauren so leicht zu dieser völlig untypischen Aktion habe überreden lassen, ihn in einer Bar aufzureißen? Wollte ich ihn die ganze Zeit?

Auf keine dieser Fragen weiß ich eine Antwort. Ich weiß nur, dass es sich gut anfühlt, von ihm gehalten und geküsst zu werden. Es fühlt sich gut an, unter ihm im Bett zu liegen und ihn in mir zu spüren, während er mit hitzigen blauen Augen auf mich herabschaut. Alles mit ihm ist wunderbar, wenn ich ehrlich bin – selbst die Dunkelheit, die ihm innewohnt.

Langsam löst er sich aus dem Kuss und streicht mit der Zunge über meine Unterlippe. Seine Hände umfassen mein Gesicht, und als ich die Augen öffne, sehe ich seinen flammenden, hungrigen Blick. »Wollen wir runter zum Badeteich?«

»Klar.« Ich bin für alles zu haben, was unsere gemeinsame Zeit ausdehnt. Auch wenn ich mir ein ums andere Mal fest vornehme, mich nicht zu sehr an ihn zu hängen, erweist sich das als schwieriger als erwartet. Mit jedem Kuss, jeder Berührung, jedem Geständnis geht er mir tiefer unter die Haut.

KAPITEL 8

Blake

Ich habe keinen Schimmer, was ich mir dabei gedacht habe, Honey hierherzubringen. Dieser Ort war etwas zwischen mir und Jordan. Honey gehört hier nicht her. Bloß dass es mir gefällt, sie hierzuhaben. Es gefällt mir, ihr zu zeigen, was ich schon alles gemacht habe, und zu berichten, was ich noch vorhabe mit dieser Renovierung. Es gefällt mir, was für Fragen sie stellt und wie interessiert sie sich zeigt. Es gefällt mir, wie sie im Auto nach meiner Hand gegriffen hat, als sie zu wissen schien, dass ich den Trost brauchte. Und es gefällt mir, wie weich ihre Lippen unter meinen sind.

Sie folgt mir nach unten, durch das Schlachtfeld, das einmal ein Vorzeigeobjekt sein wird. Dafür werde ich sorgen, und zwar mit meinen eigenen Händen. Ob es nun ein Jahr dauern wird oder fünf, ich werde dieses Haus in seinem ursprünglichen Glanz erstrahlen lassen. Jordan und ihre Großeltern väterlicherseits haben sich nahegestanden, und wir haben viel Zeit hier draußen bei den beiden verbracht, sind schwimmen gegangen und haben am dunklen texanischen Nachthimmel die Sterne betrachtet.

Auf merkwürdige Weise fühlt es sich ein bisschen so an, als würde ich das hier für Jordan tun. Als würde ich das heruntergekommene Farmhaus ihrer Großeltern für sie wieder zum Leben erwecken. Die weilen schon lange nicht mehr unter uns. Nachdem sie Jordan verloren hatten, hat es kein Jahr mehr gedauert, bis sie ebenfalls abgetreten sind. Auch wenn es niemand je ausgesprochen hat, glaube ich, die beiden sind an gebrochenem Herzen gestorben. Ich kann nur allzu gut nachvollziehen, wie so etwas möglich sein kann.

Jetzt schüttle ich diese Gedanken jedoch ab und versuche, mich auf die Gegenwart zu konzentrieren statt auf die Vergangenheit, die mich nie lange in Frieden lässt. »Wenn du hier wartest, hole ich kurz ein Strandtuch aus dem Wagen.«

»Klingt gut.« Honey legt die Hand um einen der neuen Holzpfähle, die ich auf der Veranda angebracht habe, um das Dach abzustützen. Als ich das Haus gekauft habe, stand der Überhang kurz vor dem Einsturz, und das war das Erste, was ich verstärkt habe.

Im Laufschritt lege ich die kurze Strecke zu meinem Pick-up zurück und schnappe mir das Strandtuch, das ich neben meiner Werkzeugkiste immer auf der Ladefläche habe. Ich gehe zurück zur Veranda und strecke Honey einladend die Hand entgegen. Fest hält sie meinen Blick, als sie die Treppe herunterkommt und die Finger um meine schließt.

Warum fühlt es sich so verdammt richtig an, mit ihr hier zu sein? Ihre Hand zu halten? Die Bewegungen ihres straffen, schlanken Körpers in dem leichten Sommerkleid zu verfolgen, das ihre herrlichen Kurven so fantastisch zur Geltung bringt? Warum fühlt es sich so gut an, sie zu küssen und im Arm zu halten und Kraft aus ihrer Nähe zu schöpfen? Sie ist so unerschrocken und mutig, wie sie sich seit dem Tod ihrer Gran ganz allein durchs Leben schlägt. Dafür bewundere ich sie sehr.

Ich weiß nicht, was ich ohne die Unterstützung meiner Familie getan hätte, als die Last irgendwann zu schwer wurde, als dass ich sie allein hätte tragen können. Ohne sie hätte ich das niemals durchgestanden.

Honey hatte keine solche Unterstützung und hat sich trotzdem ein erfolgreiches Leben aufgebaut. Nicht ein einziges Mal hat sie die Mitleidskarte gezückt oder sich darüber beklagt, dass sie keinerlei Familie hat. Stattdessen hat sie das Blatt gespielt, das ihr das Schicksal zugeteilt hat, und zwar mit großem Erfolg. Auch dafür bewundere ich sie.

In entspanntem Schweigen gehen wir gemeinsam in Richtung Badeteich. Sie hat nicht das Bedürfnis, jede Sekunde mit belanglosem Geplapper zu füllen, wie es manche anderen Frauen tun. Auch das kommt auf die länger werdende Liste von Dingen, die ich an ihr mag. Der Badeteich ist ungefähr achthundert Meter vom Haus entfernt. Das weiß ich, weil Jordan mir einmal eingeredet hat, achthundert Meter wären weit genug, dass wir uns am Badeteich lieben könnten. Jede Sekunde habe ich damit gerechnet, ihren Großvater mit der Schrotflinte auftauchen zu sehen.

Zwar hat er das nicht getan, aber die Angst vor dieser Schrotflinte hat das Ganze trotzdem zu einer eher unbefriedigenden Erfahrung gemacht. Bei der Erinnerung daran muss ich grinsen. Eine willkommene Pause von der Qual, mit der mich jeder Gedanke an Jordan sonst erfüllt.

»Was gibt's da zu grinsen?«

Kurz erwäge ich, mir etwas auszudenken, entscheide mich dann jedoch für die Wahrheit. »Mir ist nur gerade wieder eingefallen, wie Jordan und ich hier mal in der Abenddämmerung hergekommen sind, nach dem Abendessen mit ihren Großeltern. Sie hat mich zu etwas mehr als bloß Schwimmen überredet, und ich hab die ganze Zeit darauf gewartet, dass ihr Großvater mit der Schrotflinte auftaucht, die er über der Tür hängen hatte. Ich hab vor Angst kaum einen hochgekriegt.«

Honey lacht mit mir, und dadurch, dass ich die Erinnerung mit ihr geteilt habe, nimmt sie einen Hauch süßer Nostalgie an, statt mich in endloser Trauer zu zermalmen. Es ist eine Erleichterung.

In der gnadenlosen Mittagshitze schwitzen wir beide, und das kühle Wasserloch sieht unfassbar einladend aus. Ich war seit Jahren nicht hier draußen – nicht seit meinem letzten Besuch mit Jordan. Selbst als ich den Grundstückskauf in Erwägung gezogen habe, bin ich nicht hierhergekommen. Es war einfach zu schmerzhaft.

Aber jetzt, mit Honey an meiner Seite, fühlt sich alles neu an. Als würden wir aus der Asche des Vergangenen etwas Neues erschaffen.

Ihre großen braunen Augen leuchten vor Begeisterung, als sie das Wasser sieht. »Ich hatte vergessen, wie schön es hier draußen ist.«

Unzählige Wiesenblumen betupfen die karge Landschaft mit ein wenig bitter notwendiger Farbe.

»Ist es wirklich.« Während ich das Strandtuch am Ufer ausbreite, dämmert mir, dass wir es hier draußen nicht lange aushalten werden. »Ich hab nicht dran gedacht, Sonnencreme mitzunehmen.«

»Ist schon gut. Ich hab mich nach dem Duschen eingecremt.«

»Ja?«

»Jep. Das hat mir Gran eingebläut. Sie hat mir immer gepredigt, meine Haut vor der texanischen Sonne zu schützen – als wäre die Sonne hier gefährlicher als anderswo.«

»Deine Haut ist bezaubernd.« Ich fahre mit der Fingerspitze an ihrem Arm hinunter. »Glatt und weich und honigfarben.« Unter ihrem Kleidchen richten sich ihre Brustwarzen auf, und schon bin ich wieder hart.

»Gran wäre von meiner Bräune gar nicht begeistert, doch irgendwie scheine ich der Sonne nicht ganz aus dem Weg gehen zu können. Außerdem will ich das auch gar nicht. Man muss ja auch noch leben, während man auf seine Haut aufpasst.«

»Wahre Worte«, antworte ich und lache kurz auf. »Ganz schön heiß hier draußen.«

»Du sagst das, als hättest du nicht genau gewusst, dass es heute über dreißig Grad werden – wie jeden Tag um diese Jahreszeit.«

Als ich zu ihr hinüberschaue und ihr freches Lächeln sehe, geschieht etwas mit mir. Dieses Lächeln durchdringt die Mauern, die ich um mich errichtet habe, um alles und jeden draußen zu halten, der mich verletzen könnte. In dem verzweifelten Versuch, mein Gleichgewicht zurückzugewinnen, reiße ich den Blick von ihr los und sehe aufs Wasser. »Lust, eine Runde zu schwimmen?«

»Ich hab keine Badesachen dabei.«

»Ich auch nicht.«

»Oh.«

»Hier ist weit und breit keine Menschenseele.«

»Woher willst du das wissen?«

»Ich weiß, wie groß mein Grundstück ist und was daran angrenzt – und zwar nicht viel.«

Sie zieht die Unterlippe zwischen die Zähne, und ich sehe ihr an, wie sie überlegt.

Kurz entschlossen stehe ich auf, ziehe mir das T-Shirt über den Kopf und reiche ihr die Hand, um ihr hochzuhelfen. »Traust du dich etwa nicht?« Es ist Jahre her, dass ich diese Worte – oder überhaupt irgendetwas auch nur ansatzweise Spielerisches – zu jemandem gesagt habe. Länger, als ich mich zurückerinnere. Aber es fühlt sich gut an. Ich knöpfe meine Jeans auf, streife sie ab und kicke sie beiseite.

Honey lässt ausgiebig ihren Blick über meinen nackten Körper wandern und hält bei meinem Schwanz inne. Ich bin so hart, dass er mir bis zum Bauchnabel reicht. Sie leckt sich die Lippen und schockt mich total, als sie auf die Knie geht, um ihn in den Mund zu nehmen. Ist das dieselbe Frau, die sich gerade noch Sorgen gemacht hat, man könnte sie beim Nacktbaden erwischen?

Scheiße noch eins, fühlt sich das gut an. Ich lasse den Kopf in den Nacken fallen und grabe die Finger in ihr weiches, seidiges Haar.

»Du hast den schönsten Schwanz auf der ganzen Welt«, erklärt sie mit heiserer, elektrisierender Stimme, die mich durchzuckt wie ein Stromschlag und mir direkt in die Eier fährt. Beinahe wäre ich gekommen. »So dick und lang und hart.« Mit Hand und Zunge massiert sie mich, treibt mich an den Rand des Wahnsinns, bevor sie ihn erneut in den Mund saugt und mir beinahe den Rest gibt. Ich zittere wie ein Jüngling bei seinem allerersten Blowjob. Nur fühlt sich mit ihr alles wie das erste Mal an.

Mit spielerischen Zungenschlägen steigert sie das Tempo weiter.

»Honey … Stopp.« Ich ziehe mich aus ihrem Mund zurück und lasse mich auf die Knie fallen, um sie zu küssen. Mit verschlungenen Gliedern fallen wir miteinander auf das Strandlaken. Ich fasse ihr unter den Rock und erkenne, dass es sie angemacht hat, mich zu verwöhnen. Mein Stöhnen kann ich nicht unterdrücken. An ihrem Höschen vorbei schiebe ich zwei Finger in sie, während unser zärtlicher Kuss von einer Sekunde auf die andere wild wird.

Das ist doch völliger Wahnsinn! Wir haben es heute schon dreimal getrieben. Normalerweise würde mir das für die ganze Woche reichen, aber es hat kaum eine Stunde gedauert, bis ich sie schon wieder wollte. Ich ziehe die Finger zurück und streife ihr das Höschen herunter, werfe es beiseite und dringe in sie ein, langsam und vorsichtig. Nach unserem Marathon-Wochenende muss sie wund sein.

Sie wölbt sich mir entgegen, in hilfloser Kapitulation fallen ihre Beine auseinander, und es trifft mich direkt ins Herz. Grundgütiger, was *stellt* sie nur mit mir an? Ihre enge Pussy umklammert mich so fest, dass ich Sterne sehe. Ich zerre an ihrem Ausschnitt, bis ihre Brüste freiliegen, und widme mich ihren Nippeln.

Das hier ist heiße, schweißtreibende, rückhaltlose Leidenschaft. Ein anderes Wort gibt es dafür nicht. Ich kämpfe mich durch ihre widerspenstigen inneren Muskeln, um ganz in sie einzudringen. Als der dickste Teil meines Schafts sie bis an die Schmerzgrenze dehnt, entweicht ihr ein lang gezogenes, helles Stöhnen.

»Ich liebe deine heiße, enge Pussy«, flüstere ich ihr ins Ohr.

Sie wimmert, und ihre Muskeln umschließen mich noch fester.

»Ich liebe es, dich zu vögeln, Honigbällchen.«

Ihr entschlüpft ein keuchendes Lachen.

»Liebst du es auch?«

»Ja«, ruft sie, »ja, ich liebe es.«

Tief aus meinem Inneren steigt ein dunkles Grollen empor, und ich ziehe das Tempo an, hämmere jetzt in sie, ohne mich um den Muskelkater oder den harten Boden oder die heiße Sonne auf meinem Arsch oder irgendetwas sonst zu kümmern. In diesem Moment gibt es für mich nur die überwältigende Wonne, die mich erfasst, wann immer ich in ihr bin – vor allem ohne Kondom.

Ich schiebe die Hände unter sie, packe ihre weichen Pobacken und ziehe sie auseinander, um tiefer einzudringen. Sachte drücke ich den Mittelfinger an ihren Anus.

Sie verliert völlig den Verstand und kommt mit einem ohrenbetäubenden Schrei, als der Orgasmus sie überrollt.

Ich muss mir auf die Lippe beißen, um mich nicht mitreißen zu lassen, aber ich bin noch nicht mit ihr fertig. Noch lange nicht. Also reite ich die Wellen ihres Orgasmus, bis er endlich langsam abebbt. Dann ziehe ich mich so abrupt aus ihr zurück, dass sie überrascht aufkeucht. Mit schnellen Bewegungen drehe ich sie um und hebe sie auf die Knie, bevor ich von hinten wieder in sie stoße. Jetzt ist ihr süßer kleiner Arsch direkt vor mir, und ich kann zusehen, als ich ihr zwei Finger zur Hintertür hineinschiebe.

Alles in ihr spannt sich dabei an, und das fühlt sich so verflucht gut an. Im Wechsel stoße ich mit meinem Schwanz und meinen Fingern in sie, sorge dafür, dass ein Teil von ihr immer von mir ausgefüllt ist. Schreiend kommt sie ein weiteres Mal, noch heftiger als eben, so heftig, dass es ein Ding der Unmöglichkeit ist, mich auch diesmal zurückzuhalten. Stöhnend verliere ich mich in ihr und komme, als hätte ich seit Jahren keinen Sex mehr gehabt statt erst vor einer Stunde.

In einem verschwitzten Knäuel von Gliedmaßen landen wir auf dem Strandtuch, erzitternd unter den Nachbeben, während wir zu Atem zu kommen versuchen. Nach einer langen Stille lösen wir uns langsam voneinander. Ich helfe ihr, sich aufzusetzen, streiche ihr das Haar aus dem Gesicht und hebe ihr Kinn an, sodass ich ihr in die Augen blicken kann. Sie glüht förmlich. Ich weiß nicht, ob es an der Hitze liegt, an mir oder an einer Kombination daraus, aber sie sieht bezaubernder aus als je zuvor.

Ich küsse sie sanft, dann helfe ich ihr auf und aus dem Kleid. Wir gehen zum Wasser, dann hebe ich sie auf die Arme, um sie über das steinige Ufer zu tragen. Auch als wir ins kühle Nass tauchen, halte ich sie dicht bei mir.

Honey schlingt Arme und Beine um mich und legt den Kopf an meine Schulter.

Mich überkommt ein Gefühl des Friedens, wie ich es so lange nicht mehr empfunden habe, dass ich es im ersten Moment überhaupt nicht einordnen kann. In diesem Moment bin ich mit der Welt im Reinen. Und dann fällt mir wieder ein, dass ich ihr letzte Nacht gesagt habe, ich könnte ihr nur noch eine weitere

Nacht geben. Von jetzt auf gleich wird meine friedliche Stimmung von der Realität meines Daseins zermalmt. Ich kann Honey nichts bieten. Ich bin ein Schatten von einem Mann, der sich blind durchs Leben schlägt, mit dem einzigen Ziel, auch den heutigen Tag zu überstehen. Eine so schöne, liebevolle Frau wie Honey kann ich nicht zu so einer Existenz verdammen. Sie verdient so viel mehr. Doch Teufel auch, zum ersten Mal seit Jordans Tod wünsche ich mir, ich könnte Honey zuliebe ein anderer Mensch sein.

Trotzdem – in diesem Augenblick ist sie hier bei mir, und ich schwöre mir, jede Minute zu genießen, die mir noch mit ihren weichen Kurven vergönnt ist. Und wenn ich sie nach Hause bringe, werde ich ihr einen Abschiedskuss geben und mein Leben weiterleben. So schmerzhaft das auch sein wird, es ist das Richtige. Es ist das einzig Faire.

Sie fährt mit den Fingern durch die Haarsträhnen, die mir in den Nacken hängen, und mich überkommt eine tiefe Sehnsucht nach etwas, das niemals sein kann.

Honey

Was für ein wundervoller Tag. Als Blake den Wagen zurück in Richtung Marfa steuert, geht die Sonne in einem Feuerball aus Rot- und Orangetönen unter. Stundenlang haben wir im Wasser gespielt, uns von der Sonne trocknen lassen und Liebe gemacht. Es war pure Glückseligkeit, Entspannung und tausend andere Dinge, über die nachzudenken ich mir verbiete.

Ich will nicht, dass dieser Tag endet. Ich würde ihn ja zum Abendessen einladen, aber ich will seine Grenzen nicht überschreiten. Wenn ich ihn zu mehr dränge, als er zu geben bereit ist, ergreift er nur die Flucht. Ich will nicht, dass er das tut. Ich will, dass er immer wiederkommt, allerdings nur, wenn es auch das ist, was er will. Also verkneife ich mir den Vorschlag, noch mehr Zeit miteinander zu verbringen.

Viel zu bald stehen wir vor meinem Haus, lange bevor ich bereit bin, mich von ihm zu verabschieden. Mein Herz macht einen aufgeregten Satz, als er aussteigt, um mich zum Haus zu begleiten. Doch die Aufregung verblasst, als er an der Tür stehen bleibt und mich in seine Arme zieht.

»Danke für ein fantastisches Wochenende.«

Mit plötzlich trockenem Mund zwinge ich mich, zu ihm aufzulächeln. »Danke *dir*, dass du mich vorgestern nicht hast abblitzen lassen.«

»Selbst eine Maschine wäre ein Idiot, dich abblitzen zu lassen«, entgegnet er mit diesem kleinen Grinsen, das mir so ans Herz gewachsen ist.

Ich hasse es, dass er sich so sieht. Wenn überhaupt, dann fühlt er *zu viel* und liebt *zu heftig*, wenn Jordans Verlust ihn immer noch so quält wie damals, als es gerade passiert war.

Dann gibt er mir einen Kuss auf die Stirn und bricht mir das Herz. Es ist vorbei. Ich habe genau das bekommen, was ich von ihm wollte – mehr seelenerschütternde Orgasmen, als ich mir je hätte träumen lassen. Aber mehr wird daraus nie werden, und ich muss einen Weg finden, damit abzuschließen.

Ich zwinge mich, die Hände von seiner Taille sinken zu lassen, und weiche aus reinem Selbsterhaltungstrieb einen Schritt zurück. »Es war wirklich schön.«

»Fand ich auch.« Spielerisch gibt er mir einen Kinnstüber. »Pass auf dich auf, Honigdachs.«

Bei dem Kosenamen könnte ich in Tränen ausbrechen vor Trauer um das, was niemals sein wird. Mit zitternden Fingern versuche ich den Schlüssel ins Schloss zu schieben.

Er nimmt ihn mir ab und schließt für mich auf. Dann tritt er zurück, um mir den Weg frei zu machen. »Honey …«

Ich lege ihm eine Hand auf die Brust. »Sag's nicht, Blake. Ich bin okay. Versprochen.«

Nickend senkt er den Blick, doch mir entgeht nicht, wie angespannt sein Kiefer ist. »Bis dann, Süße.«

»Ja«, ringe ich mir in gezwungen fröhlichem Ton ab, »bis dann.« Ich schließe die Tür, lehne mich dagegen und rutsche am Holz herab, lasse den Kopf in die Hände sinken und schluchze auf. Gott, ich bin so eine Idiotin! Genau vor diesem

Szenario hat Lauren mich gewarnt, und hier sitze ich nun und weine mir die Augen aus wegen eines Mannes, von dem ich von vornherein wusste, dass er nie mir gehören würde.

Es war so gut mit ihm, so locker und vertraut und gleichzeitig neu und aufregend. Wie oft findet man all das bei einem einzigen Mann? Ich bisher noch nie. Und wäre es nur der Sex gewesen, der so fantastisch war, dann hätte ich darüber hinwegkommen können, ohne so am Boden zerstört zu sein. Aber die Tatsache, dass *alles* mit ihm so wunderschön war, werde ich nicht so schnell hinter mir lassen können.

Ich habe eine echte Verbundenheit mit ihm gespürt, und nicht nur im Bett. Unsere gemeinsame Vergangenheit, die Freunde, die Heimat, die Wurzeln … Das alles hat ein Gefühl von Vertrautheit entstehen lassen, wo anderenfalls Unbehagen hätte herrschen können.

Die Erkenntnis, dass es nie mehr als ein einziges perfektes Wochenende sein wird, macht mich fertig.

Als ich mich schließlich aufrappele und unter die Dusche schleppe, ist es schon stockdunkel. Ich bleibe so lange unter dem prasselnden Wasser stehen, bis es kalt wird. Mein gesamter Körper ist müde und schmerzt, und mein Kopf tut beinahe genauso weh wie mein Herz. Ich wickle mich in ein Handtuch, gehe in die Küche, um mir ein paar Kopfschmerztabletten aus dem Schrank zu holen, in dem Gran sie immer aufbewahrt hat, und bekomme fast einen Herzinfarkt, als ich Lauren am Küchentisch sitzen sehe.

»Was zum Teufel, Lo? Du hast mir einen Heidenschreck eingejagt.«

»Danke, gleichfalls. Ich versuche schon den ganzen Tag, dich zu erreichen, und als du kein Lebenszeichen von dir gegeben hast, bin ich vorbeigekommen, um nach dir zu schauen – und hab dich in der Dusche weinen hören. Was ist denn los?«

»Nichts.« Ich nehme die Pillendose aus dem Schrank und kämpfe mit dem Deckel.

Lauren tritt hinter mich, nimmt mir die Dose ab, öffnet sie und schüttelt mir zwei Tabletten in die Hand. Dann schenkt sie mir ein Glas Wasser ein und reicht es mir. »Komm mir nicht mit ›Nichts‹. Ich hab dich seit Grans Tod nicht mehr weinen sehen.«

Vor manchen Leuten kann ich mich verstecken. Lauren gehört nicht dazu.

»Blake ist vorhin gefahren.«

»Moment mal … *vorhin? Heute?*«

Ich nicke und spüle die Tabletten mit dem kühlen Wasser hinunter.

Lauren fasst mich beim Arm und dirigiert mich zu dem Küchenstuhl, auf dem sie eben noch saß. Ich lasse mich daraufsinken, denn das ist leichter, als mich zu wehren. Sie hockt sich zu mir. »Rede.«

»Er ist nach der Party letzte Nacht hergekommen. Er hat gesagt …« Warum tut das so verflucht weh? »Er hat gesagt, er will noch eine Nacht. Heute hat er mich eingeladen, mit ihm zur Farm von Jordans Großeltern zu kommen. Wusstest du, dass er die gekauft hat?«

»Nein, das ist mir neu.«

»Er restauriert das Haus mit ganz viel Liebe zum Detail. Wir sind schwimmen gegangen und …« Ich lasse einen langen Atemzug entweichen, der nichts auszurichten vermag gegen das quälende Ziehen in meinem Inneren. Ich hoffe, die Tabletten helfen, aber ich fürchte, gegen diese Art von Schmerz wirken sie nicht. »Er hat mich nach Hause gebracht, Ende der Geschichte.«

»Was hat er gesagt, als er dich abgesetzt hat?«

»Dass es schön war.« Mir bricht die Stimme, und Tränen steigen mir in die Augen. Wütend wische ich sie weg, als sie mir über die Wangen rollen. »Es *war* auch schön. Ich hab keine Ahnung, warum ich so fertig bin.«

»Weil du mehr willst.«

Ich schüttle den Kopf. »Ich weiß, dass das nicht möglich ist.«

»Das heißt doch nicht, dass du es dir nicht wünschen würdest.«

Und damit hat sie den Nagel auf den Kopf getroffen. Ich wünschte, es *wäre* möglich, an dieses wundervolle Wochenende anzuschließen. Zu sehen, was als Nächstes passiert. Wenigstens zu *versuchen*, etwas mit ihm aufzubauen. Plötzlich schluchze ich wieder, bin emotional vernichtet von dieser Enttäuschung, obwohl ich weiß, wie albern das ist.

»Genau davor hatte ich Angst«, murmelt Lauren und schließt mich in die Arme.

»Du hast ja versucht, mich zu warnen. Teufel, ich hab mich *selbst* gewarnt, aber irgendwie hab ich mich trotzdem mitreißen lassen.«

Sie nimmt eine Serviette aus Grans Weidenkörbchen auf dem Tisch, wischt mir das Gesicht ab und hält sie mir dann an die Nase, damit ich mich schnäuze. Das erinnert mich an die vielen Male, die Gran das bei mir gemacht hat, und unvermittelt wird mir aufs Neue klar, wie allein ich eigentlich auf dieser Welt bin. Zwei glückselige Nächte lang hat Blake mir das Gefühl geschenkt, weniger allein zu sein, und ich glaube, ich habe für ihn dasselbe getan. »Wenn er ein bisschen Zeit hat, drüber nachzudenken, dann …«

»Lass es«, warnt Lauren. »Fang nicht an, auf so was zu hoffen. Wir wissen beide, wie er ist.« Sie wirkt fast geschäftsmäßig, als sie mir mit einer sauberen Serviette noch einmal das Gesicht trocknet und dann mein Wasser auffüllt. »Wir kriegen dich da durch, und das Leben geht weiter. Was würde Gran jetzt sagen?«

Ich lächle matt. »Geschehen ist geschehen.« Schon als wir noch klein waren, hat sie uns immer eingebläut, dass Klagen auch nichts hilft.

»Ganz genau. Und sie wusste, wovon sie redet. Du bist ihre Kleine und ganz genauso tough wie sie. Vergiss das nie.«

»Besonders tough komme ich mir gerade allerdings nicht vor.«

»In ein, zwei Tagen bist du wieder auf der Höhe. Und überleg mal, jetzt weißt du endlich, wie es sich anfühlt, tollen Sex zu haben!«

Das war als Trost gemeint, aber mich erinnert es nur an das, was ich nie wieder erleben werde.

»Soll ich heute hier schlafen?«

»Du musst doch früh raus, um deine Blumenlieferung anzunehmen.«

»Dafür kann ich auch wen anders einspannen.«

»Mir geht's gut, Lo. Versprochen. Nur eine kurzzeitige geistige Umnachtung.« Das beschreibt meinen aktuellen Zustand ganz gut – und dieses unglaubliche

Wochenende mit Blake. »Ich hab schon Schlimmeres überstanden, stimmt's?« Eine Zeit lang nach Grans Tod war ich mir nicht sicher, ob ich ohne sie überhaupt weiterleben könnte. Dank Lauren und Julie und meinen anderen Freundinnen ist es mir gelungen, mich aus diesem Abgrund wieder hochzukämpfen. Über Nacht ging das allerdings nicht.

»Das hast du definitiv. Ruf mich an, wenn du mich brauchst, ja? Selbst wenn es mitten in der Nacht ist.«

»Mach ich.« Wir wissen beide, dass das nicht stimmt, aber ich sage ihr, was sie hören will. Meine Unabhängigkeit und meine Widerstandsfähigkeit sind mir sehr wichtig. Mein gesamtes Leben schon liegt der Schatten der Zurückweisung über mir, daher ist das Gefühl für mich nichts Neues.

Ich bringe Lauren zur Tür und umarme sie. »Ich hab dich lieb, für immer«, flüstere ich. Das sagen wir schon seit der ersten Klasse zueinander, als wir uns begegnet sind und augenblicklich Freundinnen waren.

»Ich hab dich lieb, für immer.« Sie drückt mich fest, küsst mich auf die Wange und geht. Ich bleibe noch in der Tür stehen, bis sie sicher in ihrem Wagen sitzt. Dann schalte ich die Außenbeleuchtung aus und verriegle die Tür. Anschließend begebe ich mich in mein Zimmer, um mein Handtuchkleid gegen einen leichten Schlafanzug auszutauschen.

Ich rede mir ein, es ginge mir besser, bis ich im Bett liege und der Geruch nach Blakes Parfum aus meinem Kopfkissen aufsteigt. Und schon breche ich wieder zusammen und heule wie die liebeskranke Närrin, die ich bin.

Weinend drücke ich das Kissen an die Brust und atme seinen Duft tief ein, präge ihn mir ein. Ich will keine Minute unserer gemeinsamen Zeit vergessen. Das war die schönste Zeit, die ich jemals mit einem Mann verbracht habe, und es wird lange dauern – wenn es überhaupt je so weit kommt –, bis ich über mein Wochenende mit Blake Dempsey hinweg sein werde.

KAPITEL 9

Blake

Am Montagmorgen nach dem wundervollen Wochenende mit Honey ist die Maschine wieder bei der Arbeit. Die gesamte folgende Woche schufte ich wie ein Verrückter, wie ich es immer tue, und versuche, nicht an Honey zu denken. Daran, wie sehr ich sie vermisse oder was mit ihr hätte werden können. Ich fasse es nicht, dass zwei Nächte mit einer Frau reichen sollen, um dafür zu sorgen, dass ich nie wieder gehen will, aber genau so ist es. Wüsste ich nicht mit absoluter Gewissheit, dass ich es irgendwie verbocken würde, dann würde ich wieder zu ihr gehen. Doch es ist besser für mich — und erst recht für sie —, wenn ich mich von ihr fernhalte. Also tue ich das. Ich halte mich von ihr fern, auch wenn es den kümmerlichen Rest, der noch von mir übrig ist, beinahe umbringt.

Mein Unternehmen errichtet gerade ein Shoppingcenter etwas außerhalb, und ich stecke mitten im Getümmel, bin den ganzen Tag an der Seite meiner Männer. Wir versetzen Berge, schaffen die Arbeit von zwei Tagen an einem. Als ich am Abend meines zweiten Montags nach dem Wochenende mit Honey auf mein Feierabendbier in die Bar gehe, bin ich völlig am Ende.

Meine Stammkneipe wirkt auf mich anders als noch vor zehn Tagen. Alles sieht nach Honey anders aus. Ich setze mich auf meinen gewohnten Platz ganz links an der Bar, und Jimmy bringt mir die übliche Flasche Budweiser. Und täglich grüßt das Murmeltier. Bis Honey Carmichael an jenem Freitagabend hier hereinmarschiert kam, war meine Routine unverändert, solange ich mich zurückerinnern kann. Und jetzt kann ich an nichts anderes als an sie denken. Weiche Haut, süßer Geschmack, harte Nippel, enge … *Verdammt*, plötzlich bin ich steinhart und will mehr von ihr.

Ich hasse meine eigenen starren Regeln mehr, als ich in Worte fassen kann. In einem Zug stürze ich mein Bier hinunter und winke Jimmy, mir noch eins zu geben. Überrascht sieht er mich an. Nach der Arbeit trinke ich nie mehr als ein Bier. Nach mehr als einem Bier setze ich mich nicht mehr hinters Steuer. Niemals. Das ist eine weitere der nicht verhandelbaren Regeln in meinem Leben seit dem Unfall. Ich will nie wieder dafür verantwortlich sein, dass jemand anders verletzt wird – oder Schlimmeres. Es hieß, es sei nicht meine Schuld gewesen. Drauf geschissen. Ich war Jordans Fahrer, und sie ist ums Leben gekommen. Natürlich war es meine Schuld.

Das zweite Bier geht leichter runter als das erste. Ich winke nach einem dritten und bestelle dazu gleich noch einen Schuss Jameson.

»Alles in Ordnung, Blake?«, erkundigt sich Jimmy, als er das Bier und den Whiskey vor mich stellt.

Ich schiebe einen Zwanziger über die Theke. »Könnte nicht besser sein.« Ich verzehre mich so nach Honey, dass die Sehnsucht mich verbrennt. Wie ein eigenständiges Wesen weigert mein Schwanz sich, Ruhe zu geben, und nimmt sämtlichen Raum in meiner Jeans in Anspruch. Ich würde ja drüber lachen, ginge es mir nicht so beschissen. Ich hab noch zu tun heute Abend. Rechnungen und Kostenvoranschläge erstellen, der nicht enden wollende Papierkram – aber heute habe ich einfach keinen Bock auf all das.

Als ich mich das letzte Mal so mies gefühlt habe … *Fuck*. Ich brauche noch ein Bier, und zwar pronto.

Honey

Acht Tage nach meiner letzten Begegnung mit Blake bin ich nach einem langen und anstrengenden Tag im Studio gerade auf dem Weg ins Bett, als mein Telefon klingelt. Beinahe ignoriere ich es, denn jeder, der mich gut genug kennt, würde mich auf dem Handy anrufen. Aber der Empfang in Marfa ist nicht so ganz zuverlässig, vielleicht ist mein Handy auch gerade nicht erreichbar.

Ich gehe ins Wohnzimmer und nehme den Hörer vom Apparat neben Grans Sessel ab. Ja, auch zehn Jahre nach ihrem Tod ist es immer noch ihr Sessel. »Hallo?«

»Spreche ich mit Honey Carmichael?«, fragt ein Mann. Im Hintergrund höre ich Musik und Gespräche.

»Ja, wer ist da?«

»Jimmy aus der Bar. Du bist hier doch letztens reingekommen und mit Blake wieder gegangen, richtig?«

Ich schlucke schwer, als mir aufgeht, dass tatsächlich andere Leute meine Anmache mitbekommen und mich erkannt haben. Am liebsten würde ich im Boden versinken. Und was will dieser Kerl jetzt? Auch mal ran, nachdem Blake zum Stich gekommen ist? Bei dem Gedanken dreht sich mir der Magen um. »J-ja«, antworte ich, weil ich es wohl kaum abstreiten kann. »Wieso?«

»Er ist gerade hier und trinkt eine ganze Menge mehr als sonst. Ich hab's schon bei seinem Kumpel Garrett versucht, aber den hab ich nicht erreicht. Besteht vielleicht die Möglichkeit, dass du ihn abholen kommst?«

Es ist ein Schock, zu hören, dass Blake sich betrinkt. Normalerweise tut er das überhaupt nicht mehr. »Ja, sicher. In einer Viertelstunde bin ich da. Lass ihn nicht abhauen.«

»Der geht nirgendwohin, Süße. Nicht solange ich hier bin.«

»Danke, dass du angerufen hast. Vielen, vielen Dank.« Mir zittern die Hände, als ich mich anziehe und mir Flip-Flops überstreife. Beinahe vergesse ich die Schlüssel, so eilig habe ich es, zum Auto zu kommen. Viel zu schnell fahre ich zu Blakes Stammkneipe, auch bekannt als »Schauplatz des Verbrechens«.

Noch eine ganze Woche nach unserem monumentalen Wochenende habe ich den Sexmarathon in jeder Faser meines Körpers gespürt. Und natürlich hatte ich gleich mehrere schwierige Shootings – das schlimmste davon heute. Ein weiteres Zwillingspaar, das beinahe die gesamte Zeit über gebrüllt hat. Ich konnte es gut nachvollziehen. Ich wollte auch den ganzen Tag heulen.

Als ich das Studio abgeschlossen habe, wollte ich mit hämmernden Kopfschmerzen einfach nur noch in die Badewanne und dann früh ins Bett. Doch wie heißt es so schön zum Thema Pläne ... Hier sitze ich nun in meinem Auto und rase durch die Dunkelheit, um Blake vor sich selbst zu retten. Mir schwirrt der Kopf, und ich frage mich, warum er ausgerechnet heute von seiner üblichen Routine abgewichen ist.

Liegt es an mir?

Wem versuche ich eigentlich etwas vorzumachen? Wahrscheinlich hat er seit diesem Kuss auf die Stirn auf meiner Veranda keinen Gedanken mehr an mich verschwendet. Er hat genau das getan, was er und auch Lauren angekündigt haben, und es gibt keinerlei Grund für mich, so enttäuscht zu sein. Bloß dass er in dieser zweiten Nacht, als er zu mir gekommen und beinahe vierundzwanzig Stunden bei mir geblieben ist, einen Funken Hoffnung in mir geweckt hat.

Törichte Hoffnung. Ich habe schon viele Male in meinem Leben erfahren müssen, dass Hoffnung ein fieses Miststück ist. Zum Beispiel als Gran nach ihrer Bestrahlungstherapie noch mal aufgeblüht ist. Da habe ich zu hoffen begonnen, sie könnte den Krebs besiegen, aber einen Monat später war sie tot, und meine Hoffnung auch.

Nach diesem vernichtenden Verlust habe ich gelernt, vorsichtig damit zu sein, worauf ich meine Hoffnungen richte. Darauf zu hoffen, dass Blake Dempsey auf einmal beschließen könnte, doch mehr von einer Frau zu wollen, und dass diese Frau ausgerechnet ich wäre, ist so lächerlich, dass ich in hysterisches Gelächter ausbreche. Und dann heule ich auf einmal genauso hysterisch. Ich hasse es, dass ich mich so aus der Bahn habe werfen lassen von etwas, das eigentlich nur ein One-Night-Stand sein sollte.

In Wahrheit habe ich nichts gemeinsam mit der draufgängerischen Powerfrau, die Blake an jenem Freitagabend in der Bar angemacht hat. Eigentlich entspricht mir das flennende Häuflein Elend mit dem weichen Herzen, das ich gerade gebe, viel mehr. Ich wünschte, ich wäre eher wie die Draufgängerin, dabei war es nur Lauren, die mich so angestachelt hat, dass ich geglaubt habe, ich könnte diese Powerfrau sein.

Lauren die Schuld zu geben ist auch nicht fair. Wir haben *zusammen* diesen Plan ausgeheckt, der dann auch genau so funktioniert hat, wie wir es gehofft haben. Es ist nicht ihre Schuld – und auch nicht meine –, dass er ein bisschen *zu gut* funktioniert hat.

Ich fahre vom Highway ab und parke auf dem Schotterplatz vor der Bar. Es kommt mir vor, als wäre das vorletzte Wochenende Millionen Jahre her, als ich in den düsteren Mief trete. Doch schon in der nächsten Sekunde bin ich in den Rausch meines Erfolgs bei Blake an jenem ersten Abend zurückversetzt.

Aber Höhenflüge führen zu schmerzhaften Abstürzen. Das ist die Lektion, die ich hier gelernt habe. Und dem Zustand nach zu urteilen, in dem ich Blake vorfinde, bin ich nicht die Einzige, die unter einem Nicht-ganz-One-Night-Stand-Blues leidet. Zusammengesunken hängt er über der Bar, vor sich eine Reihe leerer Bierflaschen und Whiskeygläser.

Der Barkeeper nickt mir zu, als ich auf Blake zugehe. Ich bin mir nicht sicher, was ich tun soll – ihn anfassen, mit ihm reden? –, als ich mich jedoch auf den Hocker neben ihm schiebe, kann ich der Versuchung nicht widerstehen, ihn zu berühren.

Als meine Hand auf seiner Schulter landet, schreckt er hoch und blickt hastig zu mir herüber. In seinen Augen leuchtet Freude auf, die sich rasch zu einem so abgrundtiefen Elend verdunkelt, dass es mich bis ins Mark trifft.

»Was machst du denn hier?«, fragt er mit schwerer Zunge.

»Jimmy hat mich angerufen. Er dachte, du könntest vielleicht ein Taxi gebrauchen.«

»Wieso dich?«

»Er hat uns letztens zusammen gesehen.«

»Du solltest nicht hier sein, Honey. Das ist kein Laden für eine Frau wie dich.«

Ich würde gern von ihm wissen, was für eine Frau ich denn bin, aber jetzt ist nicht der richtige Zeitpunkt für Fragen. »Komm, ich bring dich nach Hause.«

»Ich will nicht nach Hause. Da ist nichts. Hier kriege ich wenigstens noch 'ne Runde.« Er winkt Jimmy, der ihn geflissentlich ignoriert.

»*Ich* bin da«, erkläre ich, bevor ich mir auch nur ansatzweise überlegen kann, was ich ihm da anbiete und ob das eine gute Idee ist.

»Wirklich?« Der hoffnungsvolle Ton in seiner Stimme schießt mir direkt ins Herz, das ihm und dieser Situation hiermit offiziell restlos verfallen ist.

»Ja.«

»Du gehst nicht weg?«

Ich beiße mir auf die Lippe, um nicht aufzuschluchzen angesichts der Qual und der Einsamkeit in seinen Augen. »Ich gehe nicht weg.«

»Versprochen?«

Er bringt mich um, einen kurzen Satz nach dem anderen. »Versprochen.«

Ich nehme ihn bei der Hand und ziehe sachte daran, dränge ihn, mit mir zu kommen. Als ich fragend zu Jimmy hinüberschaue, bedeutet der mir mit einer Geste, ruhig zu gehen. Blake ist hier Stammgast, er wird seine Rechnung schon begleichen. Dankbar lächle ich dem Barkeeper zu und lege den Arm um Blakes breiten Rücken, um ihn aus der Bar zu bugsieren.

Ein weiteres Mal starren uns alle an, während wir unseren langsamen, torkelnden Weg zur Tür antreten. Ich bin dankbar für die kleine Gnade, dass Blake wenigstens noch laufen kann. Noch ein paar Kurze, und irgendwer hätte ihn hier raustragen müssen.

Die texanische Hitze ist wie ein Schlag ins Gesicht, als wir zur Tür hinaus auf den Parkplatz treten. Auch wenn er ein paarmal ins Schwanken gerät, kooperiert Blake größtenteils, als ich ihn zu meinem Wagen dirigiere. Die nächste Herausforderung ist es, seine massigen eins neunzig in mein Auto zu quetschen. Für jeden

Außenstehenden muss unser Kampf nach Slapstick aussehen, aber als ich ihm endlich den Gurt angelegt habe, bin ich schweißnass.

Auf der Fahrt zu seinem Haus in der Stadt hält er den Kopf zurückgelehnt und die Augen geschlossen, während in meinem Inneren unaufhörlich sein Flehen widerhallt, ihn nicht zu verlassen, und ich dabei das Atmen nicht zu vergessen versuche. Er will nicht allein sein. Bei der Erkenntnis, dass er mich braucht, vollführt mein Herz einen kleinen Freudentanz. Ungeachtet dieses platonischen Kusses auf die Stirn – er ist noch nicht fertig mit mir.

In mir erhebt sich Hoffnung wie der Phönix aus der Asche. Habe ich erwähnt, dass ich einen leichten Hang zur Dramatik habe, wenn der Anlass es gebietet?

Als ich bei Blake auf den Hof fahre, stürzen die Erinnerungen von jener ersten Nacht auf mich ein, und plötzlich ist mir aus ganz anderen Gründen warm. Ich klinke Blakes Gurt aus und gehe um den Wagen herum, um ihm herauszuhelfen.

Er schläft wie ein Stein.

Ich rüttle ihn an der Schulter. »Blake. Komm schon. Wir sind zu Hause. Wach auf.«

Er rührt sich nicht.

Was zum Teufel soll ich jetzt tun? Ich kann ihn nicht die ganze Nacht hier draußen in dieser gnadenlosen Hitze hocken lassen. Nachdem ich einen Moment meine Optionen abgewägt habe, fasse ich den Entschluss, ihm die Nase zuzuhalten und ihn so zum Aufwachen zu zwingen. Keuchend und fluchend kommt er zu sich und reißt überrascht die Augen auf, als er mich vor sich stehen sieht.

»Honigtau … Was machst du denn hier?«

Er erinnert sich nicht mehr, wie ich ihn in der Bar abgeholt habe? »Ich wollte nur sichergehen, dass du heil nach Hause kommst.« Ich nehme seine Hand und helfe ihm aus dem Auto. Als er mir einen Arm um die Schultern legt, bringt er uns beinahe beide zu Fall, aber ich stemme mich gegen ihn und halte uns aufrecht. Dann greife ich hinter ihn und schlage die Wagentür zu.

Unser Schwanken zur Tür erinnert an einen schlechten Dreibeinlauf. »Wie ist der Code?«, frage ich, als ich ein Tastenfeld sehe, wo das Türschloss sein sollte.

»Sechs, sechs, zwei, zwei«, flüstert er, und im nächsten Moment spüre ich seine Lippen an meinem Hals und vergesse die Ziffernfolge beinahe direkt wieder. Ich muss sie zweimal eintippen, bevor die Tür endlich aufschwingt und wir erneut fast hinfallen.

Er beginnt zu lachen, und mir wird klar, dass es Jahre her ist, dass ich ihn zuletzt so habe lachen hören. Als hätte er keinerlei Sorgen. Vielleicht war ein ordentliches Saufgelage genau das Richtige für ihn.

»Na los, schaffen wir dich ins Bett.«

»Nur wenn du mitkommst«, entgegnet er in samtigem, anzüglichem Ton, bei dem all meine weiblichen Körperteile in Jubel ausbrechen. *Ja, ja, ja*, skandieren sie, während mein gesunder Menschenverstand mich zur Vorsicht mahnt. *Ach, scheiß auf gesunden Menschenverstand.*

Mit den Händen an seinen Hüften schiebe ich ihn in Richtung Schlafzimmer, um ihn da aufs Bett zu werfen und mich danach aufs Sofa zurückzuziehen – um mein Versprechen zu halten, wenn auch in sicherem Abstand zu ihm. Er hat jedoch andere Pläne und legt mir einen Arm um die Taille, um mich ins Bad zu schleifen. »Muss duschen.«

Nicht dass er mir groß eine Wahl lassen würde, aber am Ende landen wir im Badezimmer, wo er am Knopf seiner Jeans zerrt und sie sich unbeholfen abstreift. Eine äußerst lohnende Art, herauszufinden, dass er zur Arbeit keine Boxershorts trägt. Ich versuche ja, nicht hinzusehen, allerdings bin ich auch nur ein Mensch – und völlig vernarrt in The Cock, der sich vor mir erhebt. Bilde ich mir das ein, oder reckt er sich in meine Richtung? Definitiv keine Einbildung.

Blake lehnt sich vor, um das Wasser aufzudrehen, und zieht an meiner Hand.

Ich wehre mich. Ich brauche jetzt keine Dusche, sondern einen ordentlichen Drink und Abstand. Abstand wäre jetzt wirklich super. »Lass mich los! Ab unter die Dusche mit dir.«

»Brauch dich«, murmelt er.

Ach, verdammt, warum musste er das jetzt sagen? Während mein Gehirn noch fragt: *Warum?*, schreit meine Weiblichkeit: *Ja, ja, JA! Wir werden gebraucht! Schau, dass du unter diese Dusche kommst!* Doch schon während ich mich ausziehe, hege ich den Verdacht, dass ich das bereuen werde. Um genau zu sein, *weiß ich*, dass ich das bereuen werde, aber ich tue es trotzdem. Nackt trete ich unter die Dusche zu dem heißesten Mann, den ich je kennenlernen durfte. Seine Hände sind überall, tastend, streichelnd, liebkosend, während seine Lippen mich verschlingen.

Die Empfindungen überrollen mich, all meine Sinne schlagen Funken, und jegliche Abwehr löst sich auf unter seinen Berührungen und seinem unmissverständlichen Verlangen nach mir. Der Mann, der eben in der Bar kaum noch stehen konnte, läuft jetzt unter der Dusche zur Höchstform auf. Im nächsten Moment spüre ich seine Hände an meinem Hintern, und er hebt mich hoch, drückt mich an die Wand.

Ich schnappe nach Luft, als die kalten Kacheln meinen Rücken berühren und Blake mich mit seinem Eindringen beinahe schmerzhaft dehnt. Wie kann das gerade geschehen, obwohl er so betrunken ist, dass er vor einer halben Stunde noch kaum funktionsfähig war?

Dieses Mal verkörpert Blake schiere Kraft, von Finesse keine Spur. Erbarmungslos hämmert er in mich und lässt mich all meine Entschlossenheit vergessen, auf Abstand zu bleiben. Teufel, er lässt mich meinen *Namen* vergessen. Selbst wenn er betrunken und zügellos ist, fühlt sich der Sex mit ihm so verflucht gut an. Ich grabe die Finger in seine straffen Schultermuskeln und halte mich fest, als ginge es um mein Leben. Irgendwie schaffe ich es – bis er zu reden beginnt und mir den Rest gibt.

»Ah, Honey, Gott, du bist die Süßeste von allen, so ein enger, heißer Honigtopf. Ich hab dich immer geliebt, schon als kleiner Junge. Hab dich geliebt. Honey … Gott, Honey.« Und dann kommt er, während ich versuche, nicht loszuheulen angesichts all der Dinge, die er zu mir sagt. Ich hatte nie geahnt, dass er so empfinden könnte – nicht ein einziges Mal in all unseren gemeinsamen Jahren.

Ich will ihm sagen, dass ich ihn auch liebe. Natürlich tue ich das. Er gehört zu meinem Leben, solange ich mich zurückerinnern kann, und seit ich mit ihm geschlafen habe, steckt er so tief unter meiner Haut, dass ich ihn nie wieder loswerden kann. Und ich will ihn auch gar nicht loswerden. Während ich meine Schenkel um ihn schlinge, kann ich nur das eine denken: Ich will ihn endlich wieder in mir spüren.

Ich wühle die Finger in sein Haar und ziehe ihn zu einem hitzigen Kuss an mich. Ich schmecke noch das Bier und den Whiskey auf seiner Zunge, und seine Bartstoppeln zerkratzen mir die Haut. Doch nichts davon spielt für mich eine Rolle. Alles, was ich will, ist mehr von ihm, mehr von diesem Höhenflug, in den er mich jedes Mal versetzt, körperlich wie seelisch. Noch nie bin ich so hoch geflogen wie mit ihm, und so langsam werde ich süchtig danach, wie ich mich in seinen Armen fühle.

Er presst mich hart an die Wand, so hart, dass ich morgen blaue Flecken haben werde. Es ist mir egal. Ich will mehr. Ich will alles. Er stößt sich in mich, bis das Wasser kalt wird, und schockt mich, indem er es mit einer knappen Bewegung abstellt, bevor er mich fest an sich drückt und in sein Schlafzimmer trägt. Hätte man mich vor einer halben Stunde gefragt, ob er dazu fähig wäre – ich hätte die Wette verloren.

Nass, wie wir sind, fallen wir auf sein Bett, und er macht genau da weiter, wo er unter der Dusche aufgehört hat. Wieder und wieder dringt er in mich ein, so hart und schnell, dass ich kaum Luft holen kann, bevor er wieder tief in mir ist. Das hier ist Wahnsinn, und ich will, dass es niemals aufhört. Der Gedanke, dass es für den Rest unseres Lebens jede Nacht so sein könnte, ist das Aufregendste, was ich mir vorstellen kann – für mich und für ihn.

»Ich will dich hier«, grollt er mir ins Ohr, und sein Fingerdruck auf meinen Anus lässt keinen Zweifel daran, was er meint. Auch wenn ich mir nicht vorstellen kann, wie das gehen soll, fehlen mir die Worte dafür, es ihm zu verwehren. »Sag ja. Sag mir, ich darf.«

»Ja, Blake. Ich will dich. Ich will dich auf jede Art, auf die ich dich nur kriegen kann.«

Unvermittelt zieht er sich aus mir zurück und stößt die Lampe vom Nachttisch in seiner Hast, die Schublade zu öffnen, in der er das Gleitgel aufbewahrt. Auf wundersame Weise geht nichts zu Bruch, und die Birne glüht weiter von ihrem neuen Platz auf dem Fußboden aus. Es ist gerade hell genug, dass ich sehen kann, wie seine Hände zittern, als er sich einreibt.

Vielleicht ist das keine so gute Idee. Ich beginne von ihm wegzurobben, doch er packt mich beim Knöchel und zieht mich zurück. »Bleib da, Honey. Bitte verlass mich nicht. Ich brauche dich.«

Zu hören, wie dieser Mann, der als emotionslose Maschine bekannt ist, mir sagt, dass er mich braucht, erfüllt mich mit Demut, um es gelinde auszudrücken. Mein Herz, meine Seele und mein Körper gehören ihm. Er kann mit mir machen, was ihm beliebt.

»Ich liebe dich, Honey. Ich würde dir niemals wehtun.«

Ich streiche ihm das Haar aus der Stirn. »Ich weiß. Ich liebe dich auch.«

Das Lächeln, das sich auf seinem Gesicht ausbreitet, fährt mir direkt ins Herz. Wir wagen es – wir ziehen es tatsächlich durch. Blake Dempsey und Honey Carmichael sind zusammen. Wir geben der Sache eine Chance, und ich könnte nicht glücklicher sein. Um genau zu sein, glaube ich, ich bin noch nie über irgendetwas so glücklich gewesen wie darüber, mit ihm zusammen zu sein und zu wissen, dass ich ihn diesmal behalten darf.

Mein innerer Freudentanz gerät ins Stocken angesichts des unfassbaren Drucks, mit dem er sich in einen Teil meines Körpers drängt, in dem vor ihm noch keiner war – und ich begreife schnell, warum dem so ist: Es tut scheißweh. Ich kann das nicht. Nie und nimmer.

Gerade als ich ihm sagen will, er soll aufhören, drückt er den Daumen auf meinen Kitzler und teilt meine Aufmerksamkeit gekonnt zwischen vorn und hinten, und plötzlich bin ich auf dem Weg in einen Orgasmus von potenziell epischen Ausmaßen. Ich weiß nicht, wie er es anstellt mit so viel Alkohol im Blut, aber langsam und stetig dringt er weiter in meinen Po ein, und irgendwann hört es auf, so wehzutun. Dass es sich gut anfühlt, würde ich nicht behaupten – bei Weitem nicht –, doch es ist auch nicht mehr wirklich schmerzhaft.

Ein hitziges Gefühl geht in Wellen von meinem Zentrum aus und schaukelt sich immer weiter auf, bis ich an nichts anderes mehr denken kann.

»Yeah, Süße«, raunt er mit dunkler, gutturaler Stimme, die mich noch heißer macht, als ich es ohnehin schon bin – wenn das überhaupt möglich ist. »Genau so. Lass mich rein in diesen engen, heißen Arsch. Der heißeste Arsch der Stadt. Jeder Kerl in Marfa wünscht sich gerade, er wäre ich.«

Drängend und wiegend und stoßend und schiebend arbeitet er sich weiter vor, bis dieser gigantische Schwanz bis zur Wurzel in mir steckt, und dann drückt er wieder auf meinen Kitzler, und ich explodiere. Ich komme so heftig, dass ich mir auf die Zunge beiße und Blut schmecke. Es reißt mich aus meinem Körper, aus diesem Zimmer, aus diesem Universum an einen Ort, an dem ich nie zuvor gewesen bin. Nie war ich auch nur an einem ansatzweise ähnlichen Ort wie dem, an den er mich versetzt, und als ich wieder zu mir komme, stelle ich fest, dass er mich in den Arsch fickt, schnell und hart, und ich ihm das Becken entgegendränge und jeden Stoß empfange.

Ich habe es tatsächlich geschafft – beziehungsweise schaffe es noch. Ich habe ihn dort, und nichts hat sich je so fantastisch angefühlt. Irgendwo ganz weit im Hinterkopf nagt der Gedanke, dass ich morgen und vermutlich auch noch übermorgen nicht werde sitzen können, aber wen interessiert das schon, als mich ein weiterer überwältigender Orgasmus erschüttert – genau wie ihn, wenn ich nach seinem scharfen Ausruf gehe. Er ist so tief in mir, dass ich ihn in meinem Bauch spüre. Ich fühle die Konturen seines Schafts und die Hitze seines Spermas.

»Fuck«, brüllt er, als er in einer weiteren Woge der Lust über mir erbebt.

Das ist ohne jeden Zweifel das Intensivste, was ich je erlebt habe, und in diesem Moment fühle ich mich ihm näher als je einem anderen Menschen zuvor, selbst Gran. Ich schluchze unter der schmerzlichen Lust, die mich in ihrem Griff hält. Und als es vorüber ist, sackt er auf mir zusammen, sein Schwanz zuckt und pulsiert in meinem Po, und sein Schweiß mischt sich mit meinem.

Sein Atem geht schwer, meiner genauso. Das Gewicht seines Körpers drückt mich in die Matratze, doch das ist mir egal. Er liebt mich. Er will mich, schon solange wir uns kennen. Jetzt sind wir zusammen. Alles geht den Weg, den das Universum vorbestimmt hat, und keiner von uns wird je wieder allein sein.

Auf ein dumpfes Brummen folgt sein erster Versuch, sich aus mir zurückzuziehen. Ich schreie auf vor Qual. Wer kann denn ahnen, dass das Rausziehen genauso wehtut wie das Reinschieben? Mir laufen Tränen übers Gesicht, während sein Penis an meinem malträtierten Fleisch zerrt. Es tut so verdammt scheißweh. Endlich ist er zur Gänze raus, und ich kann wieder atmen, auch wenn die Tränen unaufhörlich fließen.

Er landet bäuchlings auf dem Kissen neben mir und schläft auf der Stelle ein.

Tränenblind starre ich an die von der herabgestoßenen Lampe seltsam beleuchtete Decke. Mein Körper steht in Flammen, und mein Herz versucht zu begreifen, was gerade geschehen ist. Als der Schwindel schließlich nachlässt, setze ich mich auf und bereue augenblicklich, mich auch nur bewegt zu haben. O mein Gott … Was habe ich getan?

Ich humple zur Dusche und bete, dass der Boiler sich in den letzten zwanzig Minuten wieder aufgeheizt hat. Mit einem Dankgebet an die Götter des heißen Wassers trete ich in die Duschkabine und drehe den Rücken in den warmen Regen. Als ich nach unten sehe und das Wasser sich rosa färbt, geht mir auf, dass ich blute. Nicht schlimm, aber doch ein bisschen. Angesichts dessen, was gerade geschehen ist, war das wohl auch zu erwarten.

Es war nicht so schlimm, wie ich befürchtet hatte. Die Schmerzen am Anfang waren ganz schön fies, dann wurde es allerdings immer besser, und er hat sich bemüht, vorsichtig zu sein. Ich würde es wieder tun, beschließe ich – nicht sofort, aber wir haben alle Zeit der Welt, neue Dinge auszuprobieren, und mit ihm will ich *alles* probieren.

Ich schäume mich ein und zucke zusammen, als das Duschgel auf der wunden Haut brennt. Lange hält das heiße Wasser nicht, und ich steige aus der Dusche, um mich abzutrocknen. Zurück im Schlafzimmer stelle ich die Lampe wieder auf den Nachttisch und schraube den Deckel auf die Tube mit dem Gleitgel, bevor ich es zurück in die Schublade lege. Darin befindet sich auch eine Schachtel extragroße

Kondome. Ich frage mich, warum er diese Sachen hier hat, obwohl er nie Frauen mit nach Hause nimmt. Danach werde ich ihn morgen früh fragen.

Für den Moment bin ich es zufrieden, zu ihm ins Bett zu krabbeln, mich an seinen warmen Körper zu kuscheln und seinen herrlichen Geruch einzuatmen. Auch wenn ein leichter Hauch von Whiskey mir in Erinnerung ruft, wie er den Abend verbracht hat.

Doch das ist okay. Er arbeitet hart, und jeder hat das Recht, ab und an mal ein bisschen Dampf abzulassen. Warum sollte es mich stören, wenn Blake das hin und wieder tut, solange dabei niemand zu Schaden kommt? Eben. Nichts wird mir je etwas ausmachen, solange er mich liebt und ich ihn liebe. Gemeinsam können wir alles überstehen.

Diesen Gedanken nehme ich mit in den Schlaf, eine Hand flach auf seinem Rücken, ein Lächeln im Gesicht und zum ersten Mal, seit ich Gran verloren habe, Frieden im Herzen.

KAPITEL 10

Blake

Ein unbarmherziger Schmerz in meinem Gehirn weckt mich aus einem tiefen Schlaf. Irgendwer hat mir einen Eispickel durch die Schläfe gejagt, während ich weg war. Das ist die einzig mögliche Erklärung für diese grausame Qual. Ich versuche, den Kopf zu heben, und entdecke, dass das das Allerletzte ist, was ich tun sollte – dicht gefolgt davon, die Augen zu öffnen und das grelle Tageslicht einzulassen.

Moment mal. Was zum Geier? Erneut zwinge ich meine Lider auseinander und entdecke ein Gewühl honigblonder Haare auf dem Kissen neben meinem. Diese Haare kenne ich. Warum ist sie hier? Mein Blick gleitet über ihren nackten Rücken und die zwei winzigen Grübchen über ihrem Steiß. Ihr Hintern ist unter der Decke verborgen, doch der Rest von ihr ist eine Wohltat für meine verdammt müden Augen.

Aber was hat sie hier zu suchen? Das mit uns ist vorbei. Als wir uns vorletztes Wochenende auf ihrer Veranda verabschiedet haben, waren wir uns einig, dass es so besser ist. Auch wenn ich diese Entscheidung seitdem in jeder verdammten Minute bereut habe. Warum liegt sie also in meinem Bett, und wie ist sie da gelandet?

Unter Qualen wälze ich mich auf den Rücken und starre an die Decke, während ich angestrengt versuche, mich an gestern Abend zu erinnern. Ich bin nach Feierabend in die Bar gegangen und habe ein, zwei Bier getrunken. Was danach kam, weiß ich nicht mehr. Über diese ersten zwei Bier hinaus kann ich mich an nichts erinnern. Himmel, wann habe ich mich das letzte Mal so betrunken, dass ich einen Blackout hatte?

Nicht seit den ersten Monaten nach Jordans Tod, als ich das so oft getan habe, dass meine Familie schon damit gedroht hat, mich in den Entzug zu schleifen. Immerhin hat die Zeit geholfen, mein Bedürfnis abzuschwächen, die Erinnerungen mit Alkohol auszulöschen. Ein radikaler Fokus auf meine Arbeit war ebenfalls nicht schlecht. Und so habe ich den Alkohol durch meine gnadenlose Konzentration darauf ersetzt, so viel wie nur irgend möglich zu tun zu haben. Das hat für mich funktioniert, bis ich ein Wochenende mit Honey verbracht und eine Kostprobe davon bekommen habe, was mir dadurch entgangen ist.

Und jetzt besaufe ich mich wieder bis zum Filmriss. *Fuck.* Dieses schwarze Loch der Verzweiflung nach Jordans Tod ist der letzte Ort, an dem ich noch mal landen will. So tief will ich nie wieder sinken, und genau deshalb habe ich einen weiten Bogen um emotionale Verstrickungen mit Frauen gemacht. Genau deshalb habe ich Honey mit einem Kuss auf die Stirn stehen lassen und das zwischen uns beendet, bevor es kompliziert werden konnte.

Also warum ist sie hier? Was zum Teufel ist letzte Nacht passiert? Und warum, verdammte Scheiße, kann ich mich an nichts erinnern?

Ich komme mir vor wie ein Kind im Süßigkeitenladen, als ich die Hand ausstrecke und ihr weiches, seidiges Haar anfasse. Langsam lasse ich es durch meine Finger gleiten. Auch wenn ich mir einbläue, dass eine einzige Berührung reichen muss, brauche ich schon im nächsten Moment mehr davon und atme den süßen, frischen Duft ihrer Haare ein.

Sie seufzt im Schlaf und verpasst mir einen Schock, als sie sich umdreht und an mich kuschelt. Ihre weichen Brüste drücken sich an meine Seite, ihr Bein schlingt sich um meins, und ihre Hand liegt auf meinem Bauch, nur wenige Zentimeter von der Spitze meines plötzlich steinharten Schaftes entfernt. Ihr Atem streicht über meine empfindsame Haut, und ich wage kaum zu atmen, so sehr will ich sie. Ich kann es förmlich schmecken.

Das hier darf nicht sein. Ich dachte, das wüsste sie. Warum also liegt sie nackt in meinem Bett, und warum verspüre ich dieses nagende Grauen beim Gedanken an das, was letzte Nacht passiert sein könnte? So viele Fragen und keine Antworten.

Ihr Bein gleitet an meinem empor, und ihre Hand wandert südwärts und legt sich um mich.

Ich schnappe nach Luft, als sie mich in einem langsamen, trägen Rhythmus zu massieren beginnt. Auf einmal erfüllt mich eine beinahe schmerzliche Sehnsucht danach, jeden einzelnen Tag genau so zu beginnen – Honey in meinen Armen, ihre Hand um meinen Schwanz, ihre Pussy heiß und feucht an meinem Oberschenkel. Das wäre mein persönliches Paradies.

Bei dem Wort »Paradies« erstarre ich. Da ist Jordan jetzt. Und zwar meinetwegen. Ihr war nie wirklich ein Leben vergönnt, warum also sollte ich mir die unfassbare Lust und Freude erlauben, die ich mit Honey finden könnte? Warum sollte es mir erlaubt sein, mich von einer schönen Frau wie Honey lieben zu lassen, wenn Jordan tot ist und nichts davon je selbst erleben wird? Und was, wenn ich diesen Wahnsinnsschritt mit Honey wagen sollte und ihr dann auch etwas zustößt? Schon beim ersten Mal habe ich das kaum überstanden. Nie und nimmer schaffe ich das ein zweites Mal.

Ich schiebe diese quälende Sehnsucht beiseite und nehme sanft ihre Hand von mir, auch wenn das verdammt noch mal das Letzte ist, was ich will. Ich ziehe mich aus ihrer Umarmung zurück, löse mich von ihrer weichen Haut und ihrem herrlichen Duft, setze mich auf und halte einen Moment inne, damit mein hämmernder Schädel aufholen kann.

»Alles in Ordnung?«, fragt sie mit sexy verschlafener Stimme.

»Ja, alles okay.«

»Soll ich dir Kopfschmerztabletten holen?«

»Nein.« Das Wort kommt barscher heraus als beabsichtigt, und ihre Körperwärme fehlt mir, als sie von mir abrückt. Ich bin ein verdammtes Arschloch, und ich hasse mich für die unbekannte Verkettung von Umständen, die Honey gestern Nacht in mein Bett geführt hat. Ich hoffe nur, ich habe nichts gesagt oder getan, was sich nicht mehr rückgängig machen lässt.

»Was tust du hier, Honey?«

Nach einer langen, *langen* Pause antwortet sie: »Jimmy hat mich angerufen, damit ich dich abhole.«

»Oh. Okay. Danke.« Das erklärt mit keiner Silbe, warum sie nackt in meinem Bett liegt und meinen Schwanz anfasst, als hätte sie jedes Recht dazu.

Ohne sie anzusehen, stehe ich auf und gehe ins Bad, um mich mit einer kalten Dusche aufzuwecken und meine pochende Erektion loszuwerden. Beim Anblick unserer auf dem Fußboden verstreuten Kleider bleibe ich stehen. *Fuck, fuck, fuck!* Während in mir mit jeder Sekunde das verzweifelte Bedürfnis wächst, meine Erinnerungslücken zu beseitigen, bücke ich mich und hebe ihre Unterwäsche und das Kleid auf. Für einen kurzen Moment halte ich die Sachen an meine Brust gedrückt, bevor ich sie an den Haken an der Tür hänge.

Mir ist schlecht, und nicht wegen des Biers, das immer noch in meinem Bauch herumschwappt. Während das Wasser warm wird, leere ich meine Blase und bemühe mich angestrengt, mir die vergangene Nacht zusammenzustückeln. Aber wie eben schon endet meine Erinnerung bei Jimmy, der Bar, dem Bier, dem … *Scheiße.* Whiskey. Darum kann ich mich an nichts mehr erinnern.

Ich trete mit dem Rücken zuerst unter die Dusche und frage mich, ob auch nur die geringste Hoffnung besteht, dass wir keinen Sex hatten. Dann fällt mein Blick auf meinen Schwanz, und ich bemerke, dass er rötlich verschmiert ist. Ist das … *O mein Gott …* Mein Herz beginnt unregelmäßig zu pochen, und meine Hände wollen mir nicht gehorchen, als ich mich hastig wasche und auch das getrocknete Blut von meinem Penis spüle. Ich habe sie *blutig gefickt?*

Ich glaube, ich muss mich übergeben.

Es erfordert all meine Selbstbeherrschung, die Übelkeit zu unterdrücken, die mir in der Kehle brennt. Ich schlinge mir ein Handtuch um die Hüften und greife nach dem Türknauf, als mir auffällt, dass ihre Kleider weg sind. Panik wallt in mir auf, und ich renne durchs Haus und zur Vordertür hinaus, ohne einen Gedanken an meine dürftige Bekleidung oder irgendetwas sonst zu verschwenden, das sich nicht darum dreht, sie aufzuhalten, bis wir Gelegenheit zum Reden hatten.

Sie fährt gerade vom Hof, als ich aus dem Haus stürze. Ich jage hinter ihr her die Straße hinunter, aber entweder sieht sie mich nicht, oder sie ignoriert mich. Ich vermute Letzteres. Und ich fürchte, ich habe etwas wirklich Schlimmes getan, dass sie so überhastet und ohne ein Wort die Flucht ergreift.

Honey

Er weiß es nicht mehr. Er weiß es nicht mehr. O mein Gott, er weiß es nicht mehr.

Unaufhörlich kreist der Gedanke in meinem Kopf, bis ich Angst habe, verrückt zu werden, wenn ich noch eine Sekunde länger darüber nachdenken muss.

Mir laufen Tränen über die Wangen und machen mir das Fahren schwer. Zum Glück habe ich es nicht weit. Bloß dass ich neben der tränenvernebelten Sicht auch noch kaum sitzen kann vor Schmerzen. Ich schluchze laut auf. Wie kann er vergessen haben, wie er mir seine Liebe erklärt und gesagt hat, dass er mich braucht und ich ihn nicht verlassen soll?

Wie kann er die überwältigende Intimität dessen vergessen haben, was wir in seinem Bett getan haben?

Ich glaube, die Scham bringt mich noch mehr um als mein zerrissenes Herz. Gerade als ich dachte, noch törichter könnte ich in Bezug auf Blake nicht werden, passiert das hier und führt mir vor Augen, dass mir bis dato nur ein Bruchteil meiner eigenen Dämlichkeit bewusst war.

Während ich immer wieder die nicht enden wollenden Tränen wegwische, bin ich mir nicht sicher, ob ich mehr verletzt oder wütend bin. Verletzt. Definitiv verletzt. Der Schmerz in meiner Brust erinnert mich eindeutig zu sehr an das Gefühl, das ich hatte, als Gran gestorben war und ich am nächsten Morgen mit der Erkenntnis erwacht bin, dass ich jetzt ganz allein auf der Welt bin. Genau so war es heute, als mir klar geworden ist, dass er keinerlei Erinnerung daran hat, was letzte Nacht zwischen uns passiert ist.

Jetzt fühlt es sich an, als hätte mir jemand einen Speer durch die Brust gerammt, der es mir unmöglich macht, zu atmen oder zu denken oder irgendetwas anderes zu empfinden als diesen grausamen Schmerz. Als ich zu Hause ankomme und selbst das Aussteigen wehtut, beschließe ich, etwas zu unternehmen, das ich sonst unter keinen Umständen auch nur in Erwägung ziehen würde. Ich sage sämtliche Termine für den heutigen Tag ab, um zu Hause zu bleiben und meine Wunden zu lecken. Ein weiterer Grund, wütend auf Blake zu sein: Jetzt versaut er mir neben meinem Leben auch noch das Geschäft. Ich erledige die nötigen Anrufe, entschuldige mich bei meinen Kunden und verlege die Shootings auf andere Termine in dieser ohnehin schon ausgebuchten Woche. Das wird mir ein paar lange Tage bescheren, aber wenigstens heute habe ich dadurch frei.

Ich lasse mir ein heißes Bad ein und hole Laurens Epsom-Salz hervor. Gran hat darauf geschworen, bei jedem Wehwehchen. Leider befürchte ich, auf Herzschmerz erstreckt sich der Zauber nicht. Als ich mich in das dampfende Wasser sinken lasse, setzt sich jeder einzelne Muskel zur Wehr – zumindest fühlt es sich so an.

Als der Schmerz in meinen gesamten Körper ausstrahlt, entweicht mir ein Wimmern, dann weine ich wieder los, als hätte ich mich nicht eben schon völlig dehydriert.

Plötzlich hämmert jemand gegen meine Haustür und brüllt meinen Namen.

Ich bin wie erstarrt in meiner Unentschlossenheit. Er ist mir nachgefahren. Das muss doch etwas bedeuten.

»Nein, Honey. Das bedeutet nichts weiter, als dass er sich mies fühlt, weil er sich nicht an letzte Nacht erinnern kann. Mehr steckt da nicht dahinter.«

Und so zwinge ich mich, zu bleiben, wo ich bin, nicht aus der Wanne zu steigen, nicht zur Tür zu gehen. Auch wenn ich mir langsam Sorgen mache, dass meine sensationshungrigen Nachbarn gleich die Polizei rufen. Sollen sie doch. Das ist sein Problem, nicht meins.

Mindestens zehn Minuten lang drischt er auf die Tür ein und schreit währenddessen ununterbrochen nach mir.

Ich schließe die Augen, halte mir die Ohren zu und tue so, als könnte ich ihn nicht hören. Irgendwann wird er schon verschwinden – oder sie nehmen ihn fest. Mittlerweile weiß ich gar nicht so genau, was von beidem mir lieber wäre.

Endlich nimmt das Getöse ein Ende, und die darauffolgende Stille ist beinahe so ohrenbetäubend wie der Lärm zuvor.

Ich bleibe in der Wanne, bis das Wasser kalt wird und ich mich hinaushieve, um mich in meinen kuschligsten Bademantel zu hüllen. Dann gehe ich zur Vorderseite des Hauses und spähe aus dem Fenster, um mich zu vergewissern, dass Blake auch wirklich weg ist. Draußen ist keine Spur von ihm oder seinem Pick-up zu sehen, und ich bin aufs Neue am Boden zerstört.

»Was hast du denn erwartet? Dass er auf deiner Türschwelle hockt und auf dich wartet? So was gibt es nur in schlechten Filmen«, schelte ich mich. Ich koche mir einen Tee und nehme den Becher mit ins Bett, wo ich mich für den Rest des Tages vor der Welt zu verstecken gedenke.

* * *

Ein paar Stunden später schlafe ich fest, als mein Handy klingelt und ich hochschrecke. Ich ignoriere das Geräusch und drehe mich auf die Seite, um wieder einzuschlafen. Es klingelt erneut.

Ich bin mir so gut wie sicher, dass das Blake ist, aber vorsichtshalber werfe ich doch einen Blick aufs Display und erkenne Laurens Namen, darunter eine Nachricht von ihr mit dem Inhalt »Notfall!«. Ich nehme den Anruf an.

»Lo? Was ist denn los?«

»Gott sei Dank hab ich dich erwischt, Honey! Wo steckst du? Auf der Highland hat es einen Wasserrohrbruch gegeben, und die ganze Straße wird gerade überflutet. Du musst ins Studio und retten, was du kannst. Honey? Hörst du?«

»Ja, ich höre.« Ich springe aus dem Bett, ohne mich um meinen wunden Körper zu scheren, und ziehe mir Shorts, einen BH und ein T-Shirt über. Hastig steige ich in ein Paar Sandalen, schnappe mir meinen Schlüsselbund und stürze zur Tür hinaus. »Bin unterwegs.«

»Beeil dich, Honey.«

Während ich die kurze Strecke in die Innenstadt zurücklege, überlege ich angestrengt, was durch die Überflutung bedroht sein könnte. Hauptsächlich die Hunderte gerahmter Abzüge, die im Studio zum Verkauf stehen. Die Bilder sind alle in der Cloud gesichert, trotzdem, wenn diese Abzüge was abbekommen, könnte ich Tausende Dollar an Materialkosten verlieren.

Mein wertvollstes Equipment ist in einem feuerfesten Safe verstaut, von dem ich hoffe, dass er auch wasserdicht ist. Warum weiß ich das nicht? So was sollte ich doch wissen. Ich biege auf die Highland und sehe schon das Wasser in meine Richtung strömen. Am anderen Ende der Straße stehen Feuerwehrwagen, zwischen ihnen schießt eine Wasserfontäne in die Höhe. Auf den Bürgersteigen sind Ladeninhaber und Geschäftsleute versammelt und behalten die steigenden Fluten im Auge.

Einen Moment lang bin ich unentschlossen, ob ich das Auto abstellen und mich zu Fuß zum Studio durchkämpfen soll oder ob es im Wagen sicherer ist. Einer der Cops, ein junger Mann, mit dem ich aufgewachsen bin, winkt mir, weiterzufahren. Johnny würde mich doch nicht durchwinken, wenn es gefährlich wäre, oder? Ich hoffe es.

Ich trete aufs Gas und schlittere unter reichlich Aquaplaning die Highland Avenue hinunter. Auf dem Parkplatz neben dem Studio lasse ich den Wagen stehen und renne zur Hintertür, wo das Wasser bereits knöcheltief ist. Als ich die Tür öffne, fließt es in mein blitzsauberes Studio, und alles, woran ich denken kann, ist das Wochenende, das Lauren, Julie, Matt und ich damit verbracht haben, den Holzboden abzuschleifen und neu zu versiegeln. Ich bin ja kein Experte, aber selbst ich weiß, dass Holz und Wasser keine gute Kombination sind.

Entschlossen, zu retten, was ich kann, mache ich mich an die Arbeit. Stapelweise trage ich aufgezogene Bilder vom Verkaufsraum zu einem Tisch im Hinterzimmer, der sich einen Meter zwanzig über die Fluten erhebt. Wenn das Wasser so hoch steigt, haben wir andere Probleme als ein paar Fotos.

Spritzend haste ich durch das Wasser, das immer noch zum Haupteingang und zur Hintertür hereinströmt, und schleppe wieder und wieder mehrere Armvoll Bilder nach hinten. Mittlerweile reicht mir die Überschwemmung auch hier drinnen bis über die Knöchel und steigt mit jeder Sekunde weiter. Warum kriegen sie das nicht abgestellt oder unternehmen sonst irgendwas, um die Sintflut aufzuhalten?

Ich schnappe mir die Kisten mit den Requisiten für meine Wüstenbaby-Shootings und drohe in Panik auszubrechen angesichts der Möglichkeit, alles zu verlieren, wofür ich so hart gearbeitet habe – da taucht Blake wie eine Erscheinung an meiner Hintertür auf.

Mit kräftiger, gebieterischer Stimme dirigiert er seine Männer, die Sandsäcke an meiner Hintertür aufzustapeln beginnen. »Ihr geht nach vorne«, weist er ein paar weitere an. »Beeilt euch.«

Sprachlos kann ich ihn nur anstarren und zusehen, wie die Muskeln an seinen Armen spielen, als er rasch eine Sandbarriere aufbaut, um das Wasser von meinem Studio fernzuhalten. Während er arbeitet, schaut er ab und an zu mir, und sein eindringlicher stahlblauer Blick durchbohrt mich förmlich mit der wortlosen Ankündigung, dass wir noch etwas zu klären haben.

»Ich komme wieder«, verkündet er, als sie einen Wall aus Sandsäcken errichtet haben, der das strömende Wasser zu einem Rinnsal abmildert. »Sei hier.«

Er ist weg, bevor ich zu einer Antwort ansetzen kann. Und was genau sollte ich dazu auch sagen? Resigniert bereite ich mich auf ein letztes Gespräch über das zwischen uns Geschehene vor, bevor wir zu unserem Leben als Sandkastenfreunde zurückkehren.

Ich kann das, rede ich mir ein, während ich nicht an die Begegnung in seinem Bett letzte Nacht zurückzudenken versuche, die meine Welt verändert und mich mit einer Erleichterung und Begeisterung und Freude erfüllt hat, wie ich sie nie zuvor verspürt hatte. Aber das war alles nur Illusion. Mittlerweile habe ich das verstanden, jetzt, wo ich etwas Zeit hatte, um zu akzeptieren, dass er sich an nichts von letzter Nacht erinnert, während ich weiß, dass ich keine Sekunde davon je vergessen werde.

Für einen kurzen, strahlenden Moment hatte ich alles, was ich mir je gewünscht habe. War meiner Zukunft mit einem starken, wenn auch komplizierten Mann, der mich liebt, so nah, dass ich es beinahe schmecken konnte. Dann wurde mir das alles erbarmungslos vor der Nase weggeschnappt, und egal, was er mir zu sagen haben mag, ich darf nicht vergessen, wie grausam das wehgetan hat.

Ich beschäftige mich damit, die Fotos zu sortieren, die jetzt in ungeordneten Stapeln auf meinem Arbeitstisch liegen. Mein Blick fällt auf eine meiner Lieblingsaufnahmen von dem berühmten Hotel Paisano, wo James Dean, Rock Hudson und Elizabeth Taylor 1955 während des Drehs von »Giganten« gewohnt haben.

In meine Arbeit ist mein gesamtes Herzblut geflossen, weil ich nach Grans Tod nichts mehr hatte, worauf ich meine Liebe sonst richten konnte. Meine Zuneigung zu Marfa, der Stadt, die für ein ausgesetztes kleines Mädchen zusammengestanden hat, leuchtet aus jedem Bild, das ich je von unserem berühmten Gerichtsgebäude, den Marfa-Lichtern, dem Chinati oder den diversen Kunst-Installationen aufgenommen habe, die unsere Stadt so einzigartig machen.

Ich liebe diesen Ort und würde nirgendwo sonst leben oder arbeiten wollen. Doch jetzt muss ich damit rechnen, Blake an so alltäglichen Orten wie dem Supermarkt oder der Post über den Weg zu laufen und die Wunde wieder aufzureißen, wann immer ich mich diesen kühlen blauen Augen gegenübersehe. Ich bin mir wohl bewusst, dass ich mir diese Wunde selbst zu verdanken habe, angefangen mit den Worten »Ich will, dass du mich fickst«, aber dadurch wird sie nicht weniger schmerzhaft.

»Tut mir leid, Gran«, flüstere ich in die Stille des Studios hinein. »Ich hätte das nie zu ihm sagen sollen. Du hattest recht, es *ist* wichtig, eine Lady zu bleiben. Allerdings bereue ich nichts von dem, was mit ihm geschehen ist – nur dass es enden musste. Ich wünschte, wir hätten mehr Zeit miteinander gehabt. Ich wünschte, ich könnte ihn weiter so glücklich machen, wie er es war, als wir zusammen waren.

Und mehr als alles andere wünsche ich mir, er könnte sich daran erinnern, was letzte Nacht war.«

»Warum erzählst du's mir nicht?«, ertönt seine Stimme hinter mir.

Ich fahre herum, erschrocken, dass er so schnell wieder hier ist. Dass er gehört hat, was ich gesagt habe. Dass er wissen will, was passiert ist.

Er schließt und verriegelt die Hintertür meines Studios. »Wir gehen hier nicht weg, bis du mir gesagt hast, was da zwischen uns war.«

»Spielt keine Rolle.«

»Doch, das glaube ich schon. Ich glaube, es spielt eine große Rolle.«

»Du bist von Anfang an aufrichtig mit mir gewesen. Es ist nicht deine Schuld, dass ich das größer aufgebauscht habe, als es je hätte sein sollen.«

»Da bist du nicht die Einzige.«

»Nicht?«

Er schüttelt den Kopf. »Irgendwas ist gestern Nacht passiert. Das weiß ich, weil ich heute Morgen den Beweis dafür gesehen habe.«

Fragend schaue ich ihn an und überlege, was er damit meinen könnte.

»Beweisstück A war, dass ich nackt neben dir aufgewacht bin. Beweisstück B waren die Kleider, die ich im Bad auf dem Boden gefunden habe – deine und meine in einem einzigen wirren Haufen. Beweisstück C wäre dann das getrocknete Blut an meinem Schwanz, wegen dem mir schon den ganzen Tag der Kopf schwirrt, Honey. Du hast meinetwegen *geblutet*. Du musst mir sagen, was ich gemacht habe, ob ich dir wehgetan habe, ob …«

Ich ertrage die Qual in seiner Miene nicht, und so gehe ich zu ihm hinüber und lege ihm zwei Finger auf die Lippen. »Du hast mir mein letztes bisschen Jungfräulichkeit genommen, und ich fand es wundervoll. Größtenteils.«

Geschockt reißt er die Augen auf. »Nein …«

»Schon okay, Blake. Wirklich. Du erinnerst dich vielleicht nicht daran, aber es hat uns beiden gefallen.« Ich lasse die Hand von seinem Mund sinken. »Ich habe die Zeit mit dir sehr genossen, doch mir waren auch von vornherein deine Regeln bewusst, und die respektiere ich.«

»Scheiß auf meine Regeln.« Im nächsten Moment liegt sein Arm um meine Taille, und er reißt mich so stürmisch an sich, dass mir der Atem wegbleibt, als ich an seine Brust pralle. Mit der freien Hand hebt er mein Gesicht an und gibt mir den verzweifeltsten, leidenschaftlichsten Kuss meines Lebens. Ich kann mich nur an seinem T-Shirt festhalten und hoffen, dass er mich nicht loslässt, sonst wäre ich binnen Sekunden eine weitere Pfütze am Boden.

»Ich will dich, Honey«, sagt er mehrere hitzige Minuten später. »Ich will mehr als nur ein Wochenende mit dir.«

»Wie viel mehr?« Ich habe Mühe, mein törichtes Herz von seinen Freudensprüngen abzuhalten, solange wir nicht alle Informationen besitzen.

»Ich bin mir nicht sicher. Ich wünschte, ich könnte sagen, ich sei zu allem fähig, dabei weiß ich ehrlich nicht, ob ich das bin.«

»Doch, bist du, Blake.« Ich lege ihm die Hände an die Brust und blicke zu ihm hoch, in der Hoffnung, dass er sieht, wie viel Mut es mich kostet, mein Herz zu riskieren. »Du musst dir nur erlauben, glücklich zu sein. Schaffst du das?«

»Ich weiß es nicht. Ich habe keine Ahnung mehr, wie es sich überhaupt angefühlt hat, wirklich glücklich zu sein. Das ist so viele Jahre her … Und dann kommt da so eine schöne Frau in eine Bar marschiert und stellt meine wohlgeordnete Welt auf den Kopf.« Er steckt mir eine Haarsträhne hinters Ohr und streicht mit den Fingerspitzen über meine Wange. Bei der sachten Liebkosung erschauere ich.

»Hab ich das?«

»Aber so was von.« Er reibt das Gesicht an meinem Hals, und das Kratzen seiner Bartstoppeln an meiner empfindsamen Haut weckt sofort meine Lust. Teufel, alles, was er tut, weckt meine Lust. »Honey … Eins muss ich wirklich wissen.«

»Und zwar?«

»Geht's dir echt gut nach letzter Nacht? Ich kann immer nur an das Blut denken …«

Mit einem Kuss versiegle ich seine Lippen. »Mir geht's gut, versprochen.«

Er seufzt tief auf, und es klingt sehr nach Erleichterung. »Lass uns das Wasser hier rausschaffen, und dann will ich dich zu einem richtigen Date ausführen. Wäre das in Ordnung?«

»Ja«, antworte ich lächelnd. »Das wäre in Ordnung.«

KAPITEL 11

Es dauert Stunden, bis das Studio wieder einigermaßen sauber ist, selbst mit den leistungsstarken Pumpen und Vakuumsaugern, die Blake aus seiner Firma heranschafft. Nachdem wir alles in unserer Macht Stehende getan haben, um mein Studio trockenzulegen, ziehen wir weiter in Laurens Blumenladen. In Tränen aufgelöst versucht meine Freundin, den Schaden einzudämmen.

Ich schließe sie in die Arme, während Blake anfängt, das knöcheltiefe Wasser abzusaugen. Kurz darauf stößt auch sein Freund Garrett dazu, und zu viert arbeiten wir daran, das Chaos in den Griff zu bekommen.

Irgendwann bestellt Lauren Essen aus dem Teil der Stadt, der von der Überschwemmung verschont geblieben ist, und heißhungrig fallen wir darüber her, bevor wir weiterarbeiten. Draußen ertönt überall das Summen der Pumpen, während auch andere Geschäfte nach der Beinahe-Katastrophe klar Schiff machen.

Obwohl ich erschöpft bin und mir alle Knochen wehtun, schufte ich weiter, bis das Wasser aus Los Laden größtenteils beseitigt ist.

Wie schon bei mir lässt Blake auch ihr professionelle Bautrockner da, die die ganze Nacht über laufen werden.

»Ich wusste nicht mal, dass es so was gibt«, staunt Lauren, als er die Maschine aus seinem Wagen holt und in den Laden schleppt.

»Die habe ich vor ein paar Jahren mal günstig geschossen, nur für den Fall der Fälle«, erklärt Blake.

»Na, Gott sei Dank«, bemerke ich.

»Das kannst du laut sagen«, stimmt Lo zu. Ihre blonden Locken sind zu dem gewohnten unordentlichen Dutt hochgenommen, und in ihren braunen Augen schimmern Tränen. »Ich kann euch gar nicht genug danken, dass ihr mir so geholfen habt.« Sie schenkt Garrett ein schüchternes Lächeln. Sein dunkles Haar und sein T-Shirt sind schweißfeucht, aber bei dem Grinsen, das er ihr zuwirft, leuchten seine braunen Augen.

»Immer gern«, antwortet er.

Ich glaube, er ist ihr gegenüber gar nicht so immun, wie sie denkt, doch diesen Gedanken behalte ich fürs Erste für mich. Garretts potenzielles Interesse an Lo können wir auch dann noch in aller Ruhe auseinandernehmen, wenn wir erst einmal gründlich ausgeschlafen und unsere Emotionen wieder im Griff haben.

»Weiß man schon, was diesen Rohrbruch verursacht hat?«, erkundigt sich Garrett.

»Noch hab ich nichts gehört«, antwortet Blake, »das County hat allerdings schon angerufen, dass sie bei der Reparatur unsere Hilfe brauchen. Ich hab vorhin ein paar Leute rübergeschickt und warte noch auf eine Rückmeldung von Matt zum Stand der Dinge. Die gute Nachricht für euch Mädels: Das Wasser haben sie schon mal abgestellt bekommen. Für alle, die hier im Umkreis wohnen, ist das natürlich keine so gute Nachricht.«

»Da gehörst du wohl zu den Gewinnern bei der Geschichte«, sagt Garrett. »Solche Krisen sind im Baugewerbe gut fürs Geschäft.«

»So was wünsche ich niemandem, ganz egal, wie gut das für meine Firma ist.«

Seine Antwort gefällt mir. Sehr sogar. Er denkt an uns andere, die durch die Überschwemmung beinahe alles verloren hätten, obwohl das Ganze für ihn voraussichtlich profitabel ausgeht.

»Meint ihr, die Lage ist so weit unter Kontrolle, dass wir gehen können?« Lo schlingt sich schützend die Arme um den Oberkörper und inspiziert ihren verwüsteten Laden. Wie schon in meinem Studio haben wir alles so hoch wie möglich gestellt, und wenn die Räume erst einmal wieder trocken sind, wird es sie mindestens einen Tag kosten, alles zurückzuräumen.

»Ich kann noch ein bisschen bleiben, wenn du auf Nummer sicher gehen willst«, bietet Garrett an.

Ihre Stimmung hellt sich sichtlich auf. »Das würdest du tun? Wirklich?«

»Na klar. Ich hab heute Abend nichts weiter vor, kein Problem.«

Ich sehe Lauren an, dass sie mit den Tränen kämpft – mehr vor Erschöpfung als irgendetwas sonst. Es ist schon eine Menge nötig, um meine Süße zu erschüttern, aber beinahe die Grundlage dafür, seinen Lebensunterhalt zu verdienen, zu verlieren würde wohl jeden zum Weinen bringen.

»Ruf an, wenn du noch irgendwas brauchst«, schärft Blake ihr ein und gibt ihr einen Kuss auf die Stirn.

»Vielen, vielen Dank, Blake. Ich weiß nicht, was ich ohne deine Hilfe getan hätte – und ohne deinen Kram.«

»Mein Kram ist auch dein Kram.« Er versetzt ihr einen sanften Kinnstüber. »Na los, schlaf dich aus.«

»Ihr auch.«

Blake bugsiert mich vor sich zur Tür hinaus. »Lass dein Auto hier. Ich fahr dich morgen früh wieder her.«

Mit keiner Silbe hat er irgendetwas Sexuelles erwähnt, aber seine Andeutung, dass wir die Nacht miteinander verbringen werden, reicht aus, dass ich meine Müdigkeit vergesse. Muskelkater und emotionale Ausgelaugtheit weichen einem Kribbeln, als er mich anfasst, um mir in den Pick-up zu helfen.

Bevor er um den Wagen gehen kann, lege ich ihm die Hand in den Nacken und ziehe ihn an mich, um ihn zu küssen. »Danke. Dieses eine kleine Wort erscheint mir so unbedeutend in Anbetracht dessen, was du heute für mich – und Lauren – getan hast.«

»Es war mir eine Freude, Honigbiene.« Er küsst mich, sanft und liebevoll, als würde er ahnen, dass ich zu mehr gerade nicht imstande bin. »Du musst mich schon loslassen, wenn ich dich nach Hause fahren soll.«

»Oh«, erwidere ich mit einem Grinsen. »Tut mir leid.«

Ebenfalls lächelnd gibt er mir noch einen Kuss. »Mir nicht.«

Ich beobachte ihn, wie er um die Motorhaube herumgeht, und fühle mich glücklich, trotz des höllischen Tags, den wir hinter uns haben. Am Ende darf ich mit ihm zusammen heimfahren, und was könnte besser sein als das? Ist es albern von mir, ein winziges bisschen dankbar zu sein, dass diese Überschwemmung uns gezwungen hat, uns den Gefühlen zwischen uns zu stellen?

Vielleicht, aber ich bedaure diesen Durchbruch – oder wie auch immer man das nennen will – keine Sekunde. Er hat mir schrecklich gefehlt in dieser guten Woche, die wir uns nicht gesehen haben. Viel mehr als jeder andere Kerl, mit dem ich je etwas hatte. Diese Sehnsucht nach ihm habe ich mit mir herumgetragen wie einen unstillbaren Schmerz.

Blake steuert den Wagen von Laurens Parkplatz und fasst nach meiner Hand. Er schließt die Finger um meine, fest, besitzergreifend, sodass ich innerlich jubiliere. Blake Dempsey will mich besitzen. Etwas Schöneres kann ich mir nicht vorstellen.

Bei mir zu Hause bittet er mich, auf ihn zu warten, und läuft zur Beifahrerseite herum, um mir aus dem Wagen zu helfen. Normalerweise bin ich auf so etwas nicht angewiesen, doch heute bin ich so platt, dass ich es mit Freuden annehme. Außerdem ist das wieder eine Gelegenheit, seine Arme um mich zu spüren. So schamlos opportunistisch das auch sein mag – ich liebe es einfach, so nah bei ihm zu sein.

Auch als wir im Haus sind, kümmert er sich weiter rührend um mich. Er dirigiert mich geradewegs ins Badezimmer, wo er mir ein heißes Bad einlässt und mir aus meinen Kleidern hilft.

Ich strecke die Hand nach ihm aus. »Komm mit rein.«

»Liebend gern.« Unverwandt starrt er mich an, während er sich das T-Shirt über den Kopf zieht und diese bemerkenswerte Brust freilegt, die schon seit unserer ersten gemeinsamen Nacht meine Fantasie beflügelt. Dann lässt er die Shorts fallen und enthüllt, dass er den ganzen Tag keine Unterhose getragen hat. Ich lecke mir die Lippen und schaue auf, sehe das Feuer in seinem Blick.

»Rutsch ein bisschen nach vorn.«

Ich gehorche, sodass er in die Wanne steigen kann, dann lasse ich mich nach hinten gegen seine Brust sinken.

Als er die Arme um mich legt, seufze ich vor Glück. »Können wir das Date, das du mir versprochen hast, verschieben?«, frage ich.

»Definitiv. Nach diesem irren Tag bin ich durch.«

»Ich auch.«

»Honey … Es tut mir wirklich leid, was gestern Nacht passiert ist. Ich muss immer wieder daran denken, was du gesagt hast, was wir gemacht haben, und wie sehr ich mich schäme, dass das passiert ist, während ich betrunken war. Ich hätte dich niemals anrühren sollen, geschweige denn … *das*. Ich komme mir vor wie ein Monster.«

Ich hebe die Hand nach hinten, um sein Gesicht zu liebkosen. »Ich wusste doch, dass du betrunken bist. Ich wünschte, du könntest dich erinnern, aber der Fehler lag bei uns beiden.«

»Eigentlich besaufe ich mich nie so. Seit Jahren nicht. Das passiert nicht noch mal, versprochen.«

»Darf ich fragen, was diesmal der Auslöser war?«

»Darfst du, und wenn du es unbedingt wissen musst: *Du* warst der Auslöser.«

»*Ich?* Was habe ich denn damit zu tun, dass du dich komplett aus dem Leben geschossen hast?«

»Alles«, antwortet er und seufzt. »Seit diesem gemeinsamen Wochenende musste ich ununterbrochen an dich denken, und ich wollte mehr, wusste nur nicht, wie ich dich darum bitten sollte. Ich hatte dir gesagt, dass es nach diesen zwei Nächten vorbei sein würde, und ich wollte fair bleiben, also bin ich auf Distanz gegangen – aber das hat mich fast umgebracht. Ich hab mich gestern Abend nur so betrunken, weil ich irgendwie diese Sehnsucht betäuben wollte.«

Sein Geständnis macht mich traurig um seinetwillen und zugleich glücklich um unseretwillen. »Ich hab dich jeden Tag vermisst.«

»Wirklich?«

»Wirklich. Ich hab immer nur an dich und uns und diesen Nonstop-Wahnsinnssex gedacht, den wir hatten.«

»Der Sex war verdammt fantastisch, doch das war nur ein Teil des Ganzen.«

Ich recke den Kopf und schaue über die Schulter zu ihm auf. »Und der Rest?«

»Du, Honey. *Du* warst das Allerwichtigste daran. In deiner Gegenwart war ich immer so … ich weiß nicht … ruhig. Friedlich. Ich meine, nicht die ganze Zeit über.« Er wackelt mit den Augenbrauen, um deutlich zu machen, worauf er anspielt. »Aber größtenteils war ich ruhig. Ach, ich erkläre das total blöd.«

»Du erklärst gerade ziemlich treffend, wie es mir auch gegangen ist. Seit Grans Tod habe ich mich immer irgendwie verloren und allein gefühlt, und mit dir zusammen war ich für eine kurze Zeit nicht mehr ganz so allein.«

»Ja«, seufzt er erleichtert. »Genau das ist es.« Er schließt mich fester in die Arme und drückt mir einen Kuss aufs Haar. »Vorhin, als ich dachte, ich hätte mir jegliche Chance bei dir versaut – das hat höllisch wehgetan.«

»Es tut mir leid, dass du so gelitten hast und ich nicht an die Tür gekommen bin. Ich hab einfach Zeit gebraucht, das Ganze zu verarbeiten.«

»Du hast Zeit gebraucht, um zu verarbeiten, dass etwas so Großes zwischen uns geschehen war und ich mich nicht daran erinnern konnte.«

»So in der Art.«

»Was ist noch passiert, wovon du mir nichts erzählt hast?«

Ich kann es ihm nicht sagen. Ich kann ihm nicht verraten, dass wir das L-Wort in den Mund genommen haben – sonst ergreift er womöglich die Flucht und kommt nie mehr wieder.

Er birgt das Gesicht an meinem Hals und umfasst sanft meine Brüste, lässt die Daumen über die Spitzen gleiten. »Erzähl's mir, Honigwein. Ich will es wissen. Hilf mir über meine Gedächtnislücken hinweg. Erzähl mir alles.«

Ich bin mir nicht sicher, ob ich das kann oder auch nur sollte, aber ich beschließe, es wenigstens zu versuchen. »Jimmy hat mich angerufen, weil er sich daran erinnert hat, dass wir vorletzte Woche zusammen gegangen sind. Er meinte, du könntest ein Taxi gebrauchen, also bin ich hingefahren, um dich abzuholen.«

Blake lässt einen langen Atemzug entweichen. »Die Vorstellung, wie du da allein reinmarschieren musstest, während ich zu voll war, um auf dich aufpassen zu können, geht mir richtig gegen den Strich.«

»Niemand ist mir zu nahe getreten.«

»Da hattest du Glück – das hatten wir beide. Mir graut bei dem Gedanken, einer der Kerle, die da rumhängen, hätte dich angrapschen können.«

Da ist wieder dieser besitzergreifende Zug – diese Eigenschaft, die ich eigentlich nicht so lieben sollte, wie ich es tue. »Na ja, jedenfalls hab ich dich dazu überreden können, dich von mir nach Hause bringen zu lassen, und dann wolltest du mir das Versprechen abnehmen, dazubleiben.«

»Und hast du es versprochen?«

»Es schien dir wichtig zu sein, also ja.« Ich bedecke seine Hände auf meinen Brüsten mit meinen. Ich muss ihn einfach berühren. »Du bist im Auto eingeschlafen, und ich musste dir die Nase zuhalten, um dich wach zu kriegen.«

Er schnaubt amüsiert. »Was für ein mieser Trick.«

»Anders hab ich dich nicht wecken können. Anschließend hab ich dich ins Haus befördert, wo du darauf bestanden hast, dass wir duschen müssten, und mich mit in die Kabine gezerrt hast. Und irgendwie hast du dich dabei weit genug erholt, um Sex unter der Dusche zu haben, der dann in Schlafzimmersex überging, als du mich rübergetragen hast.«

»Ich wünschte, ich könnte mich daran erinnern.«

»Das wünschte ich auch, vor allem an den nächsten Teil, als du gesagt hast, dass du Analsex mit mir willst, und mich angefleht hast, dich zu lassen. Ich konnte unmöglich ablehnen, weil du …«

»Weil ich was?«, fragt er drängend und aufgewühlt.

»Du hast behauptet, du hättest mich immer schon geliebt, selbst als kleiner Junge.«

»Oh, Honey, *Gott* ... Ich bin so ein Arschloch.«

»Warum? Weil es nicht stimmt?«

»Nein, weil es *sehr wohl* stimmt und das der denkbar unpassendste Zeitpunkt war, es dir zu sagen.« Er drückt mich noch fester an sich, so sehr, dass ich kaum noch Luft bekomme. »Lass uns rausgehen.« Er lässt mich los und steigt aus der Wanne, um mir ebenfalls hochzuhelfen. Behutsam wickelt er mich in ein Badetuch ein und tupft jeden Zentimeter meines Körpers trocken, dann rubbelt er rasch auch sich selbst ab. Er nimmt meine Hand und führt mich zum Bett.

Blake stellt die Klimaanlage eine Stufe kühler, und wir kuscheln uns unter die Decke. »Du hast meinetwegen geblutet, Honey«, flüstert er. »Ich kann an nichts anderes denken.«

»Aber du hast mir nicht wehgetan. Nicht so, wie du denkst. Es ist alles okay mit mir, und nachdem der Schmerz nicht mehr so schlimm war, war es sogar ziemlich fantastisch.«

»Wirklich? Es hat dir gefallen?«

»Es hat mir gefallen. Auch wenn das nichts ist, was ich ständig machen wollen würde – zu besonderen Anlässen könnte ich mich allerdings vielleicht überreden lassen.«

Ich spüre seine Mundwinkel an meiner Stirn nach oben wandern. »Und was wäre so ein besonderer Anlass?«

»Unser Jahrestag, dein Geburtstag, wenn du mir Blumen mitbringst ...«

»Mehr müsste ich nicht tun, um den hier zu kriegen?« Er drückt meine Pobacke. »Dir Blumen mitbringen?«

»Es müssten schon richtig, *richtig* tolle Blumen sein. Lo hat da bestimmt was für dich.«

»Gut zu wissen.« Er liebkost weiter meinen Po, und durch meinen Körper läuft ein warmes Kribbeln. »Ich will es wieder tun, und zwar stocknüchtern, damit ich mich an jedes Detail erinnere.«

»Sprich mich in ein, zwei Wochen noch mal drauf an.«

»Hat's mir auch gefallen?«

»Du hast es geliebt. Du hast gesagt, mein Arsch sei der engste, heißeste Arsch der Stadt und jeder Kerl in Marfa würde sich gerade wünschen, er wäre du.«

Er stößt einen Laut aus, der nach einer Mischung aus Stöhnen und Knurren klingt. »Das ist *so was von* wahr, und ich könnte kotzen, weil das alles für mich ein einziger leerer Fleck ist. Diesen Fleck werde ich ausfüllen müssen, sonst macht mich die Grübelei über das Verpasste noch verrückt.«

Als ich seine Erektion an meinem Bauch spüre, geht mir auf, dass die Unterhaltung ihn erregt hat. »Soll ich es dir in allen Einzelheiten erzählen?«

»Mmm, ja, bitte.«

»Nachdem du mich angefleht hast und ich mich darauf eingelassen habe – wider besseres Wissen, möchte ich hinzufügen –, hast du dir das Gleitgel gegriffen und dabei die Nachttischlampe runtergeworfen. Ach ja – wenn du nie Frauen mit nach Hause bringst, wieso hast du dann Gleitgel und eine Schachtel Kondome im Nachttisch?«

»Da bewahre ich die Sachen eben auf. Aber ich schwöre dir, in diesem Bett hatte ich mit keiner anderen als dir Sex.«

»Ich glaube dir. Na ja, du hast jedenfalls deine Finger benutzt und mich mit dem Gleitgel eingeschmiert, dann dich selbst, und dann … war da dieser unfassbar intensive Druck.«

Er nimmt meine Hand und legt sie um seinen Schwanz, führt sie in einem langsamen, trägen Rhythmus auf und ab. Ein Lusttropfen tritt aus seiner Eichel, und er wird noch härter. »Was dann?«

»Du bist reingerutscht, und ich hab geschrien. Das hat höllisch wehgetan.«

»Ach Süße, es tut mir so leid.«

»Du hast mich davon abgelenkt, indem du meinen Kitzler verwöhnt hast.«

»Meinst du so?« Seine Finger gleiten durch meine Schamlippen und drücken auf das Nervenbündel am oberen Ende.

»Ja«, hauche ich, »genau so. Du hast mir einen derart heftigen Orgasmus bereitet, während du in mich eingedrungen bist. Und danach, als ich von diesem unglaublichen High wieder runter war, hast du mich gerade so hart genommen, dass du mir noch einen Höhepunkt entlockt hast, und dieses Mal hattest du auch einen.«

Er stöhnt und kommt in meiner Hand. »Gott, das war so was von heiß, Honey. Am liebsten würde ich das aufnehmen und mir die Geschichte wieder und wieder anhören.«

»Warum solltest du es aufnehmen, wenn du es genauso gut erleben kannst?«

»Willst du das wirklich?«

»Willst *du* es denn?«

»Ich hab zuerst gefragt.« Während unseres Schlagabtauschs liebkost er mich weiter, zieht abwechselnd kleine Kreise um meinen Kitzler und schiebt die Finger tief in mich hinein. Dank ihm stehe ich ununterbrochen am Rande des Höhepunkts.

»Ich fühle mich, als wären wir wieder auf diesem Spielplatz, und du würdest mich kneifen wie früher.«

Bei seinem leisen Lachen muss ich lächeln. Ich liebe es, ihn lachen zu hören. Zu wissen, dass ich ihn glücklich mache und ihm die schwere Bürde erleichtere, die er nun schon so lange mit sich herumschleppt. Im nächsten Moment dreht er mich auf den Rücken, küsst sich an meiner Vorderseite hinab, und ich halte den Atem an. Ich weiß, was er vorhat und wie herrlich sich das anfühlen wird.

Er legt sich meine Beine über die Schultern und lässt statt seiner Finger seine Zunge spielen. Mittlerweile hat er mir so eingeheizt, dass nicht mehr viel nötig ist, um mich in einen lang gezogenen, trägen Orgasmus zu treiben, der mich in Wellen durchströmt, statt Explosionen auszulösen. Und das ist kein Stück weniger befriedigend.

Bis zur letzten Woge bleibt Blake bei mir, dann verreibt er die Feuchtigkeit an seinen Fingern sachte auf meinem Anus.

Ich keuche auf, genauso sehr vor Genuss wie vor Schmerz.

»Tut mir leid, dass ich dir wehgetan hab«, flüstert er. »Das wird nie wieder passieren.«

»Ich weiß. Ist schon gut.«

»Ist es nicht.«

»Komm hoch zu mir.« Ich strecke die Arme nach ihm aus und ziehe ihn an mich, halte und küsse ihn. »Es ist nichts geschehen, was ich nicht selbst wollte, hörst du?«

»Ja«, bringt er mit rauer Stimme hervor. »Verstanden. Aber ich wünschte trotzdem, es wäre nicht passiert.«

»Lassen wir das hinter uns. Gran hat immer gesagt, es ist besser, nach vorn zu schauen, als zurück. Die Vergangenheit können wir nicht ändern. Wir können nur im Hier und Jetzt leben.«

»Deine Gran war eine weise Frau.«

»Sie war der beste Mensch, den ich je kennenlernen durfte. Ich wünschte, ich wäre mehr wie sie.«

»Wie kommst du darauf? Du bist perfekt, wie du bist.«

»Das Mädchen, das sie aufgezogen hat, wäre niemals in eine Bar marschiert, um von einem Kerl zu verlangen, sie zu ficken.«

»Das war das Coolste, Verwegenste, Krasseste, was mir je widerfahren ist. Bitte mach daraus nichts, wofür du glaubst, dich schämen zu müssen. Das fände ich schrecklich.«

»Tust du mir einen Gefallen?«

»Was immer du willst.«

»Sollten wir je Enkel miteinander haben, versprichst du mir, ihnen niemals zu erzählen, wie wir zusammengekommen sind?«

Einen langen Moment starrt er mich an, und ich habe keinen Schimmer, was in ihm vorgeht – ob ich zu weit vorgeprescht bin. »Du siehst uns miteinander Enkel haben?«

Ich lege ihm eine Hand an die Wange und starre in diese schönen blauen Augen, die mich so fesseln. »Mit dir sehe ich *alles*.«

KAPITEL 12

Blake

Ich hatte vergessen, wie es sich anfühlt, wirklich und wahrhaftig glücklich zu sein. Wie es ist, nach Feierabend ein besseres Ziel zu haben als eine Kneipe, in der sich niemand einen Dreck um mich schert – abgesehen von Jimmy, wie es scheint. Jeden Abend komme ich zu Honey nach Hause, und jeden Morgen wache ich mit ihrem wunderschönen Gesicht auf dem Kissen neben meinem auf.

Und die Zeit zwischen Feierabend und dem Aufwachen?

Wow. Der Wahnsinn. Schlicht und ergreifend unglaublich. Und ich rede nicht bloß vom Sex, der das alles durchaus ist. Nein, ich rede von *ihr*. Wie es sich anfühlt, wenn ich mit ihr zusammen bin. Als sei ich angekommen oder irgend so was Schmalziges.

Ich bin unfassbar glücklich, und das fällt auch den Leuten in meiner Umgebung auf, angefangen mit den Jungs auf dem Bau, von denen ich stündlich Sprüche darüber höre, dass ich neuerdings bei der Arbeit pfeife. Ich weiß ja selbst, dass es lustig ist, und wenn einer von denen plötzlich eine Frau an der Angel hätte – und ständig pfeifen würde –, dann würde ich ihn genauso piesacken wie die anderen jetzt mich.

Es macht mir nichts aus. Im Augenblick machen mir nicht viele Dinge etwas aus.

Meine Familie hat ebenfalls bemerkt, dass etwas anders ist. Bisher wissen sie nicht, was – beziehungsweise *wer* –, aber das werden sie noch früh genug erfahren. Nächstes Wochenende ist ein Familientreffen, und da werde ich Honey mitnehmen, um sie den Tanten, Onkeln, Cousins und Cousinen vorzustellen. Auch wenn sie meine Eltern und Geschwister bereits kennt, meine Nichten und Neffen hat sie noch nicht gesehen, und darauf freue ich mich sehr. Ich wette, sie geht toll mit den Kindern um, und die Kleinen werden sie genauso lieben wie ich.

Ja, richtig gehört – ich liebe sie. Wie ich es ihr gesagt habe – einmal sturzbetrunken und dann noch mal am nächsten Tag –, ich habe sie immer geliebt. Es tut weh, mir das einzugestehen, doch selbst während meiner Beziehung mit Jordan ist mir Honey nie ganz aus dem Kopf gegangen. Nicht dass mich das davon abgehalten hätte, mich voll und ganz auf Jordan einzulassen. Das hat es nicht. Ich hab mich mit Leib und Seele in diese Beziehung gestürzt, ganz weit in meinem Hinterkopf war da allerdings immer Honey, unerreichbar und unnahbar, bis zu jenem Abend in der Kneipe, den ich nie vergessen werde.

Ich will, dass du mich fickst.

Vor jenem Abend hätte ich niemals geglaubt, dass sechs Worte ein Leben verändern können. Jetzt ist mein eigenes so grundlegend umgekrempelt, dass ich mich kaum erinnern kann, wie es war, bevor sie diese sechs Worte zu mir gesagt hat. Um ehrlich zu sein, will ich mich auch gar nicht erinnern, wie es sich angefühlt hat, so allein und gelangweilt und stur auf die Arbeit fokussiert zu sein, dass ich weder die Zeit noch die Energie für irgendetwas anderes als Essen und Schlafen und hier und da mal eine bedeutungslose Bettgeschichte hatte.

Ich bin nicht stolz auf diese Bettgeschichten, vor allem die vor Jahren mit Lauren, als ich wegen Jordans Tod völlig neben mir stand. Lauren war für mich da, und damals habe ich mir Trost geholt, wo immer ich ihn kriegen konnte. Ich bin ihr immer dankbar gewesen, dass sie mir das nicht übel nimmt und wir immer noch befreundet sind. Besonders dankbar bin ich dafür jetzt, wo ich ihre beste Freundin liebe, die gerade an mich gekuschelt auf dem Sofa hockt, während wir einen Frauenfilm gucken, den sie unbedingt sehen wollte.

Nach einer guten Stunde Spielzeit habe ich keinen Schimmer, um wen es geht oder was das Thema ist. Warum sollte mich das auch interessieren, wenn ich sie in meinen Armen halte? Ich atme den Duft ihrer Haare ein und male mir aus, wie ich sie später nehmen werde. Sie liebt meine Kreativität im Bett, und ich halte sie gern auf Trab, sodass sie nie weiß, was heute auf dem Menü steht. Wir verbringen wunderschöne Ausgeh-Abende miteinander, wie zum Beispiel, als wir aus der Stadt rausgefahren sind, damit Honey die verwunschenen Marfa-Lichter fotografieren konnte, bevor wir im Food Shark Museum of Electronic Wonders & Late Night Grilled Cheese Parlour gegessen haben, einer Institution hier am Ort.

Das Leben ist schön. Ich kann es nicht fassen, dass ich, Blake Dempsey, die emotionslose Maschine von einem Mann, das tatsächlich sage, aber so ist es.

Ich weiß, wie leicht ich sie ablenken kann, und so lasse ich die Finger unter den Saum ihres mörderisch sexy Tanktops gleiten. Ich könnte schwören, dass sie die Dinger jedes Mal nach der Arbeit extra für mich anzieht, damit ich jeden verdammten Abend steinhart verbringe. Wenn das ihre Strategie ist, dann funktioniert sie – genau wie meine, sie mit der sachten Liebkosung meiner Fingerspitzen auf ihrem straffen Bauch abzulenken.

Ich bin süchtig nach ihrer weichen Haut. Ich liebe es, dass sie nach ein paar weiteren Ausflügen zum Badeteich mit Nacktbaden, Sonnenanbetung und Liebesspiel keinen Bikiniabdruck mehr hat.

Als ich dieses Haus gekauft habe, war der Plan, es wieder zum Leben zu erwecken und dann mit Gewinn zu verkaufen. Aber mittlerweile habe ich begonnen, mir in dem Farmhaus, das einmal Jordans Großeltern gehört hat, ein Leben mit Honey auszumalen. Ich sehe einen Haufen kleiner Blondschöpfe hier herumtoben, Hühner und Ziegen auf dem Hof und vielleicht ein, zwei Pferde im Stall. Je mehr Zeit Honey und ich da draußen verbringen, desto deutlicher habe ich es vor mir. Ich habe keine Ahnung, was ihr für die Zukunft vorschwebt, und wir haben ja auch noch reichlich Zeit, das herauszufinden.

Ich streichle weiter ihre Haut, arbeite mich langsam nach oben, bis ich ihre Brust umfassen kann. Ich liebe es, wie sie sich mit ihrem Hintern an mich drückt und sich schamlos an mir reibt, während sie weiter ihren Film schaut – zumindest glaube ich, sie schaut den Film. Sachte zwicke ich sie in den Nippel und zupfe daran.

»Was hast du denn vor?«, fragt sie atemlos und klingt erregt, wie ich sie am liebsten höre.

»Ich gucke hier nur den Film.«

»Von wegen!«

Ihr entrüsteter Tonfall bringt mich zum Lachen. »Doch, wirklich.«

»Okay, worum geht es in dem Film?«

»Irgendeine Ische, die einen Typen will und nicht klug genug ist, einfach in seine Stammkneipe zu marschieren und ihm zu sagen, er soll sie ficken, um das Ganze zu beschleunigen.«

Sie bebt unter stummem Gelächter. »Wirst du mir das je vergessen?«

»Niemals und unter gar keinen Umständen.« Ich spiele weiter mit ihrer Brustspitze, bis sie hart und aufgerichtet ist und Honey sich richtiggehend windet. »Guckst du immer noch den Film?«

»Kommt drauf an.«

»Worauf?«

»Was sonst so auf dem Plan steht für heute Abend.«

»Süße, du weißt genau, was auf dem Plan steht, aber du wolltest doch unbedingt diesen Film sehen.« Ich gebe ihren Nippel frei und ziehe die Hand zurück. »Ich lass dich schon in Ruhe.«

Rasch packt sie mich und stoppt meinen Rückzug. Gott sei Dank. Sie nicht mehr anzufassen ist das Allerletzte, was ich will. Sie dreht sich auf den Rücken und schaut zu mir auf. »Was würdest du denn stattdessen lieber tun?«

»Alles, wodurch ich irgendwie am Ende in dir sein kann.« Ich liebe es, wie sich ihre Wangen röten und ihre Augen weiten, wenn ich solche Sachen sage. Was ich noch mehr liebe, ist, wie sie mich schockiert, indem sie sich das Tanktop über den Kopf zieht und dann ihre Shorts und das Höschen abstreift.

Wow, so viel bezaubernde honigfarbene Haut.

»Und?«, fordert sie mich mit einem frechen Grinsen heraus. Dann hebt sie die Arme über den Kopf und bietet sich mir dar. Das Vertrauen in ihren Augen und ihrer Miene erfüllt mich mit Demut.

»Du bist so wunderschön, Honey. Jeder Zentimeter von dir ist schön.«

»Bei dir fühle ich mich auch schön.«

Ich lege ihr eine Hand auf den Bauch und beobachte, wie die Muskeln darunter zucken. Sie reagiert so stark auf mich, und ihr Herz steht mir weit offen. Mir ist bewusst, dass ich die Macht habe, sie zu verletzen. Der Gedanke bringt mich um, denn das will ich nicht, sondern sie einfach nur genauso glücklich machen, wie sie es mit mir tut.

Sie löst den Knopf meiner Jeans und zieht den Reißverschluss auf. »Du bist overdressed.« Statt sich direkt meinen Schwanz zu greifen, wie ich es erwartet hatte, streicht sie mit den Fingern über die Linie von Haaren, die zu meinem Gemächt hinunterführt. Ich hatte keine Ahnung, warum man das die »Straße zum Glück« nennt, bis sie mich da angefasst hat – jetzt ergibt es absolut Sinn. Alles, was von ihr kommt, jede Berührung, Liebkosung, Geste und jeder sexy, liebevolle Blick, den sie mir zuwirft, macht mich glücklich.

»Ausziehen«, verlangt sie von mir.

Mit ihrer Hilfe streife ich mir die Jeans ab.

»Hinsetzen.«

Es scheint ihr zu gefallen, mir Anweisungen zu geben, und so befolge ich sie. Was sich auszahlt, als sie sich auf meinen Schoß setzt und sich an mich presst. Genüsslich wiegt sie das Becken und treibt mich von Sekunde zu Sekunde mehr in den Wahnsinn.

Ich fasse um sie herum, um meine Hände mit ihren üppigen Pobacken zu füllen, knete sie, während Honey mit ihrem Busen über meine Brust reibt. Das alles ist eine herrliche Folter, und ich liebe diese Gemächlichkeit. Das Wissen, dass wir alle Zeit der Welt haben, uns gegenseitig zu erforschen und einander Lust zu schenken. Ich bin ihr Sklave, und das weiß die kleine Wildkatze auch.

»Warum lächelst du?«, fragt sie und schaut von ihrem Platz auf meinem Schoß auf mich herunter.

»Weil du so sexy bist.«

»Findest du?« Sie ist die heißeste Frau der Stadt. Das weiß jeder – abgesehen von ihr, wie es scheint. Aber dieser Hauch von Unsicherheit ist nur noch etwas Weiteres an ihr, das ich liebe.

Ich dränge mich an sie. »Musst du das wirklich fragen?«

Sie hebt das Becken, weit genug, dass ich gerade so in ihre feuchte Hitze eindringe, und senkt sich zentimeterweise auf mich. Ich muss von tausend rückwärts zählen, um nicht vorzeitig die Beherrschung zu verlieren. Je öfter wir es tun, desto leichter fällt es ihr, mit meiner Größe klarzukommen. Anfangs machen wir trotzdem jedes Mal langsam, damit ihr Körper Zeit hat, sich auf mich einzustellen. Ich will ihr niemals wehtun oder gar einen Anlass geben, Sex mit mir zu meiden.

Als sie zusammenzuckt, packe ich ihre Pobacken, um sie zu bremsen. »Ganz ruhig, Honigmäulchen. Wir haben es nicht eilig.«

»Ich hasse es, wenn mein Körper dich nicht einlässt.«

Mit kreisenden Bewegungen massiere ich ihren Kitzler und sauge gleichzeitig eine Brustspitze in den Mund. Diese Kombination erleichtert mir das Eindringen zuverlässig, und dieses Mal stellt keine Ausnahme dar. »Siehst du?«, sage ich, als sie tiefer auf mich herabsinkt. »Du kannst das.«

»Hmmm.«

»Beschreib mir, wie sich das anfühlt.«

»Groß«, bringt sie keuchend hervor. »Voll.«

»Die Wörter gefallen mir. Gib mir mehr.« Ich ziehe sie enger an mich und dringe einen weiteren Zentimeter vor.

»Heiß, feucht, erregend.«

»Ist es das? Erregend?«

Sie nimmt meine Hand von ihrem Busen und legt sie flach auf ihr Brustbein, sodass ich spüre, wie schnell und hektisch ihr Herz pocht. »Was denkst du?«

Unerwartet überrollen mich die Emotionen, und für einen Moment kann ich kaum atmen. Gerade wenn ich denke, mehr könnte ich nicht empfinden, überrascht sie mich aufs Neue. »Ich liebe dich, Honey.« Ich werde nie genug davon haben, ihr das zu sagen oder es von ihr zu hören.

»Ich liebe dich auch. Ich bin besessen von dir. Es kann nicht gesund sein, so besessen von einem Mann zu sein.«

»Doch, ist es.« Ich liebe es, dass sie besessen von mir ist. Dieser Orgasmus wird so verdammt heftig. »Es ist sogar unheimlich gesund, solange der Mensch, von dem man so besessen ist, genauso besessen von einem selbst ist.«

Endlich nimmt sie auch das letzte Stück meines Schafts in sich auf und wirft den Kopf in den Nacken, der Inbegriff der Unterwerfung. Das ist das Berauschendste, was ich je gesehen habe. Ganz einfach ausgedrückt: Sie gehört mir. Ganz allein *mir*.

»Reite mich, Süße. Lass mich kommen.«

Honey beißt sich auf die Unterlippe und beginnt, sich zu bewegen, und fuck – das ist der erotischste Anblick meines Lebens. Wie sie meinen Schwanz massiert, wie ihre Brüste wippen, wie der Puls an ihrer Kehle pocht und ihr die Röte in die Wangen steigt – es ist beinahe zu viel, um das alles auf einmal auszuhalten.

Ich greife nach unten, wo wir verbunden sind, um sicherzustellen, dass ich nicht der Einzige bin, der gleich explodiert. Sie enttäuscht mich nicht, und als sie kommt, gibt mir das Zucken ihrer inneren Muskeln den Rest.

Sie sinkt auf mir zusammen, und ich schließe sie in die Arme, will sie ein bisschen länger bei mir behalten. Wem versuche ich eigentlich etwas vorzumachen? Ich will sie *für immer* bei mir behalten.

»Ich fasse es nicht, dass du immer noch hart bist«, bemerkt sie nach langem einträchtigen Schweigen.

»Das ist deine Schuld.«

»Wie denn das, bitte?«

»Er kriegt nie genug davon, in dir zu sein.«

Sie erschauert in meinen Armen. »Wenn du solche Sachen sagst …«

»Was?«

»Dann glaube ich wirklich, wir könnten das hier schaffen.«

»Können wir, und das *werden* wir auch. Wir tun es schon jetzt.«

»Bitte überleg es dir nicht noch mal anders.«

»Werde ich nicht. Versprochen.«

Honey

Anfangs bin ich mir nicht sicher, was mich geweckt hat. Es ist mitten in der Nacht. Blake liegt schlafend neben mir, aber er ist rastlos. Seine Beine bewegen sich, und im schwachen Schein des Nachtlichts sehe ich, dass er die Fäuste in die Decke krallt.

Ich lege ihm eine Hand an die Brust und stelle erschrocken fest, dass er schweißnass ist und sein Herz heftig pocht. »Blake.« Ich rutsche näher zu ihm und drücke ihm einen Kuss auf die Schulter. »Babe.«

Er schreit auf wie unter quälenden Schmerzen.

Alarmiert richte ich mich auf und lege ihm eine Hand an die Wange. »Blake! Baby, wach auf!«

Er murmelt etwas Unverständliches, dann wimmert er.

Ich ertrage es nicht, ihn so leiden zu sehen, selbst wenn es nur im Schlaf ist. Vorsichtig lehne ich mich über ihn und küsse ihn auf die Wangen, dann auf die Lippen.

Abrupt kommt er zu sich und schaut sich mit wildem Blick im Zimmer um.

»Ich bin hier, Blake. Es ist alles okay.«

»Ich, äh …« Er reibt sich das Gesicht, dann steht er unvermittelt auf und verschwindet ins Bad.

Während ich auf ihn warte, starre ich an die Decke und frage mich, wovon er geträumt hat und ob er es mir erzählen wird.

Es dauert einige Zeit, bis er wiederkommt, und als er zu mir ins Bett schlüpft, ist seine Haut kühl, und sein Atem geht wieder normal. »Tut mir leid, dass ich dich geweckt hab.«

»Dafür musst du dich doch nicht entschuldigen. Willst du darüber reden?«

»Nein, nicht wirklich.«

Verletzt von seinem scharfen Tonfall lasse ich mich zurück ins Kissen sinken und beiße mir buchstäblich auf die Zunge, um mich vom Nachbohren abzuhalten. Ich habe bereits gelernt, dass das die effektivste Methode ist, ihn komplett zum Zumachen zu bringen, also fasse ich den Entschluss, seine Grenzen zu respektieren. Auch wenn ich eine ziemlich klare Vermutung habe, worum es in seinem Traum ging.

Lange Zeit sind wir beide still – so lange, dass ich schon glaube, er sei wieder eingeschlafen. Dann bricht er das Schweigen. »Tut mir leid. Ich wollte dich nicht so anfahren, Honigtau.«

»Schon okay.«

»Nein, ist es nicht.« Er dreht sich zu mir und fasst nach meiner Hand, verschränkt seine Finger mit meinen. Mehr ist nicht nötig, um alles wieder in Ordnung zu bringen – zumindest nicht für mich. »Ich habe Albträume vom Unfall. Schon seit damals. Das ist einer der Gründe, aus denen ich kaum je die Nacht mit einer Frau verbracht habe.« Er drückt meine Hand. »Bis vor Kurzem.«

»Es tut mir so leid, dass du das auf diese Weise immer wieder durchleben musst.«

»Gewissermaßen ist es ziemlich ironisch, weil ich an den tatsächlichen Unfall keinerlei Erinnerung habe. Aber in meinen Träumen spielt er sich in allen farbenfrohen Einzelheiten vor mir ab. Ich sehe den Truck auf uns zurasen, ich weiß, was passieren wird, und ich kann nicht das Geringste dagegen tun.«

Es bricht mir das Herz, dass er so sehr unter etwas leidet, das mittlerweile fast zwölf Jahre zurückliegt. Während wir anderen nach Jordans Tod einen Weg gefunden haben, weiterzumachen, steckt Blake in vielerlei Hinsicht immer noch ganz am Anfang fest.

»Ich kann nie sagen, wann der Albtraum wieder zuschlägt. Ich würde es verstehen, wenn du lieber nicht mehr neben mir schlafen willst.«

»Nichts könnte mich dazu bewegen, nicht mehr neben dir schlafen zu wollen. Wenn der Albtraum kommt, dann stehen wir das gemeinsam durch. Du bist nicht mehr allein.« Ich ziehe an seiner Hand und dränge ihn, näher zu mir zu kommen.

Seufzend legt er mir die Hand auf die Brust.

Ich nehme ihn in die Arme. »Schlaf weiter. Ich pass auf dich auf.«

»Honey …«

»Ich weiß.« Ich gebe ihm einen Kuss auf den Kopf und fahre mit den Lippen über sein seidiges Haar. »Ich liebe dich auch.«

Kapitel 13

Heute geben wir unser Debüt bei meiner Familie, und ich bin nervös. Nicht weil ich mir unsicher wäre, ob ich Honey an meiner Seite haben will – das will ich. Ich will sie jede Sekunde eines jeden Tages bei mir wissen. Nein, ich bin nervös, weil ich weiß, dass das für meine Familie eine genauso große Angelegenheit sein wird wie für mich. Seit Jordans Tod haben sie mich mit keiner Frau mehr gesehen. Ihnen wird klar sein, was für ein Riesenschritt es für mich ist, zu einer Familienfeier in Begleitung zu erscheinen – deshalb warne ich Honey lieber vor.

Ich bringe ihr einen Kaffee ins Bad, wo sie sich an ihren Haaren zu schaffen macht – nicht dass die irgendwelche Hilfe bräuchten, um wunderschön zu sein. Nachdem ich die Tasse auf den Waschtisch gestellt habe, küsse ich Honey auf die Schulter.

»Ich bin gleich fertig«, sagt sie. »Versprochen.«

»Lass dir Zeit. Die gehen nirgendwohin. Das Ganze dauert bis spät in die Nacht, samt Lagerfeuer und Marshmallows und Feuerwerk und genug Essen, um eine Armee mehr als einen Monat lang zu versorgen.«

»Das klingt wundervoll«, seufzt sie und klingt etwas wehmütig. »Ich war noch nie bei einem Familientreffen.«

Mir blutet das Herz für sie, weil sie immer so allein war. »Das ist nur das erste von vielen, zu denen wir zusammen gehen werden. Von jetzt an ist meine Familie auch deine.«

Im Spiegel erkenne ich, dass ihr meine Worte Tränen in die Augen treiben. Gott, ich liebe sie. Ich liebe sie so abgöttisch. Ich liebe ihre mitfühlende Seele und ihre Verletzlichkeit genauso sehr wie ihre mühelose Sexiness.

»Ich glaube, ich bin so weit.«

Ich trete einen Schritt zurück, damit sie sich umdrehen kann.

»Sehe ich einigermaßen vorzeigbar aus?«

Sie trägt ein schlichtes gelbes Kleid, das ihre leichte Bräune wunderbar zur Geltung bringt. »Sogar noch bezaubernder als sonst.«

Unsicher greift sie sich an den Bauch und erklärt: »Ein bisschen nervös bin ich schon. Ich meine, ich kenne deine Eltern und Geschwister ja, aber da so zusammen aufzutauchen …«

»Das hat eine Bedeutung.«

Sie nickt. »Genau.«

»Soll ich dir was verraten? Ich bin auch ein bisschen nervös – aus demselben Grund.«

»Oh«, haucht sie, und ihr Lächeln gerät beinahe unmerklich ins Wanken.

»Nicht weil ich dich mitbringe, sondern weil ich damit rechne, dass alle ein großes Aufheben darum machen werden. Ich hab ein bisschen Angst, dass dich das abschreckt.«

Sie legt mir eine Hand an die Brust und sieht zu mir auf, der Inbegriff von Sonnenschein und Licht und allem, was ich zu meinem Glück brauche. »Nichts könnte mich je von dir abschrecken.«

»Das sagst du jetzt. Warte, bis du die Dempseys alle auf einem Haufen erlebt hast.«

»Das sage ich für immer.«

Ich atme tief aus und lasse sämtliche Anspannung mit entweichen. Wen interessiert es schon, wenn das für meine Familie eine große Sache ist? Solange ich Honey bei mir habe, ist alles gut. »Na, dann los.«

Honey packt den Kartoffelsalat und die Cookies ein, die sie heute früh gebacken hat, dann schnappt sie sich den Strauß Sonnenblumen, den sie für meine Mom aus dem Garten ihrer Gran geholt hat, und die Kameratasche, ohne die sie kaum je das Haus verlässt.

Ich helfe ihr, alles nach draußen zum Wagen zu tragen und sich auf dem Beifahrersitz einzurichten, bevor ich um die Motorhaube herumgehe und hinterm Steuer Platz nehme. Als ich vom Hof zurücksetze, greift sie nach meiner Hand, eine Angewohnheit, die mir mittlerweile schon sehr vertraut ist. Warm und sicher hält sie meine Finger, während wir aus der Stadt in Richtung der Ranch meiner Tante und meines Onkels fahren, die zu dem Familientreffen eingeladen haben.

Bei unserer Ankunft lasse ich sie nur gerade lange genug los, um auszusteigen und um den Wagen zu gehen, um ihr herauszuhelfen. Dann hänge ich mir den Beutel mit dem Essen sowie ihre Kameratasche um. Ich nehme ihre Hand, um über die von der Sonne ausgedörrte Wiese um das weitläufige Haus herumzuschlendern, das in meiner Kindheit für mich wie ein zweites Zuhause war. Im Garten hinter dem Gebäude ist ein Zelt aufgestellt, das die Gäste vor der Hitze der texanischen Sonne schützt.

Der Pool ist voll mit kreischenden Kindern, meinen Nichten und Neffen. Der achtjährige Liam schreit begeistert auf, als er mich sieht. Im nächsten Moment rennt er schon über die Wiese und springt mich an, ohne sich um seine klatschnasse Badehose zu scheren. Ich muss Honeys Hand loslassen, um das kleine Äffchen aufzufangen.

»Onkel Blake, kommst du mit uns schwimmen?«

»Worauf du wetten kannst, Kleiner. Lass mich nur kurz alle begrüßen, dann bin ich gleich bei euch.«

»Okay.« Er schaut an mir vorbei zu Honey. »Wer ist das?«

Die unverblümte Frage bringt mich zum Lächeln. »Das ist meine Freundin Honey. Sagst du ihr Hallo?«

»Hi, Honey. So nennt meine Mom mich auch immer.«

»Meine Gran hat mich so oft so genannt, dass der Name irgendwann hängen geblieben ist.«

»Cool.« Er beginnt zu zappeln und will offensichtlich zurück in den Pool.

Als ich ihn runterlasse, flitzt er sofort wieder davon. Ich schaue auf und sehe meine Eltern auf uns zukommen, Händchen haltend wie immer. Den beiden ist nicht entgangen, dass in letzter Zeit viel bei mir los war, aber bis jetzt wussten sie nicht, was. Ihren freudigen Gesichtern nach zu urteilen, ist mein Auftauchen mit Honey für sie eine gute Neuigkeit.

»Honey!«, begrüßt Mom sie. »Wie schön, dich zu sehen!«

»Gleichfalls, Mrs Dempsey.«

Mom umarmt Honey. »Ach bitte, nenn mich Joan. Wir sind doch mittlerweile alle erwachsen.«

Ich merke Honey an, dass Moms ehrliche Freude darüber, uns zusammen zu sehen, sie rührt. »Danke, Joan.«

»Und ich bin Mike«, erklärt Dad und schließt erst sie, dann mich in die Arme. Heute drückt er mich besonders fest, und als er wieder loslässt, sehe ich seine Augen verdächtig glänzen.

Erst in diesem Augenblick begreife ich, wie schwer meine Jahre der Trauer für meine Eltern gewesen sind. Die Erkenntnis zerstreut jegliche Nervosität. Die beiden freuen sich riesig, mich wieder glücklich zu sehen.

Mit einem strahlenden Lächeln gibt meine Mutter mir einen Kuss auf die Wange und hakt sich bei mir unter. Zusammen eskortieren die beiden uns ins Zelt, wo sich augenblicklich sämtliche Tanten, Onkel, Cousins, Cousinen und Freunde der Familie auf uns stürzen – einschließlich Jordans Eltern, wie mir unvermittelt aufgeht.

Es ist, als würde sich der Boden unter meinen Füßen auftun, und abrupt lasse ich Honeys Hand los. Ich weiß nicht einmal wirklich, wieso, aber irgendwie fühlt es sich nicht richtig an, vor den beiden mit einer anderen Frau Händchen zu halten.

Lächelnd wie immer kommen sie zu uns und umarmen mich zur Begrüßung. Nicht ein einziges Mal haben sie mich für den Verlust verantwortlich gemacht, der uns alle so zerrissen hat. Stattdessen haben sie mich weiterhin wie ein Familienmitglied behandelt, und nie hat mich das mit größerer Demut erfüllt als in diesem Moment.

Mrs Pullman drückt Honey. »Wie schön, dich zu sehen, Honey. Es ist schon viel zu lange her.«

»Ja, ist es wirklich.« In Honeys Umarmung liegt dieselbe Herzlichkeit wie in der von Jordans Mutter, doch ich höre ihr an, wie bewegt sie ist. Sie versteht, wie schwer das für mich ist, und dafür liebe ich sie.

»Schön, euch zwei zu sehen«, erklärt auch Mr Pullman.

»Und dich lächeln zu sehen, Blake«, fügt seine Frau hinzu. »Das ist das Schönste von allem.«

»Danke«, antworte ich leise, gerührt von der unerschütterlichen Unterstützung der beiden, selbst in Momenten, in denen ich mich ihrer nicht würdig fühle.

»Mir geht es ganz genauso«, fällt Mom mit ein. »Das muss gefeiert werden. Mike, hol den Champagner, den wir mitgebracht haben – lasst uns anstoßen. Auf den Neuanfang!«

Ich blicke zu Honey hinüber und bemerke sowohl ihr Lächeln als auch den verräterischen Glanz in ihren Augen.

Meine Familie ist begeistert von Honey und mir als Paar, genau wie Jordans Eltern. Ich greife nach Honeys Hand und halte meine Liebste ganz fest. Honeys Gran hatte recht, als sie erklärt hat, dass die Vergangenheit sich nicht ändern lässt. Wir können nur fürs Hier und Jetzt leben, und mein Hier und Jetzt mit ihr an meiner Seite ist verdammt schön.

Honey

Gegen Ende unseres zweiten Monats als Paar überredet Blake mich, eine Woche freizunehmen, und wir fahren die zehn Stunden hinunter nach South Padre Island, südlich von Corpus Christi. Ich bin zum ersten Mal dort und verliebe mich augenblicklich in den Strand, die Palmen und die entspannte Stimmung. Hier finde ich heraus, was für ein passionierter Angler er ist, und geduldig bringt er auch mir bei, Spaß daran zu haben.

Er hat den gesamten Urlaub geplant, bis hin zu dem Spa, in dem er mir eine Massage gebucht hat, die ich unglaublich genieße.

Ich kann mich nicht erinnern, wann ich das letzte Mal so etwas wie Urlaub gemacht habe, und an diesen wird auch so schnell nichts anderes herankommen. Wir verbringen die Tage in der Sonne, die Abende im Bett und schlafen jeden Morgen aus, bevor wir uns Frühstück aufs Zimmer bestellen.

»Ich will gar nicht wieder nach Hause«, gestehe ich ihm an unserem letzten Morgen, noch im Bett.

»Wir können jederzeit wieder herkommen.«

»Jederzeit?«

»Wann immer …«, er küsst mich, »du willst.« Er küsst mich ein weiteres Mal, dann lässt er etwas auf meine Brust fallen und zieht den Kopf zurück.

Es ist eine kleine schwarze Samtschachtel. Ich starre sie an, als wäre sie Dynamit.

»Mach sie auf«, sagt er, sichtlich erheitert von meiner Reaktion.

»Ich … Was …«

»Mach sie auf, Honigbienchen.«

Meine Hände zittern so sehr, dass sie mir kaum gehorchen wollen, als ich die Schachtel öffne und darin ein Ring mit einem atemberaubenden Solitärdiamanten zum Vorschein kommt. »Blake …« Wie ein leises Seufzen gleitet sein Name über meine Lippen. Damit habe ich so gar nicht gerechnet. Jedenfalls nicht jetzt schon.

Er nimmt mir die Schachtel ab und holt den Ring heraus. »Ich liebe dich, Honey Carmichael. Ich will jeden Tag meines restlichen Lebens so verbringen, wie wir sie die letzten zwei Monate über verbracht haben – mit dir zusammen. Wir kennen uns schon unser ganzes Leben, es ist also nicht so, als würden wir irgendetwas überstürzen.« Er nimmt meine linke Hand und drückt mir einen Kuss auf den Handrücken, bevor er mir den Ring überstreift. »Mit sechs kleinen Worten in einer Kneipe hast du mich wieder zum Leben erweckt, und jetzt bitte ich dich, meine Frau zu werden. Willst du mich heiraten, Honey?«

Blind vor Tränen scheine ich jede Kommunikationsfähigkeit verloren zu haben. Ich kann nur auf diesen unglaublichen Ring starren, den er für mich ausgewählt hat.

»Honigtopf? Es wäre schon ganz nett, wenn du mir irgendeine Antwort geben würdest. Ich komme hier um vor Spannung.«

»Ja, Blake, ja. Ich will dich heiraten. Ich liebe …«

Den Satz kann ich nicht mehr beenden, denn in diesem Moment küsst Blake mich inbrünstig. Wir rollen über das Bett und bleiben erst liegen, als er über mir ist. Als er auf mich herabschaut, stehen ihm seine Gefühle ins Gesicht geschrieben. »Hast du wirklich Ja gesagt?«

»Hast du mich wirklich gefragt, ob ich dich heiraten will?«

Wir antworten beide: »Ja!«

»Bist du glücklich, Honey?«

»Musst du das wirklich fragen?« Die Entgegnung ist einer unserer Lieblingssprüche geworden, und Blake lächelt.

Er legt mir die Hände an die Wangen und streichelt mich mit den Daumen. »Ich hätte niemals geglaubt, dass ich je wieder so glücklich sein könnte.«

Ihn sagen zu hören, wie glücklich er ist, ist wundervoll, aber sein Glück durch sein ständiges Lächeln, Witzeln und Lachen zu erfahren ist sogar noch schöner. »Ich hab dir auch eine Überraschung mitgebracht«, eröffne ich ihm.

»Oh, was denn?«

»Lass mich aufstehen, dann hole ich sie.«

Ich gehe ins Ankleidezimmer und hole, was ich von zu Hause mitgenommen habe, in der Hoffnung, einen bedeutsamen Moment in unserer Beziehung neu aufleben zu lassen – diesmal mit beiden in nüchternem Zustand. Als das zum

Fenster hereinströmende Licht sich funkelnd in meinem Diamantring bricht, macht mein Herz einen Satz vor Glück. Ich kann es kaum erwarten, Lauren, Julie, Scarlett und all den anderen Daheimgebliebenen zu erzählen, dass wir verlobt sind. Und ich wünschte so sehr, ich könnte es auch Gran erzählen, doch vermutlich weiß sie es auch so.

»Wo bleibst du denn?«, ruft Blake aus dem Schlafzimmer.

»Bin gleich da!« Ich versuche, nicht an das letzte Mal zu denken, dass wir das gemacht haben, und daran, wie sehr es wehgetan hat. Jetzt, wo wir beide mitbekommen, was los ist, wird es bestimmt besser sein. Ich gehe zurück ins Schlafzimmer und schlüpfe zu Blake ins Bett.

»Wo ist jetzt diese versprochene Überraschung?«

Ich öffne die Hand und zeige ihm das Gleitgel, das ich aus seinem Nachttisch mitgenommen habe. Mit Befriedigung sehe ich, wie seine Augen vor Verlangen dunkel werden.

»Honey …«

»Ich finde es schade, dass ich mich daran erinnere und du nicht. Ich dachte, vielleicht können wir das ändern.«

»Du … Du willst das wirklich?«

»Wenn du es willst.«

Dramatisch verdreht er die Augen. »Wenn ich es will«, kommentiert er und schnaubt. »Heilige Scheiße, weißt du, wer ich bin?«

»Ich weiß, wer du bist, und ich liebe dich und vertraue dir und werde dich heiraten, und ich wünsche mir diese gemeinsame Erinnerung mit dir.«

Er streichelt mir übers Gesicht, auf diese liebevolle, sanfte Weise, die mir verrät, wie sehr er mich liebt. »Diese Nacht werde ich mir nie verzeihen.«

»Das habe ich dir schon lange verziehen. Es wird Zeit, dass du das auch tust.« Ich küsse ihn und presse meinen Busen an seine Brust – damit kann ich ihn fast immer animieren. Auch dieses Mal habe ich Erfolg. Sein Arm gleitet um meinen Rücken, um mich festzuhalten, wo er mich haben will, und er zieht mich in einen gierigen Kuss.

»Du bist so fantastisch, Honey. Ich fasse es nicht, dass du die ganze Zeit direkt vor meiner Nase warst.«

»Wir waren einfach noch nicht so weit.«

»Nein, das waren wir wohl nicht. Doch jetzt, wo ich dich habe, lasse ich dich nie wieder gehen.«

»Das will ich dir auch geraten haben.« Bei der Vorstellung packt mich das kalte Grauen. »Ich bin in meinem Leben schon oft genug verlassen worden.«

»Das ist etwas, worüber du dir nie wieder Gedanken machen musst.«

»Also …« Ich schraube den Deckel vom Gleitgel. »Wollen wir ein bisschen Spaß haben?«

»O ja, Süße, aber so was von.«

* * *

Beim zweiten Mal ist es weit besser – was daran liegen mag, dass mein Partner nüchtern ist und mit einer Aufmerksamkeit auf mich achtet, zu der er letztes Mal nicht fähig war. Das soll nicht heißen, dass es einfach wäre, denn hallo, The Cock wird niemals mühelos da hineingehen, aber es ist definitiv besser. Er nimmt sich Zeit und richtet seinen Fokus ganz darauf, es für mich so schön wie möglich zu machen, doch sein lautes Stöhnen verrät mir, dass es auch für ihn gut ist.

Ich bin auf den Knien, den Kopf auf die vor mir verschränkten Arme gelegt, während er sich alle Zeit der Welt lässt. Er dringt ein Stück in mich ein und zieht sich wieder zurück, nur um von vorn anzufangen, und jedes Mal schiebt er sich ein wenig tiefer in mich.

»Rede mit mir, Honey. Wie fühlt sich das an?«

»Ich soll ernsthaft reden, während du das tust?« Meine Stimme klingt quietschig, höher als normal.

»Ja«, beharrt er hörbar angespannt. »Ich kann dein Gesicht nicht sehen, du musst mir sagen, dass es dir gut geht.«

»Mir geht's gut. Und dir?«

»Ich stehe kurz vor der Explosion, abgesehen davon ist alles bestens.«

Sein Geständnis bringt mich zum Lächeln, und ich liebe es, dass ihm das so gefällt. Das ist den Schmerz beim Eindringen wert – die unausweichliche Lust, die uns beiden dieser wahnsinnig intime Akt bereiten wird.

Ich verliere jeden Bezug zu Zeit und Raum und allem, was nicht mit ihm und dem, was wir tun, zusammenhängt. Ich habe keine Ahnung, wie lange es dauert, bis er ganz in mich eingedrungen ist, aber als es so weit ist, richtet meine Konzentration sich langsam mehr auf die Lust als auf den Schmerz.

Seine Finger ertasten meinen Kitzler, der kribbelt vor endloser Begierde nach diesem Mann, der bald *mein* Mann sein wird.

Ich fasse es immer noch nicht, dass er mir einen Antrag gemacht hat. Nie hätte ich damit gerechnet, dass es so schnell gehen könnte. Und jetzt, wo unsere Zukunft sicher geplant ist, kann ich mich endlich entspannen und jede Sekunde genießen, die uns miteinander vergönnt ist.

»Ich muss mich bewegen, Honigwein«, bringt er stöhnend hervor. »Muss mich bewegen.«

Halt suchend kralle ich mich ins Laken und beiße die Zähne zusammen, wappne mich. »Okay.«

»Sag Stopp, wenn es zu viel wird.«

»Mach ich.«

Ich höre und spüre, wie er noch einmal Gleitgel aus der Tube drückt, bevor er sich langsam aus mir zurückzieht und dann wieder in mich eindringt, während er mich dabei unaufhörlich streichelt.

»Ah, Honey, Gott … Ich hab noch nie was Heißeres gesehen als deinen sexy Arsch, in dem mein Schwanz verschwindet.«

Ächzend bringe ich eine Antwort heraus, die nicht wirklich ein Wort oder sonst irgendetwas Verständliches ist, aber er versteht es trotzdem. Er weiß, dass ich ihn aufhalten würde, wenn es mir nicht genauso sehr gefallen würde wie ihm. Ich dränge mich ihm entgegen und entlocke ihm damit ein lautes Stöhnen, also tue ich es wieder und wieder, bis wir uns beide wild bewegen und mit lustvollen

Schreien kommen, die unsere Nachbarn aus dem Schlaf reißen müssen, sollten sie noch nicht wach sein.

Mein Orgasmus ist so intensiv, dass unsere Nachbarn mir völlig gleichgültig sind. Ich kann diese gellenden, lang gezogenen Schreie tief aus meinem Inneren einfach nicht unterdrücken. Blake ist ganz bei mir und presst sich tief in mich hinein.

In einem wirren Knäuel verschwitzter Gliedmaßen landen wir auf der Matratze. Er steckt noch immer in mir, und so spüre ich jedes Zucken und Nachbeben seines Höhepunkts.

»Wahnsinn«, flüstert er. »Immer wenn ich denke, besser kann es nicht mehr werden, haust du mich aufs Neue um.«

»Also hat's dir gefallen?«

»Das musst du noch fragen?«

Seine vorhersehbare Erwiderung entlockt mir ein leises Kichern.

»Ich fand es überwältigend«, erklärt er, »fast so überwältigend wie meine Liebe zu dir.«

»Ich werde es nie satthaben, dich das sagen zu hören.«

»Ich werde es nie satthaben, dir das zu sagen.« Noch lange hält er mich im Arm, bevor er sich langsam und vorsichtig aus mir zurückzieht. »Ich spreche es nur äußerst ungern aus, aber wir müssen langsam los.«

»Nur mal so nebenbei, wir sind beide selbstständig. Uns kann keiner feuern, wenn wir beschließen, uns noch einen weiteren Tag hier zu gönnen.«

»Deine Denke gefällt mir, Honigwabe, doch ich habe morgen einen wichtigen Termin mit einem neuen Kunden und bin noch nicht ansatzweise vorbereitet.«

Der neue Kosename bringt mich zum Kichern. »Okay, na gut. Wenn du unbedingt den Verantwortungsvollen spielen willst.«

Er küsst mich auf die Schulter und fährt mir mit der Zungenspitze über die Ohrmuschel. »Für die Flitterwochen kommen wir wieder her. Oh, da fällt mir noch ein Kosename für meine Liebste ein – Honigmond. Der gefällt mir.«

Mein Lächeln ist so breit, dass ich mir ernsthaft Sorgen machen sollte, es könnte mein Gesicht zerreißen. Wir duschen gemeinsam und packen, und auf dem Weg nach draußen werfe ich einen letzten Blick auf den Ort, an dem wir uns verlobt haben – in der Hoffnung, dass wir möglichst bald wieder zurückkehren können.

Blake hält meine Hand, an der jetzt sein Ring prangt, während er seinen Pick-up wieder nach Norden in Richtung Corpus Christi steuert. Wir lassen die Fenster geöffnet, um auf dem Weg entlang der Halbinsel die Meeresbrise zu genießen. Blake hat einen Countrysender aus Corpus Christi eingestellt, und die Musik, die frische Luft und die Gewissheit, ihn an meiner Seite zu haben, wo er für den Rest unseres Lebens bleiben wird, schenken mir eine tiefe Entspannung.

Irgendwann döse ich ein, den Kopf an den Sitz gelehnt, glücklicher und zufriedener als je zuvor in meinem Leben. Das ist mein letzter Gedanke, bevor das Unglück zuschlägt.

KAPITEL 14

Das Ganze ist ein verfluchter Albtraum, aus dem ich einfach nicht aufwachen kann. Im einen Moment fahren wir entspannt auf dem Highway in Richtung San Antonio, im nächsten rammt uns ein anderer Wagen so heftig von hinten, dass ich die Kontrolle über den Pick-up verliere und wir in die Böschung neben der Straße schleudern.

Ich weiß sofort, dass mir nichts passiert ist, aber Honey … Sie wacht einfach nicht auf.

Mein Handy ist aus dem Becherhalter geflogen und liegt auf der Beifahrerseite im Fußraum. Mir wollen die Hände nicht gehorchen, als ich mich von meinem Gurt freikämpfe und mich nach dem Telefon auf der anderen Seite des Innenraums recke. Endlich schließen sich meine Finger darum, und ich konzentriere mich ganz darauf, es nicht fallen zu lassen. Da klopft es an der Scheibe, und ich schaue über die Schulter.

Der Mann draußen öffnet die Fahrertür. »Alles in Ordnung, Mann? Ich hab alles gesehen! Hab direkt den Notruf gewählt.«

»Mir geht's gut, aber meine Freundin will einfach nicht aufwachen.« *Das darf nicht wieder passieren. Bitte, Gott, nicht noch mal. Das überlebe ich kein zweites Mal.*

Sosehr ich Jordan auch geliebt habe … Nein, einfach nein. Ich spüre die Hysterie in meiner Brust brodeln, und plötzlich bekomme ich keine Luft mehr.

»Schaffen wir Sie da erst mal raus«, sagt der andere.

»Nein, nicht ohne sie.«

»Es riecht nach Benzin, Mann. Sie sollten da rauskommen. Ich helfe Ihnen mit ihr.«

»Wir sollten sie nicht bewegen.«

»Ich fürchte, da haben wir nicht wirklich eine Wahl. Der Wagen könnte jeden Moment hochgehen. Schaffen wir Sie beide da raus.«

Jetzt tauchen weitere Leute vor dem Auto auf, und gemeinsam gelingt es uns, Honey aus der Fahrerkabine meines zerknautschten Pick-ups zu holen. Wir legen sie weit genug entfernt vom Wrack ab, dass niemand zu Schaden kommen würde, sollte es tatsächlich in Flammen aufgehen. Sie ist schrecklich blass und rührt sich weiter nicht, doch der Ersthelfer versichert mir, dass sie am Leben ist. »Hier, fühlen Sie.« Er nimmt meine Hand, um meine Finger an ihre Halsschlagader zu drücken.

Als ich ihren kräftigen Herzschlag spüre, breche ich in Tränen aus. Ich lasse den Kopf auf ihre Brust sinken und flehe sie an, mich nicht zu verlassen. Ich will spüren, wie ihre Finger durch meine Haare gleiten, will ihr herzliches Lachen hören, will sehen, wie in ihren Augen Liebe und Lust und Verlangen und noch eine Million weiterer Emotionen aufleuchten. Wir haben uns doch gerade erst gefunden. Ich darf sie nicht verlieren. Das darf einfach nicht sein.

Die Fremden, die uns zur Hilfe geeilt sind, tun ihr Möglichstes, um mich während der endlosen Wartezeit bis zum Eintreffen des Krankenwagens zu beruhigen. Endlich ist er da, begleitet von einem wilden Chaos von SUVs und Sirenen und dem Notarztauto.

Nach der Erstuntersuchung wird beschlossen, einen Helikopter anzufordern und sie zu einem Traumazentrum in San Antonio transportieren zu lassen. Diese Entscheidung erfüllt mich mit abgrundtiefem Entsetzen, auch nachdem die Sanitäter mir versichert haben, dass es nur gemacht wird, weil der Transport so schneller geht, nicht weil Honey in Lebensgefahr schweben würde.

Sie können mich nicht überzeugen. Obwohl draußen an die vierzig Grad herrschen, ist mir furchtbar kalt. Ich kann nicht aufhören zu zittern, muss immer wieder daran zurückdenken, wie wundervoll strahlend lebendig sie noch heute früh war, als wir uns verlobt haben.

»Blake.«

Ich drehe mich zu Clint, der als Erster an der Unfallstelle war.

»Sie wollen, dass Sie mitfliegen.« Er zeigt auf den Rettungshubschrauber, der etwa fünfzehn Meter von uns entfernt landet. Die Szenerie entfaltet sich vor mir wie eine nur allzu vertraute Horrorshow. »Ich bleibe hier, bis der Abschleppwagen da ist. Machen Sie sich keine Sorgen, ich regle das.«

Am liebsten würde ich lachen angesichts der Absurdität seiner Bemerkung. *Machen Sie sich keine Sorgen? Ernsthaft?* Aber er versucht nur zu helfen, und dafür hat er meinen Dank verdient, keine Häme. »Ich … Danke.«

»Na klar, kein Problem. Fliegen Sie mit. Ich kümmere mich schon um den Wagen und sehe zu, dass die auf Sie zukommen und Ihnen sagen, wo sie ihn hingebracht haben.«

»Danke.« Im Laufschritt folge ich der Trage, auf die sie Honey gelegt haben, zum Hubschrauber, wo das Luftteam darauf wartet, dass die Sanitäter aus dem Krankenwagen sie einladen. Der Arzt informiert die Insassen des Helikopters schreiend über seine Einschätzung. Eins der Crewmitglieder zieht mich an Bord, und Sekunden später heben wir ab, bevor ich auch nur zu Atem kommen oder irgendetwas von dem gerade Gehörten verarbeiten konnte – mögliche Kopfverletzungen, Gehirnerschütterung, Gehirnblutung.

Ein paar Minuten nach Abflug landen wir auf der Universitätsklinik in San Antonio, und Honey wird von den Ärzten davongerollt, die uns auf dem Dach erwarten. Niemand teilt mir mit, wo sie sie hinbringen, und so renne ich hinterher und hoffe, sie lassen mich bei ihr bleiben.

Am Eingang zur Notaufnahme tritt mir eine Krankenschwester entgegen. Sie nimmt mich mit in eine Kabine, um ein paar Informationen über Honey einzuholen. Ich erzähle ihr, dass sie Evelyn Carmichael heißt, aber Honey genannt wird. Keine Ahnung, wie sie versichert ist. Sollte ich so was nicht wissen? Ich bin ihr *Verlobter*, verdammt. Dann will mir ihr Geburtstag nicht einfallen, und ich blinzle gegen die Tränen an. Welches Recht habe ich auf sie, wenn ich mir nicht mal ihren verfluchten Geburtstag merken kann?

Ich wische mir die Tränen fort und versuche, mich darauf zu konzentrieren, was Honey jetzt von mir braucht. »Lassen Sie mich ihre beste Freundin anrufen. Die wird Ihnen sagen können, was ich nicht weiß.« Ich hole das Handy aus der Hosentasche und tippe Laurens Nummer auswendig ein. Sie hat sich nicht geändert seit damals, als wir unsere Affäre hatten.

»Na, warum rufst du mich denn an, wenn du eigentlich mit meiner Süßen im Urlaub bist?«, begrüßt Lauren mich gut gelaunt nach dem ersten Klingeln.

»Lo.«

»Blake? Was ist? Was ist passiert?«

Irgendwie bringe ich die Worte heraus, erkläre ihr, wo wir sind und was ich brauche.

»Bin schon unterwegs. Lass mich mit der Schwester sprechen, ich gebe ihr die Infos, die ich habe.«

»Danke, Lo.«

»Ist sie … Blake, ist sie …«

»Ich weiß es nicht. Ich weiß noch gar nichts.«

»Ich komme. Ich bin so schnell wie möglich bei euch.«

Ich nicke, denn zu mehr bin ich nicht in der Lage, dann reiche ich das Handy an die Krankenschwester weiter, die Lauren eine Reihe von Fragen stellt. Ich sehe, wie sie den zweiten März in das Feld für Honeys Geburtsdatum schreibt, und präge es mir ein. Ich bete, dass sie ihren nächsten Geburtstag erlebt.

* * *

Fünf endlose Stunden später trifft Lauren ein, mit Garrett im Schlepptau. Noch nie war ich so froh, jemanden zu sehen, wie die beiden, als sie mich im Wartesaal der Intensivstation aufspüren. Jede halbe Stunde darf ich ein paar Minuten zu Honey ans Bett.

»Wie ist der aktuelle Stand?« Lauren hat mich von unterwegs regelmäßig angerufen, um auf dem Laufenden zu bleiben, und im Augenblick kann ich ihr nicht mehr sagen als schon am Telefon.

»Es heißt, sie sei stabil und wir müssten jetzt abwarten.«

»Und was bedeutet das?« Laurens Augen sind rot vom Weinen.

Garrett legt ihr einen Arm um die Schultern, doch sie will seinen Trost nicht und schüttelt ihn ab.

»Mehr haben sie mir nicht mitgeteilt. Durch den Aufprall hat sie eine schwere Gehirnerschütterung erlitten. Jemand ist auf uns aufgefahren, und irgendwie hat sie sich dabei auch noch den Knöchel gebrochen.«

»Und dich haben sie auch untersucht?«, erkundigt sich Garrett.

»Ja, mir geht's gut. Die Ärzte meinten, das läge daran, dass ich wach war. Honey hat geschlafen, deshalb ist sie so völlig überrascht worden.« Mir bricht die Stimme, und ein Schluchzen steigt aus meiner Kehle. »Ich fass es nicht, dass mir das noch mal passiert ist.«

Lauren drückt mich fest. »Das hier ist nicht wie damals. Honey lebt und kämpft, und es wird alles wieder gut. Daran müssen wir fest glauben.«

»Hör auf sie«, rät mir Garrett. »Sie hat fast immer recht.«

»Da gibt es kein ›fast‹«, korrigiert Lauren. »Ich habe *immer* recht.«

Die Versicherungen der beiden sind das Einzige, was mich davon abhält, komplett den Verstand zu verlieren.

* * *

Es ist nach Mitternacht, als ich Lauren und Garrett schließlich überreden kann, sich irgendwo ein Hotelzimmer zu suchen. Die Pflegerinnen auf der Intensivstation haben endlich Mitleid und lassen mich an Honeys Bett sitzen.

Ich halte ihre Hand, an der mein Ring steckt, und erzähle ihr von Lauren und Garrett. Wie die beiden hier in San Antonio aufgetaucht sind und jetzt losgezogen sind, um die Nacht miteinander zu verbringen, wahrscheinlich im selben Zimmer. Ich rede von all den Dingen, die wir machen werden, wenn wir erst verheiratet sind. Ich erinnere sie an die Farm und den Badeteich und ihr Fotostudio und mein Bauunternehmen und sage, wir sollten unsere Firmen zusammenschließen, um ein Unternehmen zu haben, das wir gemeinsam leiten könnten. Wie dieses Pärchen im Fernsehen, das ihre Inneneinrichtungskünste mit seinem Renovierungstalent kombiniert hat. Wir könnten genau wie die beiden sein, erkläre ich Honey, und unsere blonde Kinderschar Seite an Seite arbeitend großziehen.

Ich weiß nicht, wie spät es ist, als meine Eltern draußen vor dem Zimmer auftauchen. Die beiden wirken erschöpft und aufgewühlt und gestresst. Dank der Glaswände sind sie schwer zu übersehen, wie sie da stehen und uns betrachten.

Zärtlich drücke ich einen Kuss auf Honeys Hand und lege sie zurück aufs Bett. Dann gehe ich zur Tür und verlasse den Raum, um mit meinen Eltern zu reden.

»Wir sind hergekommen, sobald wir davon erfahren haben, Sohn«, sagt Dad, als die beiden mich umarmen. »Bist du in Ordnung?«

»Das werde ich sein, sobald Honey aufwacht. Tut mir leid, dass ich euch nicht persönlich angerufen habe.« Darum hatte ich Garrett gebeten, weil ich mir nicht sicher war, ob ich die Worte ein weiteres Mal über die Lippen bringen würde, ohne in eine Million Stücke zu zerspringen.

»Schon gut, wir verstehen das«, beruhigt mich Mom.

Ich fahre mir mit den Fingern durchs Haar – mittlerweile muss meine Frisur völlig zerzaust sein, so oft habe ich es mir in den letzten Stunden gerauft. »Ich sollte euch wohl erzählen … Im Urlaub habe ich Honey einen Antrag gemacht, und sie hat Ja gesagt.«

»Oh, Blake«, haucht Mom und blinzelt gegen ihre Tränen an. »Ich fand Honey schon immer ganz bezaubernd. Was für eine wundervolle Neuigkeit! Ist das nicht wundervoll, Mike?«

»Absolut.« Dads Blick wandert in das Zimmer, in dem Honey an allen möglichen Geräten hängt. »Wird sie sich wieder erholen?«

»Eigentlich müsste sie, behaupten die Ärzte, aber ganz sicher sind sie sich noch nicht. Sie hat eine Gehirnerschütterung und einen gebrochenen Knöchel, weil ihr Fuß unter dem Armaturenbrett eingeklemmt war. Das Schlimmste ist allerdings …« Ich hole tief Luft und zwinge mich, Ruhe zu bewahren. »Sie ist noch nicht wieder aufgewacht.«

Dad fasst mich mit seiner großen Hand bei der Schulter. »Sohn, ich kann mir nicht vorstellen, was in deinem Kopf gerade vorgehen muss angesichts dessen, was du damals durchgemacht hast. Doch das hier hat mit damals nichts zu tun. Jordan war auf der Stelle tot. Sie hatte keine Chance. Honey ist nicht Jordan.« Jetzt nimmt er mich bei beiden Schultern und dreht mich zu ihr um. »Sieh sie dir an. Sie hat einen ruhigen, kräftigen Herzschlag und braucht mit Sicherheit nur ein bisschen Ruhe, bevor sie aufwachen und dich fragen wird, was das ganze Theater eigentlich soll.«

Mir laufen Tränen über die Wangen. Ich würde ihm so gern glauben, mich so gern überzeugen lassen, dass diese Situation nichts mit dem Unfall damals gemein hat, nur warum wacht sie nicht auf? Ich wische die Tränen fort, fest entschlossen, um ihretwillen stark zu bleiben, wie sie es auch für mich immer tut. Aber verdammt, ich wünschte so sehr, ich könnte mich irgendwo verkriechen, mich tief in meine Arbeit vergraben oder irgendetwas anderes, um diesen grausamen Schmerz zu betäuben.

Doch es gibt nur eins, was mir diesen Schmerz nehmen kann, und das ist Honey.

Eine Stunde bleiben Mom und Dad bei mir, bevor sie sich im Wartezimmer ausruhen gehen. Sie weigern sich, mich allein zu lassen. Wahrscheinlich aus Angst vor dem, was ich tun könnte, wenn Honey es nicht übersteht – und dazu haben sie auch allen Grund. Ich wage nicht einmal, meine Gedanken in diese Richtung wandern zu lassen.

Und so kehre ich an meinen Platz neben Honeys Bett zurück, halte ihre Hand, streichle ihr übers Haar und rede mit ihr, über alles und nichts, in der Hoffnung, dass der Klang meiner Stimme sie zurückholt.

Honey

Ich höre ihn. Ich rieche seinen unverwechselbaren Duft. Ich spüre seine Hand in meiner und seine Finger in meinem Haar. Der Klang seiner Stimme schenkt mir Trost, auch wenn nicht ganz zu mir durchdringt, was er sagt. Doch in jedem Wort, in jeder Berührung unserer Haut spüre ich seine Liebe.

Wo bin ich? Was ist passiert?

Wir sind verlobt. Er hat um meine Hand angehalten. Ich habe Ja gesagt. Da war ein Ring, ein schöner Ring mit einem großen Diamanten.

Ich hebe die Lider und blinzle, als mir das helle Licht Tränen in die Augen schießen lässt. Als ich mir die Lippen lecke, sind sie so trocken, dass sie sich anfühlen, als würden sie jemand anderem gehören. Mir tut der Kopf weh.

Blake hat seinen Kopf neben mir aufs Bett gelegt. Diese Haare würde ich überall wiedererkennen.

Ich will ihn berühren, aber irgendwie funktioniert nichts so, wie es soll. Meine Hand ist unter seiner gefangen. Er ist hier. Das ist alles, was eine Rolle spielt. Für den Moment.

Ich schließe die Augen, allerdings nur, weil ich sie nicht länger offen halten kann.

Als ich sie das nächste Mal öffne, steht Blake am Fenster und schaut in die strahlende Sonne hinaus. An seinen leicht zusammengesunkenen Schultern sehe ich ihm die Erschöpfung an, und ich will ihn trösten. Meine Zunge fühlt sich an, als wäre sie zu groß für meinen Mund, der so trocken ist, dass es schmerzt. Gierig sauge ich Blakes Anblick in mich auf, doch meine Augen wollen nicht offen bleiben.

Mir entweicht ein frustrierter Laut, und als ich das nächste Mal die Lider hebe, sehe ich Blakes blaue Augen groß werden und auf mich herunterschauen.

»Honey!« Er nimmt meine Hand und führt sie an seine Lippen. Rau reiben seine Bartstoppeln über meine Haut. »Süße, wach auf. Bitte wach auf.«

Es kostet mich all meine Kraft, die Augen offen zu halten, und das grelle Licht schmerzt.

Rasch geht Blake zum Fenster und schließt die Lamellen der Jalousie. »Besser?«

»Mhm.«

»Honey, Liebling …«

Ich lecke mir die Lippen. »So nennst du mich nicht.«

Sein Kopf sinkt auf meine Hand herab. Weint er?

»Blake …«

»Ich bin hier, Honigtau. Ich bin hier.«

»Was ist passiert?«

Er schaut zu mir auf, seine Augen sind rot und geschwollen vor Tränen und Erschöpfung. »Jemand ist uns auf dem Highway hinten reingefahren. Wir sind von der Straße abgekommen. Du hast eine Gehirnerschütterung und einen gebrochenen Knöchel. Wir warten seit zwei Tagen darauf, dass du wieder aufwachst.«

Seit zwei Tagen? Ich versuche das zu verarbeiten, dann schnappe ich nach Luft, als mir aufgeht, wie schrecklich das für ihn gewesen sein muss nach Jordans Unfalltod. Mir kommen die Tränen. »Es tut mir so leid, dass ich dir das angetan hab.«

»Ach, Honigbienchen, nicht weinen.« Er trocknet mir die Wangen. »Bitte nicht weinen. Das Einzige, was zählt, ist, dass du wach bist und mit mir redest und wieder in Ordnung kommst.«

Ich schließe die Augen, sie wollen einfach nicht offen bleiben. »Und dass wir heiraten.«

»Das auch«, sagt er, küsst meine Hand und beugt sich dann über mich, um mir auch auf die Lippen einen Kuss zu geben.

»Durst.«

Blake erkundigt sich im Schwesternzimmer und bekommt die Erlaubnis, mir ein paar Eis-Chips zu geben, die offiziell das Beste sind, was ich je zu mir nehmen durfte.

»So gut. Mehr.«

»Vorsicht. Nicht dass du es übertreibst und dich übergeben musst.«

»Hast du bei dem Unfall auch was abbekommen?«

»Nein.«

»Aber du warst außer dir vor Sorge, stimmt's?«

»So in der Art. Ich konnte nicht fassen, dass mir das noch mal passiert.«

Tröstend drücke ich seine Hand und zucke zusammen, als die Nadel in meinem Handrücken schmerzhaft auf sich aufmerksam macht. »Nur mit völlig anderem Ausgang.«

»Das konnte ich am ersten Tag nicht glauben.« Er lässt den Kopf auf unsere verschränkten Hände sinken, als sei es zu schwer, ihn oben zu halten. »Da war so ein Typ, der uns beigesprungen ist da draußen – Clint. Er hat mir geholfen, dich aus dem Wagen zu ziehen, und dann ist er sogar noch hierhergekommen, um mir unseren Kram zu bringen.«

»Das ist nett.«

»Ja, wirklich. Er hat an der Unfallstelle gewartet, bis sie den Wagen abgeschleppt haben, und mir Bescheid gegeben, wo sie ihn hingebracht haben. Ist übrigens ein Totalschaden.«

»Das tut mir so leid. Ich weiß doch, wie sehr du diesen Pick-up liebst.«

»Das Auto ist mir scheißegal, Honey. Das kann man ersetzen. Aber dich …«, zittrig holt er Atem, »dich … dich könnte ich niemals …« Seine Stimme bricht, und er schüttelt den Kopf.

Auch wenn seine emotionale Reaktion mich rührt, suche ich nach einer Auflockerung. »Das will ich dir auch geraten haben, mich nicht einfach so zu ersetzen.«

»Dich kann niemand ersetzen, Honig-Knusper.«

KAPITEL 15

Honey

Ich muss eine weitere Woche in San Antonio im Krankenhaus bleiben, bevor sie mich entlassen. Ein paar Tage lang sind Lauren und Garrett noch da, genau wie Blakes Eltern, aber die meiste Zeit sind wir zu zweit. Schauen in meinem Zimmer gemütlich Filme und essen die mitgebrachten Köstlichkeiten, die Blake überall in der Stadt auftreibt. Seiner Ansicht nach müssen wir unsere Zeit hier voll ausnutzen und so viele Restaurants ausprobieren wie nur möglich.

Mittlerweile haben die Krankenschwestern sich daran gewöhnt, ihn an mich gekuschelt in meinem Bett vorzufinden, und ziehen uns auch nicht mehr damit auf, dass wir unsere Verlobung bei ihnen im Krankenhaus feiern. Alle sind unheimlich nett zu uns, und ich bin beinahe traurig, mich von ihnen verabschieden zu müssen, als Blake mich nach draußen bringt.

Sein Dad hat die lange Fahrt nach San Antonio ein weiteres Mal auf sich genommen, um uns heimzubringen. Als ich Blake frage, warum wir nicht einfach einen Wagen gemietet haben, erwidert er, das mit seinem Dad sei die einfachere Lösung. Da ich alles Organisatorische ihm überlassen habe, bohre ich nicht weiter nach, aber merkwürdig kommt es mir schon vor. Ich frage mich, ob er Angst davor hat, selbst zu fahren, und hoffe, dass dem nicht so ist.

Den Großteil der fünfstündigen Heimfahrt verschlafe ich, hauptsächlich weil ich wegen des Knöchels immer noch starke Schmerzmittel nehme, die mich ziemlich groggy machen. Je näher wir unserem Ziel kommen, desto nervöser werde ich, weil ich zwei volle Wochen nicht gearbeitet habe. Ein kleines Polster habe ich, doch der Nachteil an der Arbeit als Selbstständige ist: Wenn ich nicht arbeite, kommt auch kein Geld rein.

Ich muss so schnell wie möglich wieder ins Studio, nur mit dem sperrigen Gips am Fuß und den Krücken, auf die ich noch die nächsten sechs Wochen angewiesen sein werde, weiß ich nicht recht, wie ich das hinkriegen soll. Wenn ich zu intensiv über meine Situation nachdenke, schlagen meine Existenzängste in den roten Bereich aus. Neben dem Haus, das mir ohne jegliche Verbindlichkeit gehört, hat Gran mir ein hübsches kleines Sümmchen hinterlassen, das ich seit der Eröffnung des Studios nicht angerührt habe. Am liebsten tue ich so, als hätte ich dieses Geld gar nicht, doch möglicherweise muss ich tatsächlich darauf zurückgreifen, wenn ich nicht bald wieder mit den Shootings anfangen kann.

»Was ist los?«, fragt Blake von seinem Platz auf dem Beifahrersitz aus.

»Was meinst du?«

»Immer wenn du dich sorgst, machst du so was mit den Lippen. Das machst du jetzt schon seit einer halben Stunde.«

»Echt? Oh.« Hat mich je irgendwer so aufmerksam beobachtet wie Blake? Nein – mit Ausnahme von Gran, versteht sich. Erst jetzt wird mir klar, wie sehr es mir gefehlt hat, so angesehen zu werden, wie er es tut.

Er nickt. »Was beschäftigt dich?«

Ich schaue kurz zu seinem Dad hinüber, der allerdings ganz auf die Straße konzentriert ist, nicht auf uns, dann wieder zurück zu Blake. »Lass uns zu Hause darüber reden.«

Sein knappes Nicken verrät, dass ihm der Aufschub nicht gefällt, er aber mein Bedürfnis nach Privatsphäre versteht.

Am späten Nachmittag treffen wir bei mir ein. Auch wenn ich den Großteil der Fahrt über geschlafen habe, bin ich müde und steif, und meine Kopfschmerzen wollen immer noch nicht aufhören. Blake scheint zu wissen, was ich brauche. Er hebt mich vom Rücksitz auf seine Arme und trägt mich ins Haus.

»Danke, dass du uns abgeholt hast, Mike.«

»Jederzeit, Honey. Ich bin froh, dass ihr heil wieder zu Hause seid.«

Zu meiner Überraschung sehe ich auf meinem Hof einen funkelnagelneuen schwarzen Pick-up mit Blakes Firmenlogo auf der Tür. »Wo kommt der denn her?«

»Garrett hat mir den Gefallen getan und mir einen neuen besorgt.«

»Du hast noch gar nicht erzählt, ob sie den Kerl erwischt haben, der uns reingefahren ist.«

»Haben sie. Er war betrunken.«

Beim Gedanken daran, wie viel schlimmer es für uns beide hätte ausgehen können, überlauft mich ein Schauer. »Es tut mir so leid, dass du das alles durchmachen musstest.«

»Bitte entschuldige dich nicht bei mir. Nichts von alledem ist deine Schuld.«

Ich versuche, seinen scharfen Tonfall und sein schroffes Benehmen auszublenden. Das ist sicher nur dem Stress und seiner Sorge darum zuzuschreiben, mich unversehrt nach Hause zu bekommen. Jetzt, wo ich wieder hier bin, geht bestimmt bald alles wieder seinen gewohnten Gang.

Vorsichtig setzt er mich auf dem Bett ab, legt mir ein Kissen unter den Knöchel und breitet eine leichte Decke über mich. »Hast du's bequem?«

Ich strecke die Hand nach ihm aus. »Bequemer wär's, wenn du dich zu mir legen würdest.«

Er nimmt meine Hand, drückt sie und lässt wieder los. »Ich muss zu Hause vorbei und ein paar Sachen holen, und dann wollte ich noch in den Supermarkt und unsere Vorräte aufstocken. Lauren kommt her und bleibt bei dir, solange ich weg bin.«

»Ich brauche keinen Babysitter. Ich schaff das auch gut allein.«

»Du hast eine Kopfverletzung erlitten und bist auf Krücken angewiesen. Du brauchst sehr wohl einen Babysitter, und damit basta.«

Da ist er wieder, dieser barsche Ton. Wieder schiebe ich es auf den Stress, unter dem Blake steht, doch so langsam habe ich Angst, es könnte mehr dahinterstecken.

»Meinetwegen. Wenn du unbedingt willst.«

»Was hat dich im Auto so beschäftigt?«

»Meine Firma und das fehlende Einkommen, wenn ich nicht arbeite.«

»Zerbrich dir nicht den Kopf darüber. Ich kümmere mich um alles, was du brauchst.«

»Darum geht es mir nicht. Das ist nicht der Grund, aus dem ich es dir erzählt habe.«

»Bitte, Honey. Mach dir keine Sorgen. Ich muss jetzt los, aber ich komme wieder.«

Mir fehlt die Energie, mich wegen irgendetwas zu streiten, einschließlich Geld. »Okay.«

Er dreht sich um und verlässt das Zimmer. Ich versuche, mich nicht damit zu befassen, dass er mir keinen Abschiedskuss gibt. Mir nicht sagt, dass er mich liebt, wie er es noch letzte Woche getan hätte, vor dem Unfall.

Ich muss eingenickt sein, denn als ich das nächste Mal die Augen öffne, ist Lauren im Zimmer, zupft die Decke zurecht und stellt eine Vase mit Staudensonnenblumen auf, meinen Lieblingsblumen. »Danke.« Meine Stimme klingt rau vom Schlaf und von dem ewigen Durst, der einfach nicht aufhört, egal wie viel ich auch trinke. Die Krankenschwestern haben gemeint, das liegt an den vielen Medikamenten, die ich noch immer schlucken muss.

Sofort ist Lauren mit einem Glas Eiswasser an meiner Seite. Fürsorglich hält sie mir den Strohhalm.

»Danke.«

»Schön, dass du wieder da bist.«

»Ich find's auch schön, wieder hier zu sein.« Ich stemme mich hoch, auf der Suche nach einer bequemeren Lage, und der scharfe Schmerz in meinem Kopf raubt mir für einen Moment den Atem.

»Das tut dir ja immer noch ganz schön schlimm weh. Das kann man ja kaum mit ansehen.«

»Ist schon viel besser.«

»Kann ich dir irgendwas Gutes tun?«

»Ein neuer Kopf wäre genau das Richtige.«

Trotz ihres Lächelns sehe ich die Erschöpfung und Sorge in den Zügen ihres hübschen Gesichts. Ich greife nach ihrer Hand.

Sie legt ihre Finger um meine.

»Mir geht's gut, Lo. Versprochen.«

»Du hast mir echt Angst eingejagt«, flüstert sie. »Als dieser Anruf kam, war es sofort wieder wie damals bei Jordan.«

»Ich weiß. Das muss so schrecklich für euch alle gewesen sein.«

»War es auch. Gott sei Dank war Garrett da. Gleich nach dem Anruf stand er bei mir auf der Matte und hat angeboten, mich nach San Antonio zu bringen. Er war wirklich fantastisch, von Anfang an.«

»Ach, wirklich?«, hake ich mit einem anzüglichen Lächeln nach.

»Ja, er war klasse.«

»Blake hat erzählt, ihr habt euch zusammen ein Hotelzimmer genommen.«

»Haben wir. Und sogar im selben Bett geschlafen. Rein platonisch.«

»Echt schade. Ich hätte ja gedacht, du nutzt meinen leidigen Unfall wenigstens, um bei Garrett ein wenig voranzukommen.«

»Sehr witzig. Ich war viel zu durcheinander, um auch nur auf den Gedanken zu verfallen, mich an ihn ranzuwerfen.«

»Spreche ich noch mit derselben Frau, die mich darauf eingenordet hat, in eine Bar zu marschieren und Blake zu sagen, er soll mich ficken? Jetzt bin ich aber enttäuscht.«

»Haha, sehr witzig. Ich war traumatisiert davon, meine beste Freundin im Koma liegen zu sehen. Geh mal nicht so hart mit mir ins Gericht.«

Ich verdrehe die Augen, auch wenn es wehtut. »Ich hab doch nicht im Koma gelegen.«

»Tja, du warst tagelang ohne Bewusstsein – und das waren *sehr lange Tage.* Ich dachte schon, Blake verliert den Verstand bei dieser Warterei.«

»Er wirkt ein bisschen … seltsam. Ist dir das auch aufgefallen?«

»Garrett und mir ist jedenfalls aufgefallen, dass er extrem gestresst wirkt. Jetzt, wo du wieder hier bist, gibt sich das sicher.«

»Das hoffe ich.« Einen Moment lang ringe ich mit mir, ob ich ihr alles erzählen soll, denn das würde es quasi offiziell machen. »Es ist nur … Vor dem Unfall waren wir so glücklich. Wir haben uns verlobt und Pläne geschmiedet, und alles war fantastisch. Und jetzt …«

»Was?«, fragt sie und runzelt die Stirn.

»Er sagt und tut genau die richtigen Dinge, aber dabei erinnert er mich die ganze Zeit an den Kerl, den ich in der Kneipe aufgerissen habe. Der um jeden Preis Distanz wahren wollte. Das sieht dem Blake der letzten Wochen überhaupt nicht ähnlich.«

»Blake ist verrückt nach dir, Honey. Die ganze Stadt redet von eurer bevorstehenden Hochzeit. Gib ihm einfach ein bisschen Zeit, über den Unfall hinwegzukommen. Über dieses Trauma, dich so schwer verletzt zu sehen. Denk dran, was er durchgestanden hat und was für Spuren das bei ihm hinterlassen haben muss.«

»Ich kann an nichts anderes denken. Jordans Tod hat ihn in einen emotionslosen Schatten von einem Mann verwandelt. Ich würde es nicht ertragen, wenn er wieder in diesen Zustand zurückfallen würde, Lo.« Mir steigen Tränen in die Augen. »Ich will ihn nicht an die Vergangenheit verlieren. Nicht nach allem, was wir miteinander geteilt haben.«

»Lass es ruhig angehen. Gib ihm die Zeit, sich mit dir zusammen zu erholen. In ein paar Wochen ist alles wieder beim Alten, wirst schon sehen.«

Gierig klammere ich mich an Laurens beruhigende Worte, aber tief in meinem Inneren wächst die Sorge, ich könnte bei diesem Unfall *ihn* verloren haben.

* * *

Mittlerweile neigt sich meine zweite Woche daheim dem Ende zu, und ich könnte die Wände hochgehen. Ich brenne darauf, mich wieder in die Arbeit zu stürzen. Doch zwei Tage muss ich mich noch gedulden bis zu dem Termin bei meinem Hausarzt, der mich hoffentlich wieder für beschränkt arbeitsfähig erklärt. Die Schmerzen in meinem Knöchel sind in ein Jucken übergegangen, und neuerdings kann ich ihn tatsächlich vorsichtig belasten und mich ohne Krücken fortbewegen, wenn auch humpelnd.

Mit dem Plan, nächste Woche wenigstens halbtags wieder einzusteigen, kontaktiere ich ein paar meiner Kunden, die aufgrund meiner Genesungszeit auf einen neuen Termin warten mussten. Ich kann es kaum erwarten, mich wieder mit zeternden Babys und kontrollsüchtigen Müttern herumzuschlagen – das ist meine Normalität, und danach hungere ich.

Blake hat so viel damit zu tun, die in seiner Abwesenheit aufgelaufene Arbeit nachzuholen, dass ich ihn kaum zu Gesicht kriege. Im Grunde nur, wenn er neben mir ins Bett gekrabbelt kommt, oft erst nach Mitternacht. So langsam wächst in mir der Verdacht, dass er mich meidet – unsere Beziehung, unsere Verlobung, unsere Zukunft. Unsere körperliche Beziehung ist zu einem keuschen Wangenküsschen bei seinem morgendlichen Aufbruch zur Arbeit zusammengeschrumpft. Mehr ist da nicht. Darüber hinaus rührt er mich kaum je an, was überhaupt nicht zu dem leidenschaftlichen Mann passt, in den ich mich verliebt habe.

Ich versuche, Laurens Rat zu beherzigen und ihm Zeit zu lassen, aber langsam bekomme ich Angst, dass die Kluft, die der Unfall zwischen uns aufgerissen hat, nicht zu überbrücken ist.

Eines Spätnachmittags kommt Garrett zu Besuch. Nach einem kurzen Klopfen tritt er mit dem neuesten in einer ganzen Reihe von Blumensträußen zur Tür herein.

In den letzten Wochen wächst in mir stetig der Verdacht, dass er mir nur Blumen bringt, um eine Ausrede dafür zu haben, bei Lauren im Laden vorbeizuschauen, doch bisher hat er nichts dergleichen erwähnt, und ich habe nicht nachgefragt. Nicht dass ich mir zu schade dafür wäre, den beiden einen Schubs zu geben. Nur will das gekonnt sein. Meiner Ansicht nach würden sie ein tolles Paar abgeben, und wenn sich die Gelegenheit bietet, werde ich ihn schon unauffällig in ihre Richtung dirigieren.

Garrett hat dunkles Haar und ein umwerfendes Lächeln. In der Highschool sind wir ein paarmal miteinander ausgegangen, aber daraus ist nie mehr als Freundschaft geworden. Trotzdem fand ich ihn schon immer supersüß und lieb. Er setzt sich auf einen von Grans zierlichen Stühlen, die für seine muskulöse Gestalt viel zu klein sind. »Ich hab ein bisschen Angst, dass das Ding unter mir zusammenkracht.«

»Ist auch gar nicht so unangebracht. Blake nennt die Sachen immer meine Puppenhausmöbel.«

»Nachvollziehbar. Wie geht's dir, Honey?«

»Ich hab Hummeln im Hintern. Es wird dringend Zeit, dass ich wieder an die Arbeit gehe und mir mein Leben zurückerobere. Davon abgesehen gar nicht so schlecht.«

»Wo wir gerade beim Thema Arbeit sind – deshalb bin ich auch hier.«

»Wenn es ganz furchtbar ist, verschon mich damit.«

Er lächelt, was ihn nur noch niedlicher aussehen lässt als sonst. »Es ist überhaupt nicht furchtbar. Ich war so frei, einen deiner gerade auszahlungsreif gewordenen Sparbriefe zu liquidieren. Damit hast du acht Wochen Arbeitskapital, mit dem du diesen und nächsten Monat deine Rechnungen zahlen kannst.«

»Oh, Garrett, vielen lieben Dank, dass du das in die Hand genommen hast. Ich hab mir schon richtig Sorgen gemacht, unter anderem wegen des Geldes.«

»Nicht nötig, fürs Erste bist du abgesichert. Ich habe alles im Auge.«

»Gott sei Dank, dass es dich gibt. Du darfst hier niemals wegziehen.«

»Ich gehe nirgendwohin.«

Garrett kenne ich schon genauso lange wie Blake, Lauren, Matt und Julie, deshalb hoffe ich, er versteht meine nächsten Worte auch so, wie sie gemeint sind. »Ich wollte dir auch noch danken, dass du Lauren zu mir gebracht hast, als ich sie in San Antonio gebraucht habe.«

»Ich war froh, dass ich wenigstens irgendwie helfen konnte. Sie war völlig am Ende. In dem Zustand konnte ich sie nicht fünf Stunden fahren lassen.«

»Es war wirklich lieb von dir, dass du so auf sie aufgepasst hast.«

»So macht man das schließlich unter Freunden.«

»Ihr seid also Freunde? *Nur* Freunde?«

»Was führst du im Schilde, Honey?«, fragt er grinsend.

»Nichts weiter. Na ja …«

»Wir sind gut befreundet. Waren wir schon immer, werden wir auch immer sein.«

»Aber mehr nicht?«, hake ich nach, und das Herz wird mir schwer.

»Das hab ich nicht gesagt.«

»Jetzt komm mir nicht mit Geheimniskrämerei, Garrett McKinley. Lauren ist meine beste Freundin, und sie ist in dich verknallt.« So viel zum Thema Diskretion. Abrupt schlage ich mir die Hand vor den Mund. *»O mein Gott.«* Hinter meiner Hand ist meine Stimme ganz erstickt. »Ich fass es nicht, dass ich das gerade tatsächlich laut ausgesprochen habe. Das muss die Gehirnerschütterung sein.«

Garrett sieht aus, als hätte ich ihm eins mit dem Vorschlaghammer übergezogen. »Lauren ist verknallt. In *mich*?«

Ich nicke, die Hand immer noch über dem Mund.

»Ist das schon länger so?«

Ich nicke.

»Da soll mich doch der Teufel holen.«

Schließlich traue ich meinem Mundwerk wieder über den Weg. »Ist das eine gute Nachricht?«

»Jedenfalls keine schlechte. Ich mag Lauren sehr. Schon immer.«

»Aber?«

»Kein Aber. Ich mag sie.«

»Sie glaubt, du hältst sie für eine hohle Nuss.« Jetzt kann ich auch ganz die Karten auf den Tisch legen.

»Was? Überhaupt nicht!«

»Ich hab ihr auch gesagt, dass das Blödsinn ist. Da muss man sich nur mal ihren Laden ansehen, und wie viel sie ehrenamtlich leistet.«

»So denke ich überhaupt nicht von ihr. Ich finde sie fantastisch.«

»Vielleicht könntest du irgendwie einen Weg finden, das auch *ihr* klarzumachen?«

»Ja«, murmelt er sichtlich erschüttert. »Sollte ich wohl.« Er lehnt sich vor, die Ellbogen auf die Knie gestützt. »Weißt du, was der Hauptgrund ist, dass ich sie nie gefragt hab, ob sie mal mit mir ausgeht?«

»Keinen Schimmer.«

»Dass sie mal was mit Blake hatte und er einer meiner besten Freunde ist. Ich dachte, zwischen ihm und mir könnte es komisch werden, wenn ich was mit ihr anfange, auch wenn das mit den beiden schon ewig her ist.«

»Das ist derselbe Grund, aus dem ich nie auf den Gedanken gekommen bin, was mit Blake anzufangen, aber Lauren hat mir gesagt, ich soll mich nicht lächerlich machen. Das ist schon so lange her, kurz nachdem sie sich endlich von Wayne getrennt hatte. Nach dem, was sie von diesem Kerl ertragen musste, hatte sie einen anständigen Mann wie Blake mehr als verdient.«

Bei der Erwähnung ihres Ex-Manns verzieht Garrett das Gesicht. »Ich hoffe, der Typ lässt sich nie wieder hier blicken.«

»Der müsste schon bescheuert sein, noch mal einen Fuß nach Marfa zu setzen. Dem muss klar sein, dass die halbe Stadt ihn am liebsten tot sehen würde, nachdem er Lauren so misshandelt hat.«

»Und ich wäre der Erste in der Reihe derer, die darauf brennen, ihm eine zu verpassen«, bestätigt er mit zornfunkelnden Augen – so nachdrücklich, dass mir auf einmal klar wird, dass er niemals immun gegen ihren Charme war – eher das genaue Gegenteil. »Und sie ist wirklich in mich verknallt?«, vergewissert er sich hoffnungsvoll.

»Ja, ist sie, aber das hast du nicht von mir.«

»Was denn?«, fragt er unschuldig und zwinkert mir zu.

»Wo wir gerade bei den Geheimnissen sind – was ist eigentlich mit deinem Busenfreund Blake los?«

Er wirkt ernsthaft erstaunt. »Was meinst du?«

»Dir ist nach dem Unfall keine Veränderung an ihm aufgefallen?«

»Abgesehen davon, dass er sich in die Arbeit stürzt wie ein Verrückter und sich ständig um dich sorgt – nein, nicht wirklich.«

»Tja, mir schon.«

»Und zwar?«

»Er ist anders. Wieder so distanziert wie früher, überhaupt nicht liebevoll. Und außer zum Schlafen findet er ständig einen Grund, überall, nur nicht hier zu sein. Schon seit Tagen versuche ich, ihn dazu zu bewegen, mal eine Spritztour mit mir zu machen oder zusammen essen zu gehen oder sonst irgendwas, damit ich hier endlich mal rauskomme. Aber er hat immer irgendeinen Grund, weswegen er nicht kann.«

»Hm, das ist seltsam.«

Die Bestätigung aus Garretts Mund trägt nicht gerade zu meiner Beruhigung bei. Ich reibe mir die schmerzende Stelle an meinem Brustbein, die von Tag zu Tag schlimmer wird. »Irgendwas stimmt nicht, Garrett. Lauren hat mir geraten, ihm Zeit zu lassen, sich wieder in die Normalität einzufinden. Doch mittlerweile ist der Unfall Wochen her, und er zieht sich von Tag zu Tag mehr zurück. Könntest du mal mit ihm reden? Vielleicht findest du ja raus, was los ist.«

»Na klar.«

Erleichtert atme ich auf. »Und du sagst ihm nicht, dass ich dich dazu angestiftet habe?«

»Von mir erfährt er das nicht.«

»Danke, Garrett.«

Er grinst mich an. »Das ist das Mindeste, was ich für dich tun kann, nachdem du mir bei so einigen wichtigen Dingen die Augen geöffnet hast.«

KAPITEL 16

Blake

Ich setze den Rasentrimmer dicht am Granit an und schalte ihn ein, um das hohe Gras niederzumähen, das um Jordans Grabstein gewuchert ist, während ich zu beschäftigt war, um mich wie normalerweise darum zu kümmern.

Normalerweise.

Was bedeutet »normal« überhaupt noch? Viele Jahre lang bestand meine Normalität aus Arbeit, Arbeit und noch mal Arbeit, mit einem bedeutungslosen One-Night-Stand hier und da, um mich abzureagieren. Dann ist Honey in meine Stammkneipe marschiert und hat meine wohlgeordnete Welt mit sechs kleinen Worten auf den Kopf gestellt. Eine Weile habe ich das genossen. Bis die Realität mich eingeholt und daran erinnert hat, dass nichts ewig hält. Dass es leichter ist, sich auf nichts einzulassen, als zu riskieren, alles zu verlieren.

Das Surren des Rasentrimmers ist seltsam tröstlich, und konzentriert mähe ich Jordans Grab und das ihrer Großeltern daneben. Ich schäme mich dafür, wie sehr die Gräber verwildert sind. Ich hoffe, Jordans Großeltern würden gutheißen, was ich aus ihrem Haus mache. Mittlerweile denke ich wieder daran, es zu verkaufen, wenn es fertig ist. Die Vorstellung, dort mit Honey und der Familie, die wir möglicherweise hätten haben können, zu leben, war nichts als ein Hirngespinst, das ist mir jetzt klar.

Wenn sie erst wieder ganz gesund ist, werde ich ihr so schonend wie möglich beibringen, dass ich mir das mit uns anders überlegt habe. Lieber bleibe ich für den Rest meines Lebens allein, als je noch einmal durchzustehen, was ich da auf dem Highway vor San Antonio erlebt habe. Ganz zu schweigen von den endlosen Tagen im Krankenhaus, als ich nicht wusste, ob sie je wieder aufwachen und mich mit diesen bezaubernden braunen Augen ansehen würde, ob sie mich je wieder auf diese ganz spezielle Art anlächeln würde, die allein für mich bestimmt ist.

Hastig schüttle ich diese Gedanken ab. Die sind kontraproduktiv. Es hat keinen Sinn, mich nach etwas zu verzehren, was niemals sein kann. Ich bin weit besser bedient, wenn ich mich auf die Arbeit konzentriere, die mich all die Jahre über Wasser gehalten hat.

Sicher, Honey wird enttäuscht sein, aber sie wird darüber hinwegkommen. Eine so fantastische Frau wie sie wird nicht lange allein bleiben. Irgendein toller Kerl wird sie sich schnappen und ihr alles geben, wozu ich nicht imstande bin. Es war der schiere Wahnsinn von mir, zu glauben, ich hätte den Unfall mit Jordan ausreichend überwunden, um es mit Honey noch einmal zu versuchen.

Und wenn ich bei der Vorstellung von ihr mit einem anderen Mann Mordgelüste hege? Nun, auch das wird vergehen. Das Wichtigste ist ihr Glück, und ich kann nicht mal mich selbst glücklich machen, geschweige denn irgendjemanden sonst.

Für zwei schöne Monate habe ich mir vorgegaukelt, ich hätte das Trauma von Jordans Verlust hinter mir gelassen. Berauscht vom heißesten Sex meines Lebens habe ich geglaubt, es ginge mir besser, ich wäre bereit, es wieder zu versuchen – doch das hat sich als komplette Fehleinschätzung erwiesen. Als ich auf diesem Highway stand und fürchten musste, ich hätte sie für immer verloren, ist mir klar geworden, wie absolut überhaupt nicht bereit ich für irgendetwas von den Dingen bin, die ich mir mit Honey erhofft hatte.

Ich kann es mir nicht leisten, dass noch einmal jemand so wichtig für mich wird, und Honey hat Besseres verdient als einen Schatten von einem Mann, der ihr nicht das Geringste zu geben hat.

Aus meinen zunehmend düsteren Gedanken reißt mich erst Garretts Anblick heraus, wie er über den Friedhofsrasen auf Jordans Grab zugeschlendert kommt. Was zum Teufel macht der denn hier? Und wie hat er mich überhaupt aufgespürt? Verärgert über die Unterbrechung schalte ich den Rasentrimmer aus und schiebe mir die Schutzbrille auf die Stirn. »Was machst du denn hier?«

»Dich suchen.«

»Tja, hast mich gefunden.«

»Ich bin etwas überrascht, dass du hier bist. Ich hätte gedacht, um diese Uhrzeit bist du längst zu Hause bei Honey.«

»Hab noch zu tun. Das hält sich nicht von selbst in Ordnung.«

»Nein, tut es nicht, aber niemand hat gesagt, dass du dich als Einziger darum kümmern musst.«

»Ich hab das immer getan, und das werde ich auch immer, solange ich noch nicht selbst unter der Erde bin.«

»Okay.«

»War das alles, was du loswerden wolltest?«

»Wenn du mich so fragst – nein. Ein bisschen wundere ich mich schon, dass du dich neuerdings wieder so in deiner Arbeit vergräbst, obwohl zu Hause deine Verlobte auf dich wartet.«

»Falls es dir entgangen ist, ich war zwei Wochen lang weg. Da gab es einiges nachzuholen.«

»Das hattest du keine Woche nach deiner Rückkehr wieder aufgeholt. Da musst du dir schon eine bessere Erklärung einfallen lassen.«

»Was willst du von mir hören?«

»Ich will wissen, was los ist.«

»Es ist alles große Scheiße, das ist los! Ich hab Mist gebaut bei Honey. Ich hätte ihr nie einen Antrag machen dürfen, denn jetzt muss ich ihn zurücknehmen, und das bringt mich um, verdammt.«

»Dann nimm ihn nicht zurück.«

»Ich muss.«

»Warum? Warum musst du das?«

»Darum.« Ich höre selbst, wie abgrundtief unglücklich ich dabei klinge, und zweifellos entgeht das auch meinem besten Freund nicht.

»Ich habe da so eine Theorie, die ich dir gern mal vorstellen würde. Du kannst mir ja sagen, wie nah ich dran bin – ob heiß, kalt oder wenigstens lauwarm.«

Ich will seine Theorie nicht hören, aber das wird ihn wohl kaum davon abhalten, sie mir aufzutischen.

»Vor zwölf Jahren ist uns allen etwas Schreckliches passiert, doch am schlimmsten hat es dich und Jordans Familie getroffen. Die Menschen, die sie am meisten geliebt haben.«

Weil ich mir nicht sicher bin, ob ich die Fassung wahren kann, betrachte ich eingehend den Rasen zu meinen Füßen.

»Das war eine furchtbare Zeit, und jahrelang bestand deine Methode, mit diesem Verlust und den damit zusammenhängenden Schuldgefühlen umzugehen, daraus, dich in deine Arbeit zu stürzen. Die einzigen kleinen Freuden, die du dir erlaubt hast, waren dein tägliches Feierabendbier, hier und da mal ein One-Night-Stand und begrenzt Zeit mit deiner Familie und deinen Freunden. Wird es schon warm?«

Ich zucke die Achseln. Es wird nicht nur warm, es ist glühend heiß, das werde ich ihm allerdings bestimmt nicht auf die Nase binden.

»Dann bist du mit Honey zusammengekommen, und eine Zeit lang schien alles besser zu sein. Du hast wieder gelacht, wie du zwölf Jahre lang nicht gelacht hattest, hast gelächelt, rumgewitzelt, Dinge gewagt, Pläne geschmiedet.«

»Tja, und was hat es mir gebracht? Ich bin im nächsten verfluchten Krankenhaus gelandet.«

»Ah, und hier haben wir des Pudels Kern: das furchtbare, entsetzliche Unglück, das beinahe wieder geschehen wäre. Betonung auf *beinahe*. Honey ist nicht tot, Blake. Sie ist lebendig und wohlbehalten, liebt dich wie verrückt und fragt sich, warum du deine Zeit überall, nur nicht mit ihr verbringst.«

»Hat sie dir das gesagt?«

»Das musste sie gar nicht. Ich bin zu ihr gefahren, um euch beide zu sehen. Du warst nicht da, und sie wusste nicht, wann du nach Hause kommst. Als ich dich auch nicht in der Bar oder bei dir zu Hause angetroffen hab, blieb nur noch das hier übrig. Und jetzt erklär mir mal bitte, warum irgendjemand seine Zeit lieber auf dem Friedhof als zu Hause bei der Frau verbringen sollte, die er liebt – und die ihn genauso liebt.«

»Du kapierst es nicht!« Am liebsten würde ich ihn erwürgen. Wie kann er es wagen, mich so infrage zu stellen! Ich dachte, er wäre mein Freund.

»Und komm mir nicht mit ›Du kapierst das nicht‹. Ich habe jede Sekunde dieser Geschichte mit dir zusammen durchlebt. Ich habe zugesehen, wie aus einem fröhlichen, sorglosen, optimistischen Kerl ein bloßer Schatten von einem Mann geworden ist, der glaubt, die einzige Möglichkeit, den Tag durchzustehen, sei, sich abzuschuften. Das ist kein Leben, Blake, und die Jordan, die ich gekannt und geliebt habe, würde nicht wollen, dass du so existierst.«

»Wag es ja nicht, so zu tun, als wüsstest du, was sie wollen würde.«

»Wieso nicht? Du warst nicht der Einzige, dem sie am Herzen lag. Wir haben sie alle geliebt. Ich habe sie mein Leben lang gekannt, und dieses warmherzige, nette Mädchen hätte nicht gewollt, dass du ihren Tod als Entschuldigung dafür benutzt, vor dem Leben davonzulaufen.«

»Das mache ich doch überhaupt nicht.«

»Ach nein? Ist es nicht genau das, was du schon so lange tust, dass du gar nicht anders kannst, als in dasselbe Muster zu fallen, sobald wieder ein Unfall dein Leben erschüttert? Dass du dir einbildest – so dämlich das auch ist –, nur ein Leben ohne jegliches Wagnis würde noch Sinn ergeben?«

Ich habe Angst, wenn ich jetzt antworte, beende ich eine lebenslange Freundschaft. Also schweige ich eisern.

Garrett tritt auf mich zu, und als er weiterspricht, ist sein Tonfall sanfter. »Hör mal, ich fühle wirklich mit dir. Das geht uns allen so. Wie kann einem Kerl so was gleich zweimal im Leben passieren? Aber weißt du, was dir noch zweimal im Leben passiert ist?«

Ich zwinge mich, den Kopf zu heben und seinem Blick zu begegnen. Fragend ziehe ich eine Augenbraue hoch.

»Die wahre Liebe. Ich hatte dieses Glück noch nicht, und ich beneide dich, dass es dir gleich zweimal vergönnt war. Wäre ich an deiner Stelle und hätte eine wundervolle Frau wie Honey, die mich abgöttisch liebt, dann würde ich sie festhalten, mit allem, was ich habe.«

Ich will es ja. Gott weiß, ich will, doch ich kann es nicht. »Tja, nur bist du nicht an meiner Stelle.«

»Nein, bin ich nicht, und ich kann nicht mal ansatzweise nachempfinden, wie es für dich gewesen sein muss, als du nicht wusstest, ob Honey es schafft. Aber das hat sie. Wie traurig wäre es, wenn sie das alles überstanden hätte, nur um dich dann zu verlieren, bloß weil irgend so ein Idiot einen übern Durst getrunken und dann beschlossen hat, es wäre eine gute Idee, sich in der Verfassung hinters Steuer zu setzen? Wo ist das denn bitte ihr gegenüber fair?«

Ist es nicht, und um mir das zu erklären, hätte ich nicht Garrett gebraucht.

»Sie tut mir echt leid, weißt du?«, fährt er fort. »Ich meine, schon am Tag ihrer Geburt hat sie der wichtigste Mensch in ihrem Leben im Stich gelassen. Da fände ich es wirklich furchtbar, wenn ihr das noch mal passiert.«

»Ich lasse sie nicht im Stich.« Noch während ich das sage, fühlt es sich an, als würde mir jemand ein Messer in die Brust rammen und noch mal umdrehen. Denn gleichzeitig kommt die Erinnerung hoch, wie sie mir ihre Angst davor gestanden hat. Und habe ich nicht genau das vor? »Sie kommt schon klar.«

»Vielleicht ja, vielleicht nein. Sicher kann das niemand wissen. Eins will ich noch loswerden, dann lasse ich dich weiterarbeiten.« Er wartet, bis ich ihn ansehe, bevor er fortfährt: »Ich fand's echt schön, die letzten Monate über meinen alten Kumpel Blake wiederzuhaben. Mir war gar nicht klar, wie sehr mir der gefehlt hat.«

Während ich mich noch von dieser Bombe zu erholen versuche, wendet Garrett sich ab und geht davon, die Hände in den Taschen und den Kopf gesenkt. Am liebsten würde ich ihm nachlaufen, ihm begreiflich machen, dass er das komplett falsch sieht, dass er es in Wahrheit eben doch nicht versteht. Aber ich bleibe, wo er mich vorgefunden hat, am Grab meiner toten Ex-Freundin, während die Verlobte, von der ich mich zu trennen plane, zu Hause auf mich wartet.

Wann ist mein Leben eigentlich so komplett schiefgelaufen?

Honey

Zum Abschluss meiner ersten Arbeitswoche bringt Lauren mir Abendessen, das wir zusammen vor dem Fernseher genießen, während wir »Magnolien aus Stahl« schauen. Bei der Szene, in der Sally Fields Figur nach der Beerdigung ihrer Tochter auf dem Friedhof einen Nervenzusammenbruch bekommt, brechen auch wir in Tränen aus. Wir heulen wie die Schlosshunde. Doch dann weine ich nicht mehr wegen des Tods von Sallys Tochter. Ich weine, weil ich irgendwann innerhalb der letzten zwei Wochen Blake verloren habe und nicht weiß, wie ich ohne ihn weiterleben soll.

Mein Herz ist zerschmettert, in Millionen Scherben, und er ist der Einzige, der es wieder zusammensetzen kann. Aber er will mich nicht mehr. Mittlerweile macht er sich nicht mal mehr die Mühe, nachts zu mir ins Bett zu schlüpfen. Ich habe ihn seit drei Tagen nicht mehr zu Gesicht bekommen.

Als Lauren merkt, dass meine Tränenflut nichts mehr mit dem Film zu tun hat, schließt sie mich in die Arme und hält mich fest, während ich alles rauslasse.

»Ich verstehe nicht, was los ist«, bringe ich unter Schluchzen heraus. Der Ring an meinem Finger ist eine schmerzliche Erinnerung an die schönsten Tage meines Lebens. »Wir waren so glücklich, als wir aus South Padre abgereist sind. Das Leben war perfekt, bis dieser Unfall passiert ist und alles ruiniert hat.«

»Es tut mir so leid, Honey. Ich wünschte, ich wüsste, was ich sagen kann, damit es dir besser geht.«

»Ich fasse es nicht, dass es vorbei ist. Immer wieder hoffe ich, er taucht auf und ist auf wundersame Weise wieder der Mann, den ich die letzten zwei Monate an meiner Seite hatte. Aber dazu wird es nicht mehr kommen, oder?«

»Ich wünschte, ich wüsste es. Garrett hat mit ihm geredet und meinte, der Unfall hat bei ihm einige schlimme Erinnerungen hochkommen lassen. Seiner Einschätzung nach fährt Blake gerade dasselbe Überlebensprogramm wie damals. Er zieht sich in seine Arbeit zurück, um sich nicht mit dem Schmerz auseinandersetzen zu müssen, dich beinahe verloren zu haben.«

»Aber er hat mich nicht verloren! Ich bin noch da und wünsche mir in jeder Sekunde, er wäre bei mir. Nimm's nicht persönlich.«

»Keine Sorge, mach ich nicht«, beruhigt sie mich lächelnd und streicht mir das Haar aus dem Gesicht. »Ich habe eine Idee. Ich weiß nicht, ob das die richtige Vorgehensweise ist, doch einmal hat es schon funktioniert – wer sagt, dass es das nicht auch ein zweites Mal kann?«

Begierig auf jegliche Idee, die meine beste Freundin haben mag, wische ich mir die Tränen fort und trinke einen großen Schluck von meinem Wein.

»Wie wär's, wenn du ihn aufspürst und noch mal denselben Spruch bringst, mit dem das Ganze angefangen hat?«

Ich schüttle den Kopf. »Er will nichts mehr von mir wissen. Was bringt dich auf den Gedanken, er könnte *das* noch wollen?«

»Er will alles mit dir, Honey. Er schafft es nur einfach nicht, sich das zu erlauben, weil er sich dafür verantwortlich fühlt, dass du verletzt wurdest – genau wie für Jordans Tod. Du musst ihn bombardieren mit Erinnerungen daran, was er aufgeben würde, wenn er dich ziehen lässt.« Sie ergreift meine Hand und blickt mir fest in die Augen. »Du musst jetzt stark genug für euch beide sein.«

»Aber ich weiß nicht, ob ich das kann. Ich fühle mich so gar nicht stark.«

»Du, Honey Carmichael, bist der stärkste Mensch, der mir je begegnet ist. Sieh dir doch mal an, was du in deinem Leben schon alles überwunden hast – Dinge, an denen andere längst zerbrochen wären. Wenn du diesen Mann so sehr willst, wie ich glaube, dann musst du um ihn kämpfen. Und zwar, indem du ihm ins Gedächtnis rufst, was auf dem Spiel steht.«

Laurens Vertrauen in mich lässt mir erneut die Tränen in die Augen steigen. »Und wenn er mich abblitzen lässt?«

»Dann hast du die Antwort, die du brauchst, und kannst das Ganze hinter dir lassen – in dem Wissen, dass du alles in deiner Macht Stehende unternommen hast. Denk drüber nach.«

Ich frage mich, wie ich jetzt noch an irgendetwas anderes denken soll.

* * *

Zwei Tage später gehen mir die Ausreden dafür aus, nicht zu tun, was Lauren vorgeschlagen hat. Blake fehlt mir so sehr, dass ich selbst das Risiko einer öffentlichen Demütigung auf mich nehme, wenn das bedeutet, dass ich dieses attraktive Gesicht und diese erstaunlichen blauen Augen noch einmal sehen darf.

Nach der Arbeit lege ich die Unterschenkelschiene ab, die ich noch einen Monat lang mindestens zwölf Stunden am Tag tragen soll, dusche und verwende besonders große Sorgfalt auf meine Frisur und mein Make-up. Bestimmt eine halbe Stunde stehe ich vor meinem Schrank, bevor ich mich für ein weißes Minikleid entscheide, das so ziemlich das Heißeste ist, was ich besitze – da bleibt nichts der Fantasie überlassen. Nicht dass Blake seine Fantasie bräuchte, um sich mich nackt vorzustellen. Das hat er oft genug persönlich gesehen.

Dazu schlüpfe ich in meine roten Cowboystiefel und komme schnell zu der Einsicht, dass mein genesender Knöchel noch nicht bereit für hohe Absätze ist. Also wechsle ich zu niedrigeren Sandaletten, die nicht halb so aufreizend sind, aber wenigstens tun sie mir nicht schon beim Anziehen weh. Schließlich sprühe ich Parfum auf sämtliche strategisch wichtigen Stellen.

Dann schlage ich ein paar Stunden mit irgendwelchem Fernsehmüll tot, bis ich mir sicher bin, dass es spät genug ist, ihn zu Hause anzutreffen.

Die Fahrt zu ihm kommt mir endlos vor, obwohl sie nur eine Viertelstunde dauert. Als ich in seine Auffahrt einbiege, strömen Erinnerungen an meinen ersten Abend hier auf mich ein – und an alles, was darauf gefolgt ist. Ich will ihn wiederhaben, und ich bin fest entschlossen, alles in meiner Macht Stehende zu unternehmen, um ihn zu überzeugen, dass wir das schaffen können, solange er uns nur die Chance gibt, darum zu kämpfen.

Im Haus ist es dunkel, und da er normalerweise in der Garage parkt, kann ich nicht wissen, ob er tatsächlich zu Hause ist. Aber jetzt bin ich schon zu weit gekommen, um umzudrehen.

Mit feuchten Händen gehe ich zur Tür und drücke auf den Klingelknopf, höre, wie der Glockenton durchs Haus schallt. Ich warte eine gefühlte Ewigkeit, dann klingle ich noch einmal, warte und lausche auf Schritte, die nicht kommen.

Entweder ist er nicht da, oder er macht nicht auf. Ich entscheide mich für Ersteres und gehe nicht so weit, den Code einzugeben, den er mir in der Nacht verraten hat, als ich ihn betrunken heimgebracht habe. Wo könnte er um diese Uhrzeit sonst sein? Darüber muss ich nur eine Sekunde nachdenken, bevor ich ganz genau weiß, wo ich ihn finden werde.

Langsam stakse ich auf meinem fragilen Knöchel zurück zum Auto, obwohl ich viel lieber rennen würde. Ich fahre vorsichtig, halte mich an die Geschwindigkeitsbegrenzungen und richte sämtliche Aufmerksamkeit auf die Straße – noch ein Unfall ist das Letzte, was ich jetzt gebrauchen kann. Ich biege um die letzte Kurve vor der Farm und entdecke schon aus der Ferne, dass die Lichter im Obergeschoss brennen.

Mein Herz macht einen glücklichen Satz. Gleich sehe ich ihn wieder, und ich kann es kaum erwarten. Auf dem Weg die Auffahrt hinauf rede ich mir Mut zu: »Was auch geschieht, du schaffst das. Ob mit oder ohne ihn, alles wird gut.« Aber oh, ich hoffe so sehr, dass es mit ihm sein wird.

Schließlich parke ich neben seinem neuen Pick-up, stelle den Motor ab und schalte die Scheinwerfer aus. Er hat mich mit Sicherheit kommen sehen, es besteht also kein Grund, es künstlich in die Länge zu ziehen. Und so nehme ich all meinen Mut zusammen, fahre mir ein weiteres Mal mit den Fingern durchs Haar, frische meinen Lippenstift auf und gehe zur Veranda.

Er empfängt mich an der Tür, und bei meinem Anblick weiten sich seine Augen. »Honey. Was machst du denn hier?«

»Dich suchen. Darf ich reinkommen?«

»Äh, ja, klar. Wenn du meinst.«

Ich gebe vor, seinen Mangel an Begeisterung gar nicht zu registrieren, und betrete an ihm vorbei das Haus. Seit ich das letzte Mal hier war, ist viel passiert. Die Küchenschränke sind aufgebaut und durch wunderschöne kupferne Arbeitsplatten ergänzt, und im Wohnzimmer steht sogar ein Sofa. Ich frage mich, ob er hier schläft, wenn er nicht bei mir ist.

»Das sieht ja fantastisch aus, Blake. Ich liebe diese Arbeitsplatten.«

»Ja? Ich war mir nicht sicher, aber die Frau im Showroom hat sie mir aufgeschwatzt.«

»Sie sind perfekt. Und der Fliesenspiegel ist ja toll. Musstest du diese winzigen Fliesen alle von Hand setzen?«

»Die werden auf Dreißig-Zentimeter-Matten geliefert.«

»Na, ein Glück. Wenn man die alle einzeln aufkleben wollte, würde man ja irgendwann zu schielen anfangen. Zeig mir, was du noch alles gemacht hast.«

Widerstrebend – so kommt es mir zumindest vor – führt er mich nach oben ins Hauptschlafzimmer, wo die Wände mit Rigips verschalt sind und der Dielenboden in neuem Glanz erstrahlt. »Die Tür hier ist aus der alten Scheune«, erklärt er und schiebt sie zur Seite. Dahinter kommt das angeschlossene Bad zum Vorschein.

»O mein Gott, diese Badewanne! Die ist ja der Hammer.«

»Ich weiß ja, wie gern du badest, also habe ich die größte gekauft, die sie hatten. Ich dachte mir, wer auch immer hier mal wohnt, wird sie sicher zu schätzen wissen.«

Wer auch immer hier mal wohnt … Ich gebe mir Mühe, mich von dieser Bemerkung nicht aus der Bahn werfen zu lassen.

Langsam streiche ich mit der Hand über den doppelten Waschtisch aus weißem Marmor. Und dann drehe ich mich zu Blake um, zwinge ihn, meinem Blick zu begegnen. Er sieht so erschöpft aus, dass ich ihn am liebsten in den Arm nehmen würde, damit er sich ausruhen kann, aber ich bin mir nicht sicher, ob mir das noch zusteht. »Ich dachte, *wir* wohnen hier, wenn es fertig ist. War das nicht der Plan?«

Er schaut zu Boden, und die Qual in seiner Miene zerreißt auch den letzten Rest meines Herzens. »Honey …«

»Ich will, dass du mich fickst.«

Abrupt hebt er den Kopf, seine Augen werden groß, und seine Lippen teilen sich in verblüfftem Erstaunen.

Es kostet mich all meine Kraft, all mein Vertrauen in meine Liebe zu diesem Mann und die Liebe, die er noch immer für mich empfindet – das weiß ich einfach –, auf ihn zuzugehen. Den Abstand zwischen uns zu überbrücken, ihm die Hände auf die Brust zu legen und zu ihm aufzuschauen, wie er mich voller brennender Begierde ansieht.

»Ich brauche dich, Blake. Du fehlst mir so sehr, dass es wehtut. Ich vermisse deine Hände auf mir, deine Lippen, deinen harten Waschbrettbauch, dich in mir und wie du mich ansiehst, wenn du mich liebst. Ich vermisse *alles* zwischen uns.«

Ich hatte mehr zu sagen, aber das ist schwer mit der Zunge eines anderen im Mund. Ja, genau, er küsst mich um den Verstand. Er ist total aufgewühlt, als hätte jemand Öl ins Feuer gegossen, und es fühlt sich an wie eine Heimkehr. Ich schlinge ihm die Arme um den Hals und verliere mich in dem herrlichen Gefühl, wieder bei ihm zu sein.

»Honey, warte, wir sollten reden …«

»Nein, sollten wir nicht.« Ich öffne den Knopf seiner Jeans und ziehe den Reißverschluss auf, bevor er mir all die Gründe aufzählen kann, aus denen das eine schlechte Idee ist. Für mich fühlt es sich an wie die beste Idee, die ich je hatte, gleichauf mit dem ersten Mal, dass wir das getan haben. Ich schiebe die Hand in seine Jeans und schließe die Finger um ihn.

Zischend lässt er den Kopf in den Nacken fallen. »Honey …«

»Mach Liebe mit mir, Blake. Bitte. Ich brauche dich so sehr.«

»Dein Kopf … Du bist noch nicht gesund.«

»Mir geht's bestens. Ich liege hier in deinen Armen, und ich will dich.« Mit festem Griff massiere ich ihn.

Ich spüre seinen Widerstand in sich zusammenbrechen, als er in einem einzigen langen Atemzug sämtliche Luft aus seinen Lungen entweichen lässt. Und dann hebt er mich hoch und presst mich an die Wand. Mir bleibt nichts anderes übrig, als seine Erektion loszulassen, die sich dafür jetzt genau dorthin schmiegt, wo ich mich am dringendsten danach sehne.

»Du hast vergessen, dir ein Höschen unter diesem Stofffetzen anzuziehen, den du da anhast«, bringt er mit einem dunklen Grollen heraus.

»Ach ja?« Mit einem koketten Lächeln schiebe ich die Finger in sein Haar und ziehe daran. »Halt dich nicht zurück.«

Mit einem Stoß rammt er sich in mich, und ich schreie vor Lust, genieße dieses herrliche Brennen und das Gefühl absoluter *Richtigkeit*, dass er endlich wieder dort ist, wo er hingehört. Ich hoffe, ihm ist klar, dass ich ihn nie wieder gehen lasse.

»Honey ... Gott, *Honey.*«

Das raue Flüstern an meinem Ohr durchfährt mich wie ein elektrischer Schlag. »Ich liebe dich so sehr, Blake, und so wird es immer sein. Nichts könnte mich dazu bringen, dich nicht mehr zu lieben.«

Danach braucht es keine Worte mehr, da ist nur noch Bewegung in perfektem Einklang miteinander. Er fasst nach unten, wo wir verbunden sind, und streichelt mich, bis ich zu einem explosiven Höhepunkt komme. Im gleichen Moment ergießt auch er sich in mich, stößt wieder und wieder zu, bis er schwer atmend gegen mich sinkt und mich fest an sich drückt.

Ich nehme sein Gesicht zwischen die Hände und küsse jeden Zentimeter, den ich erreichen kann, während ich hoffe, dass meine Liebe genug für uns beide ist. Ich habe Angst davor, was als Nächstes geschieht, und so schlinge ich die Beine fester um seine Taille, halte ihn in mir. Mein Knöchel protestiert vehement gegen diese Haltung, doch das ignoriere ich.

Mit leisen Worten öffne ich Blake mein Herz. »Ich will hier mit dir wohnen. Ich will dir helfen, dieses Haus wieder mit Leben zu füllen. Ich will *dich* wieder zum Leben erwecken. Ich will diesen Ring, den du mir angesteckt hast, und das gemeinsame Leben, um das du mich gebeten hast. Und dieses Leben will ich ohne

Angst leben, nicht verhaftet in einer Vergangenheit, die keiner von uns ändern kann, sosehr wir uns auch wünschen mögen, es wäre anders. Ich will Babys mit dir, Hühner auf dem Hof und Pferde im Stall. Ich will einen Garten mit selbst gezogenen Erdbeeren und grünen Bohnen und Gurken und Tomaten. Ich will Sommertage am Badeteich und Winterabende in unserem Bett in diesem Zimmer, das wir zu unserem machen werden. Ich will Feiertage und Geburtstage. Ich will Grillfeste und Familienfeiern. Ich will die guten und die schlechten Zeiten, Freud und Leid und einfach alles mit dir. Nur mit dir.«

Er bleibt so lange stumm, dass ich Angst bekomme, ihn immer noch nicht überzeugt zu haben.

Dann hebt er den Kopf von meiner Schulter und sieht mir in die Augen. »Ich bin dir einfach machtlos ausgeliefert, Honigbienchen. Gott weiß, ich hab versucht, dir zu widerstehen, doch es geht nicht.«

»Dann hör auf, es zu versuchen.« Meine Hände liegen weiter an seinen Wangen, und ich erwidere seinen Blick. »Es tut mir leid, wenn der Unfall dich zu sehr an Dinge erinnert hat, die du lieber vergessen würdest. Aber es war nicht deine Schuld, dass ich verletzt worden bin. Bitte sag mir, dass du das weißt.«

»Ganz so weit bin ich noch nicht.«

»Zum Glück haben wir ja den Rest unseres Lebens dafür, dich an diesen Punkt zu bringen.«

»Da ist diese Dunkelheit in mir, Honey. Ich kann nicht immer vorhersehen, wann sie mich in den Abgrund zerrt.«

»Das musst du auch nicht. Wenn diese Dunkelheit dich runterzuziehen versucht, werde ich immer da sein, um dich aufzufangen.«

Zärtlich streichelt er mir mit einem Finger über die Wange. »Tut mir leid, dass ich mich von dir, von *uns*, abgewendet habe.«

»Weit hast du es ja nicht geschafft.«

»Holst du mich bitte immer, wenn ich vergesse, nach Hause zu kommen?«

»Darauf kannst du zählen.«

Er schmiegt das Gesicht an meinen Hals. »Und wenn wir uns streiten, sagst du dann immer zu mir, ich soll dich ficken, damit das Ganze wieder in die Spur kommt?«

»Natürlich mach ich das. Funktioniert schließlich jedes Mal.«

Sein Lachen ist das schönste Geräusch, das ich je gehört habe, und dann setzt er mit seinen Worten noch eins obendrauf: »Ich liebe dich, mein Honigtau, und so wird es auch immer bleiben.«

EPILOG
EIN JAHR SPÄTER …

Honey

Für dieses ganz besondere Shooting habe ich eine meiner neuen Kulissen aufgebaut. Der Hintergrund ist ein Foto, das ich eines Abends aufgenommen habe, als ich mit Blake zur Mitchell Flat gefahren bin, um die Marfa Mystery Lights – unsere Geisterlichter – anzusehen. Die Leute haben unterschiedliche Bezeichnungen dafür, aber für mich hatten sie immer etwas Magisches. Die Aufnahme ist so groß aufgezogen, dass sie fast die gesamte Studiowand bedeckt.

Über die Jahre habe ich Hunderte, wenn nicht Tausende Fotos von diesen Lichterscheinungen gemacht, doch an jenem einen Abend sind mir die besten überhaupt gelungen. Sie bilden den Hintergrund für mein erstes Shooting mit Matts und Julies Tochter Grace, die jetzt drei Monate alt ist. Sie trägt ein Kaktuskostüm, das ich nur für sie genäht habe, damit ihre Fotos genauso einmalig werden wie sie.

Julie strahlt vor Glück, als sie Scarlett und mir hilft, das Baby zwischen die Requisiten zu betten, die es für die Fotos geschickt in Position halten werden. Wenn wir hier fertig sind, wird es aussehen, als wäre Grace eins mit den Lichtern und der Wüste um unsere schöne westtexanische Stadt herum.

Grace ist bester Laune und lächelt in die Kamera wie ein geborenes Model. »Sie ist ein Naturtalent«, bemerke ich zu ihrer Mom.

»Ich wette, das sagst du über jedes Baby«, wehrt Julie ab.

Ich richte einen Scheinwerfer neu aus. »Glaub mir, ganz sicher nicht.«

»Glaub mir, ganz sicher nicht«, bekräftigt Blake, als er sich zu uns gesellt, von hinten einen Arm um mich schlingt und mir einen Kuss auf die Wange drückt. »Ich hab mir schon Sorgen gemacht, wir würden nie eigene Kinder haben, weil sie sich so oft mit plärrenden Teufelsbälgern rumschlagen muss.« Besitzergreifend breitet er die Hand über meinen basketballgroßen Babybauch, und mich durchläuft ein freudiger Schauer. Seine besitzergreifende Art heizt mir immer noch tierisch ein.

»Hallo, schöner Mann«, begrüße ich meinen lächelnden Ehemann, der jetzt jeden Abend nach der Arbeit zu mir kommt, statt in die Bar zu fahren, in der er früher immer seine Zeit verbracht hat. Mittlerweile sind wir seit zehn Monaten verheiratet und leben seit sechs auf der Farm in unserem Traumhaus. Weil ich mich unmöglich davon trennen konnte, vermieten wir Grans Haus an Touristen, die für die verschiedenen Festivals und Veranstaltungen in die Stadt strömen. Ich hätte mir niemals vorstellen können, dass ein solches Glück überhaupt möglich ist, und ganz sicher hatte ich nicht damit gerechnet, es selbst zu erfahren. Blake so unverblümt anzumachen war die beste Entscheidung meines Lebens – beide Male.

»Du überanstrengst dich doch nicht, oder?«

»Keine Spur. Grace macht es mir wirklich leicht.«

Mit viel Getöse kommt Lauren zur Vordertür hereingeplatzt, während Garrett am Hintereingang auftaucht. Wir sind uns immer noch nicht sicher, ob die beiden nun zusammen sind oder nicht, aber sie scheinen ziemlich oft zur selben Zeit am selben Ort zu sein, auch wenn sie nicht dieselbe Tür benutzen.

»Haben wir es verpasst?«, fragt Lauren mit besorgter Miene, die sich im nächsten Moment aufhellt, als sie Grace in ihrem Kaktuskostüm sieht. »O mein Gott! Die ist ja zuckersüß. Das niedlichste Baby aller Zeiten.«

Das finden wir alle – vermutlich, weil sie das erste Baby in unserem Freundeskreis ist und wir ihr alle restlos verfallen sind. Ich kann es kaum erwarten, die Familie zu vergrößern, wenn in ein oder zwei Wochen auch unseres kommt.

»Seht euch dieses Lächeln an«, murmelt Garrett und ist sichtlich hingerissen von dem kleinen Mädchen. An Matt gerichtet warnt er: »Ich hoffe, du hast schon den Stock parat, um euch die Jungs vom Leib zu halten.«

Matt verzieht finster das Gesicht. »Gedatet wird hier frühestens mit vierzig.«

Wir anderen prusten vor Lachen. Grace findet unser Gelächter köstlich, und ich fange jedes zahnlose Grinsen mit der Kamera ein. Würde doch nur jedes Shooting so glatt laufen wie dieses. »Ich glaube, wir haben alles im Kasten.«

»So schnell?«, vergewissert sich Julie.

»Jap. Eure Tochter ist ein Star, die Aufnahmen sind ein Volltreffer.«

Julie holt ihr Baby aus der Kulisse, während wir anderen uns um den vielleicht etwas überdimensionierten Monitor auf meinem Schreibtisch scharen, um die Bilder zu sichten.

Die stolzen Eltern sind überwältigt. »Ich weiß nicht, wie du das anstellst, Honey«, sagt Julie und klingt beinahe ein wenig gerührt, »aber sie sieht tatsächlich so aus, als würde sie mitten in der Wüste vor den Lichtern sitzen.«

»Das war der Plan.«

»Fantastisch«, lobt auch Matt.

»Freut mich, dass es euch gefällt.«

Julie drückt mich. »Ich kann dir gar nicht genug danken für diese unbezahlbaren Erinnerungen. Diese Bilder werden wir hüten wie einen Schatz.«

»Ach, jetzt hör aber auf, sonst muss ich gleich weinen.«

»Dazu braucht es im Moment auch nicht viel«, murmelt Blake und bringt damit die anderen zum Lachen.

Ich lächle ihn an, und die innige Liebe in seinem Blick raubt mir den Atem. Um ihn zu kämpfen war das Beste, was ich je getan habe, und seit jenem Tag ernte ich die Früchte dieser Entscheidung.

»So, lasst uns was essen gehen. Ihr seid alle eingeladen«, verkündet Matt.

Nach kurzem Hin und Her entscheiden wir uns gemeinschaftlich fürs Planet Marfa.

»Wir kommen gleich nach«, erklärt Blake. »Ich helfe Honey nur kurz, das Studio für morgen früh fertig zu machen.«

»Wir halten euch Plätze frei«, verspricht Scarlett.

Als wir schließlich allein sind, legt Blake die Arme um mich und zieht mich an sich. »Ah. Das hab ich gebraucht.«

»Besser als ein Feierabendbier?«

»Besser als irgendetwas sonst.«

Ich nehme seine Hand, lege sie auf meinen Bauch und bedecke sie mit meiner. »Und ganz bald wird es sogar noch besser.«

»Danke für dieses unglaubliche Leben, das du mir geschenkt hast, Honigmond.«

Ich halte ihn ganz fest, mein Herz, meine Seele, meinen Felsen, die Liebe meines Lebens, mein Ein und Alles. »Und stell dir mal vor, dafür waren nicht mehr als sechs kleine Worte notwendig.«

»Sechs kleine Worte, die alles verändert haben.«

Anmerkung der Autorin

Vielen Dank, dass Sie »Sex Machine« gelesen haben! Ich hoffe, Blakes und Honeys Geschichte hat Ihnen beim Lesen genauso viel Freude bereitet wie mir beim Schreiben. Angefangen habe ich sie vor über fünf Jahren, und ein großer Teil davon ist an einem einzigen Wochenende entstanden. Doch dann haben andere Romane meine Zeit in Anspruch genommen, und ich habe den Faden nie wieder aufgenommen. In letzter Zeit allerdings tauchte in meinem Hinterkopf immer wieder die Frage auf, was wohl aus Blake und Honey geworden ist, nachdem sie diese sechs kleinen Worte zu ihm gesagt hat.

In all meinen laufenden Reihen weiter, und die halten mich ganz schön auf Trab.

Vielen Dank an mein Team hinter den Kulissen, das mich Tag für Tag in so vielen Dingen unterstützt: Julie Cupp, Lisa Cafferty, Holly Sullivan, Isabel Sullivan, Cheryl Serra und Nikki Colquhoun. Meinen Beta-Leserinnen Anne Woodall und Kara Conrad danke ich dafür, dass sie meine allerersten Leserinnen waren. Danke an mein Lektoratsteam aus Linda Ingmanson und Joyce Lamb, und vielen Dank an Kristina Brinton für das umwerfende Cover von »Sex Machine – Blake und Honey«. Ich liebe diesen Waschbrettbauch! Mein Dank gilt auch dem Team von Sullivan & Partners, das sich für mich um Marketing und Publicity kümmert.

Und wie immer: Vielen Dank an Sie, meine Leserinnen, die mir diesen Beruf zu einer solchen Freude machen. Ich weiß jede Einzelne von Ihnen wirklich zu schätzen!

xoxo

Marie

WEITERE TITEL VON MARIE FORCE

Die McCarthys

Liebe auf Gansett Island (Die McCarthys 1)

Sehnsucht auf Gansett Island (Die McCarthys 2)

Hoffnung auf Gansett Island (Die McCarthys 3)

Gluck auf Gansett Island (Die McCarthys 4)

Traume auf Gansett Island (Die McCarthys 5)

Kusse auf Gansett Island (Die McCarthys 6)

Herzklopfen auf Gansett Island (Die McCarthys 7)

Ruckkehr nach Gansett Island (Die McCarthys 8)

Zärtlichkeit auf Gansett Island (Die McCarthys 9)

Verliebt auf Gansett Island (Die McCarthys 10)

Hochzeitsglocken auf Gansett Island (Die McCarthys 11)

Gansett Island im Mondschein (Die McCarthys 12)

Die Green Mountain Serie

Alles was du suchst (Green Mountain Serie 1)

Endlich zu dir (Green Mountain Serie 1/Story 1)

Kein Tag ohne dich (Green Mountain Serie 2)

Ein Picknick zu zweit (Green-Mountain-Serie/Story 2)

Mein Herz gehort dir (Green Mountain Serie 3)

Über die Autorin

Marie Force ist die New-York-Times-Bestseller-Autorin von über fünfzig zeitgenössischen Liebesromanen, unter anderem den beliebten Romanserien »Gansett Island« und »Green Mountain«. Unter dem Namen M. S. Force veröffentlicht sie außerdem die erotische Quantum-Serie. Sie hat unterdessen weltweit über fünf Millionen Bücher verkauft. Die Autorin lebt zusammen mit ihrem Mann, zwei fast erwachsenen Kindern und zwei Hunden in Rhode Island.

Tragen Sie sich in Maries Mailingliste ein, um alles Wichtige über neue Bücher und Veranstaltungen zu erfahren. Folgen Sie ihr auf Facebook: facebook.com/Marie-Force-Germany-821352967947273/?ref=bookmarks, Twitter @marieforce und auf Instagram: instagram.com/marieforceauthor/.

9 781946 136411